三部曲

智亂天下

凌冬生

關於江湖

緣起於2000年，
隨著當年網際網路興起而匯集了一群嚮往著
「強中自有強中手、一山還有一山高」快意恩仇的武俠迷，
期盼在虛擬網路國度中共同打造一個「江湖世界」
——完全可由武俠迷自行創造人物角色、自由發揮的江湖舞臺。
筆者將大家所扮演之角色歷程撰寫成一部永續的武俠長篇小說，
虛擬轉化實體出版成冊，成為日後回首江湖路時最美的回憶。

當您翻閱【江湖】小說時，
不僅可以只用旁觀者的身分來閱讀這江湖故事，
亦可創造角色闖蕩這虛擬世界，並與嚮往的人事物互動交流，
更能自己創造、改變未來故事走向，進而主導成為當代風雲人物！

願在這無限想像的江湖虛擬舞臺上，
可以讓更多人嘗試扮演更多的角色、創造出更多經典人物、
流傳更多精彩的江湖傳奇，一圓大家心中的「江湖夢」！

主筆序

三部曲是繼前筆者乙寸筆後，由在下接續「江湖RPG」的小說計畫。隨著江湖RPG玩家的演出，而在《江湖：首部曲》所提及的「天下五絕」與「独孤客」的恩怨，也終於在此部中畫下了句點。

江湖RPG的小說計畫，是由玩家真實在遊戲中發生情況，藉由筆者編撰而成的一部作品，代表著每一個加入江湖RPG的人都有機會創造屬於自己的故事。隨著玩家演繹自己的角色、宗門開枝散葉以及江湖RPG的遊戲生態變遷，由我主筆的三部曲，決定將一些過往的恩怨情仇作個了斷，而其中最希望的，自然是首部曲提及的大反派「独孤客」與天下五絕之間的宿命，結束的同時也轉移舞台的聚光燈，代表著江湖新時代的來臨。而一個反派在如何陰險狡詐、玩弄人心，在這樣一個數據資源的世界裡，仍是難敵江湖人的齊心協力。

隨著小說中独孤客代表的「王朝」式微，歷經三部小說計畫的江湖RPG所描述的恩怨情仇隨著時光，也迎來了一個官方推出的新BOSS「敵無涯」強橫的功力，神出鬼沒的襲擊，成了玩家們一時間的噩夢，同時也讓多數玩家所代表的正道，與反派勢力之戰有了不同的戰機變化。

江湖RPG不僅是玩家之間的演繹，而至此部開始，也正式以投入NPC的方式，成為了小說計畫的養分，製造劇情的催化劑。新反派的出現所製造的危機感、官府軍隊針對玩家所創立的宗門進行政鬥，也拓展了江湖RPG的世界觀，不僅有江湖恩怨與兒女私情，本部更是加入了國仇家恨的因素，給予願意成為反派的玩家更多發展的舞台空間。

其中以玩家「須無盡」與小說中所提及「殺字旗」等人表現尤為亮眼，或許他們在遊戲中的作為造成了玩家在RPG之間的恩怨是非，但在小說計畫中，他們無疑是最傑出的演員之一，至於其中是非對錯，數年後自有讀者們評斷。

延續前作筆者乙寸筆所結合佛教三不善根「貪、瞋、癡」的創作核心，藉由朝廷的影響，加強點出正道人物那些更不單純的一面，沒有絕對的好壞，在小說中的立場與利益之前，即便是好人，也會做出壞事；即便是反派也有為了心中那一份追求而不惜與天下為敵去捍衛的一面。

我曾困擾在玩家與江湖RPG之間該如何抉擇，因此感謝創作三部曲中，玩家間一路上的指導與建議，也感謝包容三部曲創作時的風格與創作期間的指教，讓我意識到自己的瓶頸與不足。這在生活圈之中，實難聽見如此真實誠懇的創作建議，無論過程如何，這都是人生中的寶貴經歷，也希望江湖的小說計畫能夠一直延續。

凌冬生

目錄

智亂天下（序）

「即便您我人生殊途，末了俱是同歸於無，那我們之間，誰更幸運一些呢？」

明天一早，我便為您送行。現在我不該繼續叨擾您，該讓您難得、好好的休息了。

人生忽逝須臾間，十年不過一夜。

十年一夜啊……

我也是該休息一陣子了。

燭光遙映，捉摸不清的容顏，紫杉在忽明忽暗的燈火下隱發含光，將高出自己兩顆頭的大毛筆收起，吹熄了那盞油燈，夜風溜進門窗，懷抱正欲酣睡的人。

隔日清晨，雞未鳴、天未亮，樸素的馬車載著離愁的人，駛向肩上重擔的起點。

「報！君使求見。」

金碧輝煌的龍階之下，大殿內雕龍石柱共十八柱，每條龍柱之上有三條橫樑，乃取十二地支為周數輔以六合玄學而生之命門遁甲，三十六天罡為天朝根本之意；傳聞中天朝十八柱對應的三十六天罡正是代表著天朝國運。

此地雖非皇殿，但凡布置皆比天子所仿製，雖非奉天承運，足可見其地位之尊，甚至猶

過天子。

代表國運的龍柱，有的如擎天支柱，巍然不動獨撐天地，有的卻搖搖欲墜似隨時崩裂，在細細一看，更能看見十八龍柱上竟分別對應天朝國境內江湖宗門。

搖搖欲墜的龍柱及泰山不動的龍柱形成強烈對比，任誰看了都能明白一件事。

龍氣失衡。

龍柱既為天朝根本，氣運失衡也代表著天朝命數大亂，天朝建國二十餘載，惟今年多事之秋，舊帝駕崩，新帝未成氣候，四爪銀蟒盤踞成形的座椅上，男子三千青絲已逐漸兩鬢班白，如今雖得天子敬一聲「皇叔」仍是不免嘆道：「若是二十年前，本王豈會容得他人猖狂，早已點齊兵馬，肅清這幫……」

刁民二字終是沒有說出口，二王爺自幼接受的教育也不允許自己說出如此不文的字眼；可自己終究是人，再怎麼不認命也是會老，看著龍柱逐漸失衡的崩解，二王爺捋了略白的長鬚，思量道：「君使可有對策？」

傳聞這君使本也是籍籍無名的跑堂角色，自從得到一奇人遺留之祕策後，忽有經天緯地之能，天朝本對江湖宗門早有想法，這奇人所留之祕策更是記載諸多江湖祕辛，被二王爺看中後便招攬為己用，而這本祕策極有可能為傳聞中的「和平暗影」。

被喚作「君使」之人站在龍階下，紫眸中彷彿記載萬物，一襲紫杉長袍在平凡中不失風

雅，柳眉秀目，容貌俊極雅極，卻是一臉極度厭世的表情，掩飾那張令男人女人為之妒忌的容顏。

可令人不得不注意的，是君使抱著的那卷素雅卷軸及身後那桿比自己還高的大毛筆；心知王爺苦惱，但獨撐這諾大天朝豈是易與，這些年來，君使下自內宮雜務，上自國家大事，無不親力親為，唯恐漏了這江湖大陸上一絲訊息。

現在，是真的累了……

君使揮了揮紫袍衣袖，大殿上走進一道身影，越過殿中議事諸臣，那人素衣白裳，背光而立令人看不清容貌，那人緩緩走入大殿便是對兩人躬了一身，一道醉人聲音說道：「見過王爺。」

二王爺感到一絲不安，不解道：「君使這是何意？」

君使緩緩步上龍階，已罔視什麼君臣義理，已經好久，沒有這麼靠近這個男人，君使眨了眨眼就坐在二王爺座下，眉間閃過一絲不捨，閃過一絲難以言喻的愁，卻也閃過一絲驕傲，淡然道：「以前的路，我陪你走，往後的路……」

君使指著殿外的天空，露出難得的微笑，看著身旁的男人說道：「會有人代替我走完的。」

……

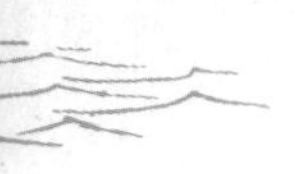

二王爺緊皺未解的眉頭，緊攢的拳，力度大的指甲都陷進了皮肉而顯得蒼白。

本王準你離開了嗎……

欲言又止的口，有愁難訴的心，只化作了一句嘆息。

「唉，本王明白了。」

「先不忙失望，我雖離去，不妨聽聽他的想法。」君使托腮說道。

白衣少年抱拳，身後曦光褪盡，面如冠玉的臉龐，昂聲道：「江湖大陸與天朝氣運密不可分，天朝向來集權而治，久而久之便是江湖勢力與天朝之的鬥爭。」

白衣少年清澈的瞳孔望向龍階上兩人，二王爺擺手，要少年講下去。

少年伸手輕撫那條即將崩碎的石柱，道：「十八龍柱，世代更迭，無論六幫之首的霜月閣、昀泉仙宗暗地支撐的鳳顏閣及合歡宗；亦或是天下五絕曾經待過的無心門，每當宗門更迭，國運必失，終歸一句便是無法有效制衡。」

輕撫石柱崩碎的龍頭，少年緩緩闔眼，深吸一口氣，緩道：「綜觀天下局勢，縱有神君道及九督統隊苦苦支撐，可神君道徒終是外力，縱取一時優勢，仍難掩天朝式微的真相；江湖大陸之四邦五十七郡，雲曦迴雁樓以一宗之力獨占天下三成之地，近期北督統隊又在不夜城周遭，受玄嶽鐵騎伏擊重創。」

「若是要殲滅那些勢力可以挽回頹勢，本王可加派兵力……」

不待二王爺說完，少年一掌擊在龍柱之上，本就要崩塌的石柱，更顯岌岌可危，而此舉也吸引周遭侍衛的護主之心，紛紛拔刀半吋，敵視少年。

「不破，便不立。」

掌力收勁，那代表曾在帝京之北立宗的北窗苑之龍柱，完全崩碎，龍氣歸天，天朝震動；氣運玄學，說不出，道不明，定睛往殿外望去，天越白虹，六月飛霜，二王爺只感一股不祥之兆。

少年捏碎手中石塊，淡然道：「十八宗門團結之因，皆因天朝壓迫，現今再去其一，另扶植占盡三成天下的雲曦迴雁樓總御天下宗門，我朝止可養精蓄銳，坐享其成；再授兵權加身，至此雲樓號令群雄，誰敢不從？」

一計出，滿府震動，群臣議論，無他，這是一步險棋，雲樓已占三成之地，若在號令群雄，授予兵權加身，難料雲樓不會有二臣之心，挾勢篡權。

四周大臣對君使靠近王爺座下的舉動已是不滿，但畢竟君使位高權重，一人之下；可這來路不明的小子，竟敢口出狂言，妄議朝政，謀奪兵權；若非今有君使，只怕就要將這不知天高地厚的小子擒下。

「然後呢？」二王爺道。

「我朝僅須針對雲曦迴雁樓動向，若雲樓執政得當，我朝可擁用人明識之名，若執政不

當，我朝亦可藉機拔權，以平民怨，鞏固君上王權。」

滿府上下盡皆反對，二王爺再道：「群臣所言，你聽清楚了嗎？」

「黃鶯出谷，雖其聲優美，然麻雀短目，焉知鴻鵠志向？」少年道。

＊　＊　＊

不夜城百燈耀夜，亮如白晝，夜夜笙歌的氣氛無愧「不夜」二字，論天下四邦之中天朝經濟，不夜城可占全國收入的三成，說是天朝經濟命脈也不為過；空虛禪師、五芒星二人重傷初癒，五芒星為雲樓右使早已遁入虛空，回返雲樓覆命。

空虛禪師既為天朝國師，一定程度下也為雲樓鋪了一大段路，如今神君道被連根拔除，空虛禪師逐漸恢復天朝祭祀之權，不同於五芒星須立即返回雲樓覆命，空虛禪師仍選擇在不夜城逗留了片刻，卻見到意料之外的人。

不夜城客棧內，女子朱衣紅顏，墨髮如瀑，稚氣無邪的眼神中含著一絲睿智，盯著桌上棋盤獨自落子，露出煞是苦惱的神情。

空虛禪師緩步上前，坐在女子對面空無一人的位置上，持起了白子，落在難分難解的棋局上，說道：「昀泉十二氏之中，尤以九蛇主最為深沉，九蛇氏一脈多以謀見長『天下諸智，唯九獨秀』施主認為此話說得如何？」

哦？

唰！

一道冰冷的聲音自空虛禪師身後傳來，伴隨禪師頸上那道寒意，那人一劍抵在禪師的脖子上，漆黑斗篷罩住全身，只露出一頭灰髮與俊美如斯之臉龐，海藍色的耳墜及湛藍色的瞳眸在斗篷遮掩中更是閃耀非常，冷道：「那便看閣下是用天朝國師的身分還是山門方丈的身分說話了。」

空虛禪師心中訝異，再落一白子笑道：「這真是巧了，傳聞找尋秋霜夢焉便能找至昀泉的源頭；如今卻與昀泉九蛇氏小主同道，莫非仙宗甘願放下不老之密了？」

「這不老神泉自是要尋的，但天朝動作頻頻，江湖宗門人心惶惶；九笙在此欲請國師指點一二。」少女落下黑子，殺勢凌厲，原本難分難解之局，頓現一絲明朗；視線上移看著秋霜夢焉嘲諷道：「送走了惡魔，回來又見到和尚，你這一生遭遇還真是神神鬼鬼啊。」

這番話指的自然是秋霜夢焉送走「深淵惡魔」一事，九笙雖為天下首智，終究不是神仙；情報是所有智者落子的第一步，縱有滿腹疑問也不能當著國師的面說出。

「此送非彼送，我既送走了惡魔，自然也能送佛祖回西天。」

寒芒倏出，金光鏘然。

秋霜夢焉長劍一抖，料想中的畫面卻沒出現，反觀空虛禪師皮膚表面一層金光罩身，乃

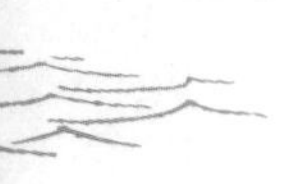

「極樂歡喜禪」胎藏密法，傳聞練至化境，可達不生不滅、無垢無淨之態；兩人頭時收勁，僅餘棋局上的交鋒。

天下首智，天朝國師；秋霜夢焉看著兩人相互重疊的影，想起曾有一人身著綠袍，同樣的智計無雙，同樣為天朝國師；在曾為江湖宗門之首的霜月閣，前國師巴波布下無數至今仍無人能解的大陣，這樣的一個人，最後竟也難逃這亂世爭鬥，黯然消失於歷史之中。

秋霜夢焉不免兔死狐悲，如今昀泉十二氏動作雖沒以往頻繁，但「找到秋霜夢焉，便能尋得不老泉源。」的謠言仍在，秋霜夢焉便一日不得安寧，秋霜夢焉收起殺機，默默看著對弈的兩人。

空虛禪師舉棋不定，沉眉讚道：「黑子此著正中白子要害，且以偏軍箝制白子主力，黑子主軍可蓄勢待發，看似韜光養晦，實則驅虎吞狼，妙極。」

面對失衡棋局，空虛也只能勉力抵擋，不差，但也不好，中庸之道給了敵人退路，也給了自己活路。

「國師此著，太仁慈。」

九笙落子，再殺白子一路軍，說道：「天下局勢，天朝與宗門緊緊相關，國師負傷已久興許不知如今聖上之心，要鞏固王權，聖上必借江湖宗門之力，那可知聖上目標？」

空虛禪師試探性的問道：「可是桓嶽府？貧僧雖負傷療養，但多少仍聞江湖之事，聽聞

玄嶽鐵騎大破北督統隊，聖上若要在避免衝突，大可招安玄嶽騎替補北督統隊，如此便可兵不血刃地縮減桓嶽府的勢力。」

九笙搖頭不語，意味不明的笑容，落子，再拔空虛禪師一路軍，道：「國師既掌帝國祭祀之權，對於神鬼一事自是寧可信其有……」

「阿彌陀佛。」空虛禪師回道。

九笙看著局勢明朗的棋局，把玩著手中幾顆黑子道：「君字缺口為尹，桓嶽府主馬賊出身，所率之玄嶽騎更是所向披靡，尹玄胤那草莽好鬥的性子若是兵權加身，只怕更加不可一世；尹字空有王者之相，若當今聖上再贊王者之聲，那恐有半壁江山要改姓尹了。」

空虛禪師再落白子，看避其鋒芒，實則堅守立場，畢竟對江湖或對天朝，哪一方失衡都會造成恐怖的影響，從言談之中已察覺這九蛇少主絕對在布什麼驚天大局，問道：「那麼施主意欲為何呢？」

「禪師近期皆在療傷，我便給您說說幾件江湖事，四月十六日，桓嶽府與自在莊兩大宗門因人力資源爭鬥，其中尤以桓嶽門生尹秋楓與自在莊素芳蓮爭鬥最為明顯，國師怎看？」

空虛禪師將掛在頸上的白蓮佛珠取下，先是道了句「阿彌陀佛」撥動佛珠說道：「天下之大，莫非王土，最為珍貴的資源便是『人才』如今宗門林立，在資源上有所爭奪亦無可厚非；少主之智，斷不會只是要說此事如此簡單？」

九笙看著窗外逐漸明亮的夜色，說道：「且聽我再道，四月十九日，尹秋楓與市集俠士爭執，該俠士之師，巫千雁被尹秋楓斃於掌下，隨後即被擒回衙門。」

「阿彌陀佛，江湖兒女，快意恩仇，地藏大願，地獄不空，誓不成佛；然而這世人如恆河三千劫，少主可知地藏如何渡？」

「願聞其詳。」

「隨緣而渡。」空虛禪師道。

哈哈哈哈哈，一人渡紅塵，世人多愚昧，這願，不過空想；九笙臉上仍掛著笑容，唯利是圖的他對於人性看得比誰還通透；現在要做的，就是改變，非是為了無聊的正義，只有將天下握入掌中，才能不被天下掌握。

九笙亢聲道：「這種事不過九牛一毛，不是第一件，但也不會是最後一件；若天朝無法做的更完美，那便讓這天下的另一片勢力去代替天朝，完成天朝該做的事；國師不妨再想想，當今還有誰能勘此大任？」

九笙一言點出，空虛禪師驚覺，眼神瞪的老大，即便要起身趕回天朝。

若非桓嶽府，當今天下為論勢力名望僅剩一家，何況那人還是……

「文氣鼎盛，儒風浩蕩」帝都凌家！

除此之外，另一身分……

雲曦迴雁樓之主。

「國師先不忙走，因為，我的聖旨……」

到了。

＊　＊　＊

府上尊座持筆的二王爺，略一思忖，喝退左右，故作苦惱道：「先生雖有妙計，奈何新帝年幼，縱有定國良策也是枉然。」

少年抱拳恭敬道：「聖旨？王爺回頭補一道便是了。」

「果然是個人才。」

少年拱手一躬，大道一聲：「君上聖明。」

無他，聖旨已頒。

「奉天承運皇帝詔曰：雲曦迴雁樓樓主，凌雲雁，智勇皆全，仁義無雙，俠心忠膽，深慰朕心；今頒聖旨一道，著即冊封『綏督』一職，總御天下宗門，另授刑司虎符，調度天下官衙之權；望爾後同心同德，盡職輔政，欽此。」

一道皇令，雲曦迴雁樓便從江湖宗派晉為朝堂要員；原先均衡的江湖勢力，也因此在眾人心中種下猜疑的種子；誰也不知道，權力的擴張會給彼此關係帶來何種影響。

除了名面上的聖旨，前來授旨的官員將半跪的凌雲雁扶起，帶至一旁恭維說道：「先恭

賀凌大人為朝廷要員，除了聖旨外，尚有三道密旨……」

看完那宣旨官員帶來的密旨，凌雲雁臉色極度難看，就連臉上的刀疤因為充血彷彿像新傷似的。

「凌大人就……準備準備，便宜行事；小人先行告退了。」

雲樓產業占天下四邦五十七郡三成之多，凌雲雁早就想到有這一天，密旨內容有三：

「其一，此舉授印，雲樓將成眾矢之的，故愛卿可割愛諸地，天下大同，平攤權力於諸大宗門。」

「其二，愛卿可用朝廷名義，號召群雄共組執法庭，成員皆為諸宗要員，若有惡人禍世，諸宗共裁之。」

「其三，愛卿以此權替朕掌管天下，其中如何衡權，要勞愛卿費心。」

皇帝說的輕描淡寫，在凌雲雁耳中卻如催命符一般。

詔命一出，天下譁然，尤以霧淖、臨湘城兩處江湖人士最為重視，臨湘城為雲曦迴雁樓本營自是議論紛紛，人人皆是憂喜參半，特別是三道未詔告天下的密旨，不得不說，皇帝此番下旨，背後必有高人指點。

雲曦迴雁樓立於臨湘成郊近，有「西望白帝京，天下第一樓」之稱，樓內成員無不是江湖好手，亦或是奇人異士，無論文武，皆對雲曦迴雁樓其下產業有實質性的幫助，特別是這

次的聖旨……

對雲曦迴雁樓來說絕對是禍不是福，即便無皇帝這道聖旨，天下第一樓之稱也不會影響其江湖地位，可這份崇敬是打從心底認同的；被這皇帝聖旨加身，名為捧，實為殺，驅虎吞狼之計，可謂狠毒，可終究是聖旨，不得不接。

雲曦迴雁樓高約百丈，群山環繞，樓頂可見拂曉晨光，且臨湘城氣候宜人，四季如春，常有群雁翱翔，故今再得「雲曦迴雁」之名，其樓成立後無數異士駐足，得一田姓高人布下護樓大陣「雲煙墨影」至此之後雲曦迴雁樓更是固若金湯。

而雲曦迴雁樓百丈之巔，即沐浴晨光之處又為議事大殿，平時樓務眾人各司其職，鮮少會使用此殿，距離上次召開「雲曦議」已是有些年月了，而今開啟，足見此番聖旨所帶來的衝擊；墊上十幾把木椅分別列位，木椅中間則有一大長桌，在木門前還有滿布灰塵的石桌。

是故，平時分散諸地的幹員竟難得的全員集合，老祖臨光傳聞身高僅五尺長，如今身子越長越高，現已有八尺高了，唯一不變還是睜著一雙骨碌碌的大貓眼，童顏黑髮，原本不太合身的柔亮羅緞，如今顯得英偉非凡，臨光走上大殿議堂上，見眾人都已到齊，高聲道：「有請樓主主持會議。」

凌雲雁雖家學淵源，然而在江湖上經營多年，早已少了凌家在意的繁文縟節，多了三分的爽快豪氣，直接說道：「今日會議主題不說別的，也不談大家都知道的聖旨；諸位請看，

這在聖旨之下的三道密旨。」

凌雲雁將三道密旨攤在案上，晨曦之光照射在密旨上，那天子印鑑落紅之處隱有流光閃爍，足見皇室用料之尊；而眾人見著三道密旨，有的氣得臉上都成了豬肝色，比天子印鑑的痕跡還要紅，有的則臉色泛黑，不過無論臉色如何，眾人的感受只有一種。

難辦。

許瑞一身簡約穿著，身材恰巧足夠藏在身後那漆黑描金盾牌內，許瑞不解地看著三道密旨，言道：「你們都不覺得可疑嗎？除了密函不像聖上平時作風外，還要官員在聖旨頒布後才告知？若朝廷真要雲樓為槍使，一道聖旨足矣，何故多此一舉？」

臨光不愧活了將近快兩百歲，許瑞一番點撥立即找到不對勁的地方，言道：「莫不是有人假傳聖意？」

「聖上從來嚴令江湖宗門不得干政，如今之相，怕是有人將手伸進了朝廷，意圖拉我們雲樓下台。」

一道聲音在人群中響起，自太歲離開雲樓暗部之後「判官」之名被雲樓好好的保留下來，如今這道聲音則是現今雲樓真正的「判官」蒼羽夜，與許瑞同樣亦是如今江湖律法的修訂者，並稱雲刑羽判。

「什麼伸手，什麼干政的，這密旨說的文謅謅的，誰來給我翻譯翻譯。」曲無異外出常

攜一頭協助毀屍滅跡的白虎，如今在雲樓大殿，自然是不能帶著牠，曲無異帶著白虎面具，繫緊腰間置放雙刀的刀囊，多年休養，如今走起路來也不再一跛一跛，雖看不見曲無異的面容，但聽得出來曲無異是很想弄明白發生什麼的，權謀數術曲無異不懂，可說要揮刀護樓，曲無異卻是責無旁貸。

雨紛飛將第一道密旨推出，滑過大案，勁力控制的絲毫不差，密旨恰巧就停在曲無異眼前，雨紛飛說道：「知道你看不懂，我簡單說吧，這第一道密旨，就是要我們，放棄雲樓名下產業，等雲樓不再對朝廷造成威脅，那聖上的刀，自然就不是架在我們脖子上了。」

凌雲雁以內力將密旨吸至手中，環視眾人道：「那這第一道密旨很明顯了，要諸位放棄產業，以減少雲樓的實力，你們說，肯嗎？」

「就算是朝廷徵收都要斟酌再三了，肯定不能白白放棄。」曲無異道。

就連有兩百歲高齡的臨光也難得動怒道：「作為良民，從未抗拒繳過稅金，聖上一句話便要放棄一切，豈有此理！」

「亦水之地我也不可能讓出。」雨紛飛冷道。

在眾人表態的同時，身為會議紀錄人的　研，依舊潔白如雪的儒服，冷靜寫下每一條決議結果，深怕漏了任何訊息，看到樓主將第一道密旨以內力煉化成灰燼，同時也默默將第一道表決劃除。

突然一道拍桌聲眾人定睛望去，謙善為目前雲樓審判之一，此人背上錦布包裹一張古琴，浸淫琴道數年，就連修得一身的好脾氣也被這道聖意消磨殆盡，再拍桌怒道：「哼，聖上所派之地政司多為貪官汙吏，剝削百姓的事情還少幹了嗎？現在要我們來收拾這長久以來的弊端，實則要我雲樓腹背受敵，實在可惡！」

許瑞在一旁又說道：「諸位是否忘了，還有我雲樓還有讓聖上忌憚的東西。」

許瑞言中所指，其實眾人心知肚明，如今天下群雄割據，光是桓嶽府之玄嶽騎便讓北督統隊重創；更何況是擁有六支私兵的雲曦迴雁樓，這六支私兵遍布天下，可以說是只要屬於雲樓產業的土地上，縱使聖上有意剷除也難尋蹤跡。

蒼羽夜披上寬大的湛藍色袍子，打開遮蔽朝陽的那扇木門，一道清風拂入，吹散石桌上的灰塵，露出石桌上的刻橫，縱橫十九道，一目了然；蒼羽夜拿了一顆黑子與十顆白子擺在棋盤的兩端，涇渭分明，誰也不越。

「這黑子，是當今聖上；而這群白子呢……便是江湖各大宗門。」蒼羽夜面無表情說道。

接著將一顆白子拉道了黑子前，儼然與黑子同一陣線，說道：「而這顆守在黑子前的白子呢，是我們，雲曦迴雁樓。」

「聖上給我們了一把刀，要我雲樓為馬前卒，凡是與之對敵者，盡成飛灰。」蒼羽夜以

內力驅使白子，凡是與這顆白子對線的白子，皆被蒼羽夜以內力震碎，

「可到了最後呢……」

蒼羽夜飽提一口氣，吹散了那顆被比喻為雲樓「白子」上的塵埃。

塵埃褪盡，竟是一顆黑子。

「到了最後，是否我們也會因權力沉淪，才是我們應該思考的事。」一句話，振聾發聵，執政並不可怕，可怕的是，長久以往，自己是不是也會忘了初心……

「但或許，樓主可挾此權借雲樓百萬雄師，直接……」蒼羽夜要講的話說道嘴邊，沒敢繼續說下去，畢竟仍為帝國子民，如此大逆不道之話還是會被人詬病。

見眾人情緒高昂，一直默不出聲的老祖臨光出聲說道：「好啦好啦，別總是喊打喊殺的，咱們研究一下這第二道密旨說什麼。」

「其……二，愛……卿可用朝……朝廷名義，號召群雄共什麼……執法庭，成員皆為諸宗要員，若有惡人禍世，諸……諸宗共裁之。」一個身型嬌小宛若孩童的女孩，一個字一個字的念道；此人也是個奇人，大家都稱他夜繁。

遽聞此人兩歲時便修習這「以夜鍛肝」之術，導致這十幾年來容貌仍然宛若孩童；此法堪比昀泉仙宗那傳聞的不老神泉猶有過之，故常年深居雲樓，鮮少外出，否則早不知被何人

江湖三部曲

拐了去。

而曾為雲樓暗部之首的太歲接管了任情自在莊後，培養了一批殺手，雲樓畢竟是老東家，如今這等大事，太歲縱使性情孤傲也要做點面子，此次便派了代表過來，這人雙目輕覆一縷白紗，步履姍姍，徐風揚動白絲，周身縈繞暗香，兩袖長而不失靈動，儼然是擅使奇兵的好手，這人便是任情自在莊的特使，霽雪。

霽雪扯了扯嗓子，用一種乾澀而沙啞的聲音說道：「諸位前輩，雪雖不是雲樓人，但也有些想法……」

曲無異豪爽說道：「客氣啥，不是雲樓人才能找出盲點。」

「那，雪就叨擾幾句，這第二道密旨，是否為各宗門派出代表進駐雲樓，一同執掌？」

其實雲樓眾人早有這種疑慮，但若真如此雲樓顏面何存，但不如此，也實在難對其他宗們交代，如今霽雪點了出來，使得大家不得不正視這個憂慮。

不待樓主銷毀密旨，雨紛飛操弄落雨絲搶在凌雲雁前奪走密函，說道：「知君重兵在身，不以兵服天下；便以天下之兵誅君，此計非是驅虎吞狼，實乃二虎競食，一虎為我雲樓，另一虎……則是這天下！」

雨紛飛看著曲無異圓睜的大眼補充道：「知道你聽不懂，簡單說，就是不服就打到你服，要不就是我們被打服。」

雨紛飛都開了口，一錘定音，一旁默默記錄的　研總結了一下補充道：「第三道密旨淺顯易懂，第二道密旨，則是要我們各大宗門互相制衡；在許瑞與蒼羽夜兩位修法之下第三道密旨算是完成，而這第二道密旨，要讓各大宗門進駐是不可能的，可要我雲樓以一己之力鎮壓卻也不足，對吧？」

「對於這第二道密旨，小女子也有些見解，不知當講不當講……」

一道柔和的聲音從座位末端發出，雖非雲樓之人，可這奇女子，久居臨湘城也是闖出了一番名頭；其師更是名聞遐邇的雲樓策士宋遠頤；林茗身著輕便的粉白絲袍，在幾分俠氣之中又不失秀雅，但若因其柔弱的性子小看了此人，那就大錯特錯了。

久遠前曾有人於樓之外滿布鯉魚大旗，層層疊疊宛若大陣；其陣中有人散布謠言，說是樓主凌雲雁與林茗定下婚約……

據傳聞，林茗當時正與樓內諸員以茶論道，聽聞樓外叫喊聲，只見她滿懷笑意地向眾人欠了身，唰！的一聲，持著碧落雙劍走向樓外。

不過一刻，樓外喧鬧之聲以息，林茗用了雙劍上的血漬，恰巧灑在從雲樓門縫欲偷看戰況的路人眼上，在之後，官衙來人，便將林茗給捉了去；還是桓嶽府與雲樓兩方合力才將林茗給保了出來。

「小女子猜想，第一道密旨這不過是一句激將法，逼得各位接下二、三道密旨罷了。」

況且除了江湖宗門，皇帝在廟堂還有一個心腹大患……

林茗隨其師宋遠頤身旁學習許久，對運籌帷幄之事自有一番心得，只怕皇帝除了要江湖宗門牽制雲樓外，更想拔除的，便是帝都凌家；皇帝可不會想讓江湖宗門的手在伸進朝廷了，有了一個空虛禪師便處處受制，若是更多的勢力進來廟堂，那這天下還不得翻天。

沉思良久，除了這江湖之事，也料到了凌家可能也被掀了底，但現在能做的也只能盡人事，聽天命，如今大局底定，要挽回幾乎是不可能了，凌雲雁令道：「我提議這刑司之權，該分權共治，避免掌權者勢力過度龐大，但要其他宗門進入我雲樓共治也是不可能的；我便將此權分予六份。」

「臨光、雨紛飛、曲無異、謙善、蒼羽夜聽命。」

眾人整齊劃一，抱拳同道：「在。」

凌雲雁嚴聲道：「命爾等五人同列判官，掌法刑之權；許瑞則為監督，若有法規上之紕漏，即時回報。」

看著巴在桌角的夜繁，凌雲雁突發奇想，說道：「在加上妳好了，妳外型幼小，其他宗門定不會提防，或許能收奇兵之效！」

至此，雲樓七判官之名，昭告天下。

＊　＊　＊

霧淖之地，曾是天下五絕傳說起源處，上官風雅舊地重遊，景物依舊，人事已非，偶爾看見「那條鰻魚」出來蹦搭，上官風雅已是滿足，雖五絕風景已不再，雖無心門已然消亡，如今仍有值得上官風雅想要守護的事物。

看著霞紫袍子上的月季花金紋，那自手心傳來的溫暖，便是上官風雅如今一心要守護的人，那人見上官風雅魂不守舍，捏了一把柔聲道：「雅雅，在想什麼呢？」

上官風雅輕輕地捏了爻靈緋緊握自己的手，這一碰，讓爻靈緋臉上浮現醉人的酡紅，彷佛四要安撫爻靈緋，讓她別擔心地說道：「想起些往事罷了，緋兒覺得此地做為隱居之地如何？」

爻靈緋作勢幫上官風雅挑了頭上幾絲愁髮，歪著頭笑道：「隱居？雅雅我們還沒要到隱居的年紀吧。」

「如今江湖紛亂，恐又是另一個時代的江湖，我們現在湧退正好啊。」上官風雅道。

爻靈緋睜著水靈的雙眼，逗趣的說道：「那好啊，我刺繡，雅雅就偶爾去市集上彈琴賣藝養我吧！」

上官風雅拍著腦袋，裝做恍然大悟一樣，笑道：「為夫就是賣了身子，也不能讓緋兒吃苦，爻家要是知道我讓你吃苦，那還不得追殺我道天涯海角？」

「淨會瞎說！」爻靈緋嗔道。

一道突兀的聲音闖進，伴隨而來的是一道無匹劍意，那人說道：「打擾兩位，劍某自知罪該萬死，但這霧淖出口就一個，能否讓個道？」

上官風雅不用看，光是聽聲音就知道是誰，這聲音就是本人化成灰也都記得的聲音，無心三劍之一，劍傲蒼穹！

難掩心中驚喜，上官風雅足一踏，驚起掩目黃沙，挺身向前護住爻靈緋於身後，喊道：「劍傲！」

上官風雅以黃沙擋住蒼穹劍意，掩目電瞬之間，滄海紅塵凜鋒出鞘，只聞一句：「四訣劍意，滄浪無邊……」

招未出，劍傲蒼穹劍意在發，蒼穹劍意無邊無際，轉眼已不是劍式上的較量，而是雙方對於劍意的見解；雙方錯身、收劍，風停樹靜，回歸自然，上乘劍客巔峰較量，追求就是四個字。

反璞歸真。

劍傲蒼穹打破沉默，收劍問道：「你怎麼會在這？」

「亂世，隱居。」上官風雅言簡意賅說道。

在這鬼地方隱居？

劍傲蒼穹眼神上下游移，打量著上官風雅，又看了他身後的爻靈緋，後者微笑著向自己

上官風雅以劍氣在巨石上切成三落，爻靈緋及劍傲落座左右，上官風雅居中問道：「你怎麼看？」

「雲樓不愧天下第一樓，短時間能做出制定法令的應對不容易了；可同時較於激進的宗門也會覺得在為聖上效力吧……」劍傲蒼穹嘆道，無心三劍輝煌雖去，如今亂世，劍傲蒼穹也無多求，僅求一隅之地容身罷了。

爻靈緋打開荷花包，做起平常的刺繡，彷彿這樣做，能讓自己更安心些，在一旁弱弱的道：「他們很負責了……是這個時勢，讓他們不得不這麼做……」

意外爻靈緋難得對於國策有了想法，上官風雅問道：「緋兒也這麼想嗎？」爻靈緋抬起頭，點了點頭，又低下頭繼續刺繡。

「那我們便再為這個江湖出一份力吧。」上官風雅道。

劍傲蒼穹彷彿聞到腥味的貓，挑眉問道：「想怎麼做？」

「先抓出那條鰻魚再說！」

＊　＊　＊

時勢造英雄，英雄造時勢；亂世之中，前人的傳說未完，後人的傳奇卻也邁開篇章，一名少年腰間一口倭刀，隱勢未出，將發未發，刀勢已然攀至巔峰，他的對手是一對情侶，女子紅衣朱劍，月下伊人，抖劍翻出颯爽英姿。

女子身後，白袍男子彈的一手好琴，女子隨音而起劍舞，少年拔刀一斬，刀劍交鋒。

女子一口西域口音說道：「月咏煌，刀法又進步了啊？」

被稱作月咏煌的少年摀著雙耳搖頭憤道：「比武就比武，妳每出一招，妳男人就得來一曲，有你們這麼打的嗎？」

女子對月咏煌所言置若罔聞，眼角餘光看著身後淡然自若的身影，甜笑道：「我啊，少了他的琴音可不行，當心了，看劍！」

兩人刀劍再度交鋒，除了三人的以武會友，這江湖亂世，也有不少傳奇正在上演，雖以民為本曾一度凋零的穗落堂，也如秋收豐穗一般復甦，大量的招兵買馬；可也有不幸的傳奇，如同曇花一現般的消逝。

例如九蛇氏少主九笙在不夜城客棧與墨拓見面後，不夜城受山賊襲擾，九笙師從龍泉四俊之後，極招掃蕩山賊時誤殺的那名雪寒凝少俠；而這一切都被散布於江湖各地的殺手詳細的紀錄；在暗影中月光映出的那雙眼，不斷掃視每一則訊息。

任情自在莊，一個神祕的存在，自雲樓太歲接管後收留了不少走投無路，甚至孤苦無依

的孤兒或旅人；十九年前曦曌雲門，遍地銀霜，雲曦迴雁樓前成排樹苗，太歲記憶中的那人笑問：「太歲，冬天種樹，種得活嗎？」

如今雲樓門前蔥蘢蓊鬱，便出自太歲手筆；如同現在的任情自在莊……該活的，就是會活……

太歲給了你們選擇，路該怎麼走，操之在己，是正是邪，我命向來不由天。

「能讓你老太歲發呆，是什麼消息？」

「我再來看你。」被稱作老太歲的男子，離開地牢時走得很急，看的出來定是一件大事。

天下訊息之大，卻只有一條訊息，讓這雙陰森鬼氣的眼，久久不能移開。

「解空山門，流雲飄蹤身亡。」

智亂天下（一）

墨亂河山尋真道

「回首半生烽煙，難得半杯清閒……」

解空山門，解空解空，乃為解開世間諸法，情愛怨憎是法，枯榮生滅是法；世人不過塵埃，歷經世間一切法而稱為相；山門之內，荒沙石椅，枯樹生葉，盡是禪機。

自年少自在疏狂，至如今兩入鬢白，解決了百輪轉，也算了卻神君道仙丹一事；祭別了水中月，也大敗罪淵諸惡，奪了天書九之其八，雖未睹九泉祕徑，也算以別種方式如願而償。

創立了無數基業，國士無雙，也有印象中那道粉衣倩影，紙短情長。

曾為武道頂峰，傲絕天下，也曾武功盡廢，嗟嘆餘生，回首半生，起落浮沉。

流雲飄蹤一襲黑衫，氣息從容沉穩，一頭束髮仍是不變，臉上的落腮短鬚也被歲月及心境染上一層霜白，那名智計卓絕，持精鋼鐵扇運籌帷幄的百韜策侯，如今也不過山門內一名平凡得不能再平凡的掃地僧。

原本欲與天下爭的心境，在經歷多次磨練後也逐漸圓融；不爭就是最大的爭奪，而這份

圓融的心境卻意外疏通體內那道續命真氣。

當年水都苑的街道滿布泥濘。一道閃電，照亮暗夜中的惡戰三人。臨光和傲天，一左一右，飛簷走壁，又奔騰無人街道上，追著一道不明身影猛打。

「別打！」那人蒙著面，無奈喊道：「是我！」

「當然是你！」傲天怒斥：「鬼鬼祟祟，就是要打你！」

當年一場誤會，蒙面者竟是流雲飄蹤。

妖皇傲天滅世一槍重擊流雲飄蹤，流雲飄蹤後來可花了將近六年才恢復修為，可傲天槍勁豈是易與，自恢復後便分出一道真氣壓制這道槍勁，長年的壓制；早已使諸多臟腑受創，加上與百輪轉一戰並非全然無創，幸好，也終止了神君道復辟王朝的妄想。

人生三起三落，再無遺憾，舉掌凝勁，靈台清明，恍然心頭一思明悟，如今流雲飄蹤不再壓抑這道續命內勁，一身真氣卻是攀至巔峰，外放真氣擴散百丈方圓，根基稍差者，皆受此勁震懾，如牧野長風之流，為當世十大高手之列，便在解空山門之外感應到這股超越人體極限的內勁。

「這股氣息……」牧野長風既熟悉又疑惑，一步一步踏入山門之內，只見流雲飄蹤周身血霧蒸騰，氣血精元不斷流失，皆盡凝聚於右臂劍指之上，牧野長風雖感此招威力巨大，卻無感受到任何殺意，有的，只有一片寧靜祥和，包容萬物。

是那名仗劍策馬少年郎，倚斜橋，英雄藏功誰人道。
是那柄指點江山寒鐵扇，披墨袍，百略封侯天下曉。
是那身紅花朱衣掀鳳冠，湘河杳，不負紅顏悵紅梢。
是那壺大漠孤魂千金醉，氣自豪，恩怨情仇隨風了。
是那份瀟灑自在走一遭，醉今朝，黃泉路上付一笑。

往事一幕幕，一幅幅出現，太多太多，要謝的人太多，不捨的人也太多，一切恩怨情仇盡隨手中無可名狀，無招無式的一指。

流雲飄蹤已然油盡燈枯之態，面容枯槁，三千長髮隨氣勁張揚，感應到高手的氣息，流雲飄蹤雙眼突睜，昂聲道：「牧野，可能證我最後一招？」

心知此招不凡，牧野長風足一踏，掌一翻，十成功力全力一守，流雲飄蹤並指一點朱紅，輕描淡寫，不著痕跡，卻是雷光電閃之速、毀天滅地之力；牧野長風守無可守，剎那風停樹靜，無倫一劍偏移牧野長風三寸，直擊身後古松。

古松受此一擊，宛若歷經歲月年華，頓現枯榮生滅輪迴，牧野長風額上冷汗滴落足下黃沙，開口問道：「此招……何名？」

……

沒得到回應的牧野長風轉身看向流雲飄蹤，只見流雲飄蹤面上一片祥和，頹然低下了

頭，而射出氣勁的右臂也緩緩垂落，一身生機盡散。

牧野長風一聲輕嘆，抱起流雲飄蹤的屍身，緩向臨湘城方向而去。

該回家了，流雲。

＊　＊　＊

打從與太宿分道之後，孤江夜雨便於桓嶽府內深居簡出，流雲飄蹤身亡消息已過數日，孤江夜雨得流雲飄蹤韜略之傳，自桓嶽府創立至今擘劃籌謀無數計，也落得一身沉痾，尤以天朝以雲樓為槍使欲使驅虎吞狼之計，孤江夜雨得此消息早已布下數計應對，偌大宗門只一人案牘勞神，再聞流雲飄蹤身亡消息，一口心頭血噴出，連帶多處沉痾爆發。

看著未完的「孤雨論」孤江夜雨提筆沾上新墨，寥寥幾筆在紙上留字，對於桓嶽府的未來方針，甚至接班人，孤江夜雨安排的妥妥當當，再看一眼雪山上的桓嶽府全貌，欣慰地露出微笑，緩緩闔上雙眼……

「師尊，夜雨來尋你了……」

臨湘城以南氣溫極低，桓嶽府憑恃雪山天險立府於此，府主尹玄胤雖馬賊出生，早年曾受儒俠宋白之邀至「書苑」修習，傳聞這書苑有一祕境名為「士別三日」乃歷代最有才華之弟子才得以進入之地。

宋白將此機會讓與尹玄胤，不過數月，「士別三日」之境已收「刮目相看」之效，尹玄

胤雖為馬賊出生可得此奇遇已非往日可比，除了武藝更加精進，刀槍劍戟無一不精，殊為難得是得了天人之智，雖仍未脫匪性，但足稱上「智將」二字。

可惜的是但凡有人問起這「士別三日」之祕，無論宋白抑或尹玄胤皆避而不答；而後隨著宋白退隱山林，這「書苑」祕辛也如石沉大海，再也無人提起，直至近月，尹玄胤創立桓獄府大肆蒐羅宋白下落才將其延請回府，可當尹玄胤再見宋白那殘疾半身的身子，一腔男兒淚也不禁落下。

一代儒俠竟落得如此下場，可無論尹玄胤如何旁敲側擊，宋白皆是避而不答，也讓尹玄胤無可奈何，只得將宋白安頓好，再圖後事；迎回宋白是好事，可福無雙至，另一件禍事如平地春雷，炸暈了尹玄胤的腦袋。

尹玄胤一身匪氣未脫，加之情緒影響，周身真氣無法收斂，陰沉著臉看著那名探子，冷道：「流雲……飄蹤身亡？」

刀疤臉探子被尹玄胤一身氣機鎖定，拍著自己頂上的光禿的腦子，汗顏道：「回……回府主，現今傳得沸沸揚揚，絕不會有錯，而且……」

「而且什麼？」

「孤江先生他……」

刀疤臉欲言又止，尹玄胤只感一陣天旋地轉，不待刀疤臉說完，迅步踏出桓獄府本部，

真氣運行於足，所過之處無不狼藉，真氣外放絲毫不留，踏在雪地上的足跡都因灼熱的真氣遲遲無法凝結。

不過一刻的時間便已至孤江夜雨的落院前，尹玄胤來的晚，已有不少人在灑掃孤江夜雨的院落，等待尹玄胤的只不過是一具冰冷的屍體。

「先生……」

尹玄胤伸手觸及孤江夜雨的屍身，未完的「孤雨六論」之中夾帶一封題名「尹府主」的信封，從衣袍內滑落，信中一點血漬滴落，僅留一句。

「夜雨已隨雲蹤去，莫使惡道欺丹心。」

「夜雨已隨雲蹤去，莫使惡道欺丹心……」尹玄胤失魂落魄的覆誦了一次……

莫使惡道欺丹心……

尹玄胤心神大亂之既，一名灰髮褐眸，面帶狐狸面具，身著夜行衣之人闖入，尹玄胤本能反應一掌擊出，看見熟悉的狐狸面具及時撤掌，掌風餘勁仍是打得身旁古樹枝葉紛落；尹玄胤迅速調整好心態，淡淡道：「蘭冬何事如此匆忙？」

會這樣詢問，是因為尹蘭冬一脈沒有大事基本上不會輕易露面，尤其尹蘭冬這類的暗殺者，如此急躁行事，必出大事。

尹蘭冬雖有面具覆面，方才尹玄胤一掌可嚇得他不輕，抹去額上冷汗，急忙道：「秉府

主，城外有大軍集結，鎮脩閣主已率白先生及其門生前往布防。」

原本極度壓抑的心理，如同壓垮駱駝的稻草，此時尹玄胤面上平靜無波，是以強大的理智強行壓住不斷衝擊內心的情感，只見尹玄胤一聲令下，大喝道：「傳令全府，半個時辰內校場點兵，三鋒以上將領，大殿議事。」

金鐘十三響，為桓嶽府內最高事態而響，上至三大閣主，下至閣生府衛，盡數到齊，桓嶽府軍如棋盤縱橫，分列於教場之上，桓嶽府大殿內極為簡陋，基本上叫的上號的就一張木椅；更多的人則是依照三閣歸屬站在閣主身後。

桓嶽府內分三閣一苑，大殿上能看見三道人流；獨不見「曇瀾」一脈人員，桃衣女子睡眼惺忪，揉了把眼側，倒是顯得嬌憨，懷中抱著蜷曲的毛毯，對府內的一切顯得極為陌生，澄亮的眸子看向僅有尹蘭冬一人獨站的方位，在他身旁數丈再無任何人，但也沒有人會想要侵擾這一方之地。

因為彼此心知肚明，他們為桓嶽府的付出。

酒櫟頂著竹笠披著蓑衣，打開隨身的酒葫蘆眼神迷茫的說道：「梁副使或許還不大習慣，但這是蘭冬那一脈的宿命。」作為桓嶽三鋒之一，尹玄胤親傳弟子，酒櫟未曾真正過分干涉桓嶽內政，幾分力做幾分事，酒櫟很明白，現在，還不是屬於自己的時代。

「宿命？」梁雨夢疑惑問道。

酒櫟飲了一口酒葫蘆說道：「咱桓嶽府分『曇瀾』、『鎮脩』、『虎詔』三閣與『清楓苑』現在望去，梁副使詫異的便是『曇瀾』一脈吧？」順著酒櫟的說明，梁雨夢似懂非懂的點了點頭。

雖然依照對於機關上的天賦造詣，得清楓苑主賞識，破例提拔為清楓副使，可對於諸大桓嶽府，梁雨夢整日埋在書房研究圖紙感受實在是陌生。

「在這裡什麼都不重要，唯有情報與任務為重，不可過於的情愫，不可過於的思索。」酒櫟道出了一句話，而這句話也是曇瀾閣的行事宗旨，上至閣主傅日安，下至閣生，一入此閣便終生為影，潛伏於天下各處蒐羅情報，也能解釋何以金鐘十三響，也僅尹蘭冬一人出現；三閣之中便數曇瀾最為凶險，如今曇瀾一脈除卻閣主及尹蘭冬……

全數陣亡。

這也是為何曇瀾人才零落，卻備受敬重，梁雨夢看著尹蘭冬不禁對這狐狸面具產生了興趣。

尹蘭冬拿出一張比自己身形還大上不少的地圖，圖中脈絡分明，所繪皆是不夜城周遭水域及山脈，其中被硃砂圈起的標記位置恰巧是不夜城外集結的軍隊；天朝式微，在這群雄割據的年代，任何一支私兵集結都會被高度重視，尤其……現在更是在自家門外群聚。

「諸位請看。」尹蘭冬正拉開著地圖，一道突兀的聲音伴隨著桃花酒香自門外突入。

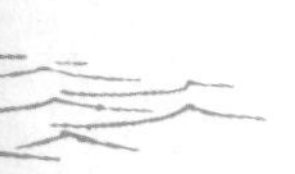

來者白衣墨扇，腰懸一柄無鋒長劍；手中酒葫蘆從不離身，狂聲笑道：「怎著，打官兵不找本邪君，太不給面子了，老胤！」

傳聞桃鄉客棧為諸多勢力上皆有分部，桃鄉成員多為隱士奇人，其中便以「桃映邪君」白然君行事最為張狂，白然君收起墨鐵扇，那醉人薰香也隨之消失不見。

「本府還想說是誰這麼猖狂，正想給他點教訓，原來是邪君蒞臨，快請坐。」尹玄胤這話說的不鹹不淡，言談之間也嶄露出無比的自信；現在官逼民反，多一份助力便多一分勝機。

不待尹玄胤開口，白然君便道：「本君給你準備了一份大禮。」

「什麼大禮？」

白然君從懷中取出一封密函，露出邪魅的笑容，將密函遞予尹玄胤。

「此舉若成，能救萬民於水火！」

＊　＊　＊

鎮脩閣主柳芯在不夜城養了些許時日，加之蘇洛玄那柄神異木劍的遺澤，修為更勝往昔，如今大破大立也非同日可語；據傳聞四生雀送柳芯回不夜城後便消失的無影無蹤，柳芯為此甚至召集鎮脩閣上下在不夜城大肆搜羅，連根鳥毛都沒找著。

一個人在不夜酒樓買醉，嚷嚷著「臭阿雀、臭阿雀」的叫，鬧了個天翻地覆，還是閣生

柳芯回府，也不知柳芯服了什麼仙丹妙藥，大家看了柳芯被揍的鼻青臉腫，睡了一晚就好了起來。

只道是其師北海道人四生雀早就找著了雪海島上的「三浪涎香」，柳芯才得以恢復的如此迅速，不過柳芯朝著雪海方向拜別了四生雀後，整個人彷彿脫胎換骨，成為尹玄胤的左膀右臂，桓嶽府的擎天基石，就像現在，尹蘭冬回報敵軍集結的第一時間，柳芯便領著先鋒軍提前至不夜城郊十里外布防。

柳芯揉著金穗色的髮絲，神情凝重的看著黑壓壓的那支軍隊，大旗上寫著「中督」二字；北督統隊前些時日被玄嶽鐵騎重創，大朝也是急了心眼，三個月都不過又派了中督統隊來「收復山河」。

柳芯自西夷求學而回，手中持一中通鐵棍，棍之兩側皆有鏡面，可屈可伸，望之能觀千里之外，柳芯稱之「通天鏡」正看著數里外的中督統隊，饒有興致的哼著小曲，心想鎮脩閣在方圓數里之內布下拒馬及陷阱，每隔一走距離還能以狼煙傳遞訊息，這樣都能讓中督統隊突破防線，那她這個鎮脩閣主乾脆辭掉罷了，柳芯模擬兩軍交戰的情節，心情正美妙著直至桓嶽府的金鐘十三響綿延至前線。

「麻煩……」

知道這十三響的意義，柳芯皺了眉頭收起通天鏡，將額前分岔的髮絲撩撥在耳後，拿著自己的閣主令向名閣生招了招手；雲飄渺、諸葛　以及從尹玄胤那拉來的白亦陵都到柳芯身旁。

「喏，聽到沒，這個鐘聲。」柳芯雙手環抱胸前，食中指夾著閣主令牌，有韻律的敲著，饒有興致的盯著幾人。

雲飄渺柳眉倒豎，腰懸軟劍，紫砂細繩束髮，頗有巾幗不讓鬚眉之風，諸葛　出自隴蜀諸葛名門，一身勁裝打扮，身揹巨弩，樣貌平凡，放在人群中絕不醒目，諸葛　大喇喇地上前來，而白亦陵身材修長，容貌清秀，有一雙少見的如松柏般翠綠的眸瞳，一襲繡有山河丹青白色衣袂，墨髮束於腦後，沉穩的等著柳芯的指示。

柳芯拉著閣主令牌的流蘇無聊的甩著，悶道：「鐘響十三，忠骨沉埋；府內必有白事發生，我須回府一趟，郊外那幫狗崽子時時刻刻盯著我們的動作，我此趟行事必須隱密，現在我要從你們叁選一個為主帥，給我好好盯著他們！」

柳芯言罷，環視三人，雲飄渺個性果決，可擔一軍之勇，諸葛　雖無大志可行事嚴謹，可守一隅之地，白亦陵嘛……

正思考主帥該交付何人時，雲飄渺果斷上前，昂聲道：「閣主，屬下願任！」

「你要去就去，小點聲，嚇死老子了。」諸葛　就站在雲飄渺身前，被雲飄渺這一吼嚇

得回頭怒視。

雲飄渺與諸葛　性格天生截然相反，看著諸葛　懶散的個性早就想揍他一頓，現在兩人大眼瞪小眼，雲飄渺按在手上的長劍已出鞘三吋鋒芒。

「你們倆要打去帳外打，打死一個是一個，剩下那個依閣法處置。」柳芯兩手將雲飄渺二人從中間分開，指著帳外說道，兩人怒視對方一眼，別過頭，眼神不再交會。

白亦陵搖了搖頭，啞然失笑，持白羽扇拱手溫聲道：「回閣主，屬下願擔此大任。」

「你？」柳芯將甩成風車狀的閣主令牌握在手中，甩的流蘇都已分岔些許，挑眉看著白亦陵說道：「此次布防攸關我桓嶽府命脈，邊防若失，城郊百姓便會湧入城內，屆時若有奸細進城可是大麻煩，你確定？」

白亦陵輕搖羽扇，自懷中取出一卷兵書雙手捧著兵書，虔誠說道：「白某自入府便與孤江先生學習兵法韜略，此戰必不負孤江先生教誨，不負桓嶽府栽培。」

柳芯將閣主令甩在白亦陵臉上，白亦陵已巧勁轉化力道，收下寫著「鎮脩」二字的銅牌，柳芯吹了聲哨音聽到帳外馬蹄聲靠近，向白亦陵說道：「你都這麼說了，我也不好意思削了孤江的面子，但我總覺得心神不寧；嗯，你們兩倆，我去……」

就在交代事情的時間，雲飄渺長劍已然出鞘，心知諸葛　不擅近戰，長劍靈動貼身而上，諸葛　凌空後蹬，連珠三箭已發，飄渺長劍擋二，剩下一箭，柳芯甩了張桌子打歪箭的

軌跡，只聽柳芯怒喝道：「你們倆是牛啊，叫你們打還真打！」

柳芯掄起袖子一人一拳，雲飄渺與諸葛　頭上各腫了一個包，兩人相視覺得好笑又不敢笑出，那憋著笑意的怒容，比哭還難看；白了兩人一眼，柳芯策馬臨行前向三人說道：「守好此地，諸葛　、雲飄渺凡事須聽白亦陵，行事莫衝動，知道了？」

「屬下遵命。」兩人低頭應聲道。

白亦陵在柳芯臨走前喊了一句：「閣主，替我向孤江先生問好。」

柳芯策馬迎風，頭也不回，只甩了甩手來表示知道了，一人一馬在斜陽餘暉下逐漸融為一體，直至消失。

就在柳芯離開不久後中督統隊卻是有了動靜，鎮脩閣早已挖好鴻溝，兩軍對壘，涇渭分明，白亦陵作為主帥輕搖羽扇站在多數閣生之前，雲飄渺、諸葛　則在兩旁，看著來勢洶洶的中督統隊，白亦陵拱手道：「中督統隊來勢洶洶，不知軍爺姓什名誰？」

中督統隊的統領不答話，倒是一些敵視桓嶽府的附庸勢力先開了口，彷彿白亦陵這聲軍爺在喊自己一般，只見一名老者白髮蒼蒼，上吊著三角眼，堅挺的鷹勾鼻指著白亦陵喊道：「你爺爺我叫須崑崙，你又是哪個小毛孩？」

「孤江夜雨門下，白亦陵。」白亦陵溫聲道。

須崑崙看了眼身後中督統隊，那統領無動於衷的樣子，便壯了膽子說道：「我看你還像

個樣子，爺爺我今日大發慈悲，趕緊讓我們過去，或許還能給你們留條狗命。」

「不知我桓嶽府犯了何事，天朝得出兵圍剿？」

見白亦陵沒有要讓開的態勢，須崑崙破口大罵：「呸，你是個什麼東西，天下之大，莫非王土，就憑你現在掛著『鎮脩』兩字的大旗，身後諸位大人便能定你的罪！」

雲飄渺看著須崑崙就想上去揍他一頓，現在聽到自家鎮脩閣名稱都能治罪，不悅問道：「我桓嶽府三閣一苑早已定下些許時日，往日天朝不治罪，今日我鎮脩閣又是如何犯罪，犯了何罪？」

「『鎮脩』取名『朕羞』之意，暗諷當今天子，加之北督統隊於不夜周遭受到伏擊，爾等難辭其咎，該當何罪？」須崑崙狐假虎威，氣焰更甚。

「放你娘個屁！」雲飄渺拔劍出鞘，諸葛　巨弩已瞄準了須崑崙的腦袋，白亦陵雙手張開按下兩人兵器，冷聲道：「欲加之罪，何患無辭，他這是騙我們捨地利，出關和他們打呢。」

哦？這小子還有點腦袋，須崑崙順了順白鬚，暗中讚道，並讓手下人先將此地訊息傳出。

白亦陵沉眉怒道：「蒼天不公，世間無道，白某使在此關，爾等若有能耐，儘管來搶，莫說白某沒提醒，越此鴻溝……」

「屍骨不留！」

＊　＊　＊

「國師，現在你該前往的非是帝都，而是雲樓。」

九笙掌心向上，掌心內盡是餵食信鴿的飼料，順了順信鴿的羽翼，看著信鴿中傳遞的內容，索性將飼料朝空中一撒，任由信鴿啄食。

這消息……想必天下皆會因你而動啊，流雲飄蹤。

空虛禪師不明九笙意圖，心中急欲返回天朝力挽狂瀾，加之秋霜夢焉立場不明，空虛禪師暗提內元，向九笙說道：「九施主若欲害這天下，那貧僧也只能將惡根斬除在此了！」空虛禪師周身金光燦爛，龐大氣勁掃亂了桌上棋局。

「若國師能罔顧龍氣失衡，並無視九倍穹蒼之力的情報，大可將我擊斃於此，九笙絕不還手。」九笙堅定看著空虛禪師，空虛禪師想不透九笙意欲為何，只得收起內功，看著九笙的下一步。

「不知是天意弄人，還是百韜略侯有意為之，信中所述……流雲飄蹤身亡。」九笙夾著黑子突然碎裂。

空虛禪師如遭雷噬，顫聲道：「流雲施主……身亡？」

九笙招了手，客棧外的馬車已經備妥，向空虛禪師推去一封訃文，言道：「是，無論造

化弄人，還是有意為之，流雲飄蹤身亡給了雲樓足夠的緩衝時間，應對天朝這步驅虎吞狼之計。」

「九施主所圖，究竟是什麼？」

「昀泉十二氏，獨剩我九蛇一脈，幾經輾轉才得穗落堂容我一席之地苟活；國師不曾想，十二氏尚且至此，那普通百姓呢？若真國泰民安，豈會有我這般顛沛流離之人？我所圖者，不過平衡。」九笙為空虛禪師掀開馬車的車門，背對著空虛禪師說道。

空虛禪師道了聲佛號，嘆息道：「九施主所行，乃真正的無間之路，若是可以，回頭是岸。」

回頭是岸，回頭有誰可盼？

看不清九笙表情，空虛禪師收起雲樓發出的訃文，關上了車門，在九笙的排布下自龍虎山繞道離開不夜城，完美讓空虛禪師避開中督統隊圍剿的訊息。

飛鴿傳書留下的訊息可不僅有訃文，其中包括了臨湘城為流雲飄蹤的公祭封城的消息；這還是一次權力與人情之間的考驗。

九笙看著流雲飄蹤身亡的消息，不免讚嘆，百韜策侯竟能布計至如廝，以身布局，徹底轉移焦點，這一局，我該敬你！

斟了一杯酒，九笙飲了一口，朝臨湘方向一灑。

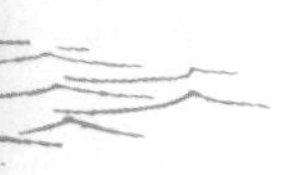

客棧樓下人潮聚集嬉鬧，引起了九笙的注意，歪著頭看向秋霜夢焉。

「一年一次的情話大賽，妳對過家家有興趣？」秋霜夢焉眼睛快瞇成一條線的與九笙對視。

九笙拉著秋霜夢焉衣擺，拉著便往樓下衝去，嘻笑道：「玩玩嘛，人生幾何，及時行樂啊！」

真拿妳沒辦法……

秋霜夢焉壓下連帽斗篷，隨著九笙走下閣樓。

＊　＊　＊

雲曦迴雁樓基業占天下三成之多，流雲飄蹤身亡消息一出，憑藉一宗之廣布，可稱作舉國哀慟，無論何城，放眼望去可見諸多店面招牌掛起了白巾，據聞久不問世的妖皇傲天，雲樓四奇之墨塵都在水都苑出現了蹤跡。

本就少有交會的兩人，行事作風也不盡相同，兩人唯一共同的一點，便是江湖上已少了兩人的蹤跡，如今因其徒兒寒嫣楓有了一絲的淵源，在流雲飄蹤祭典前夕兩人恰巧於水都苑的客棧相見。

傲天仔細聽著面前青年闡述著命運之道，青年旁的少女則是一臉憧憬而自傲的看著青年；青年侃侃而談，傲天眼神時而凝重、時而驚奇，他知道，這就是他要找的人。

命運果真待我不薄，我尋了你兩年了……

傲天雖退命運聖主之職，命運的傳承卻一直有人延續，寒嫣楓被奉為命運聖女，傲天隱匿江湖的期間，仍是堅守著這份信念，就算命運聖門二起二落，寒嫣楓仍未放棄命運聖門，她相信有一天，聖主會帶著萬千信徒，見證命運盛世。

青年闡述的命運之道已盡，茫然而虔誠的眼神盯著傲天，可青年不知傲天心中的命運藍圖，有寒嫣楓多年盡心盡力的維護聖門，加之這名青年傳承的命運精神，何愁聖門覆滅，心中大喜，開了一罈自釀的烈酒給身旁兩人滿上。

言者無心，聽者有意，流雲飄蹤葬禮在即，諸多隱士奇人也如雨後春筍般一股腦全冒了出來，墨塵，便是其中一位，墨塵斟了一碗酒自隔壁桌湊近賀道：「傲天兄久見，如今再出，便尋得傳人，當真可賀。」

「多謝。」傲天言簡意賅，將碗中酒一飲而盡，反扣酒碗看著墨塵。

墨塵出身墨家，先禮後兵，酒碗飲盡後眼神一凜，冷聲問道：「那傲天兄可還記得吾徒為汝聖門做出多少付出？」

一道劍氣，劃開傲天束起的髮絲，一縷髮絲隨風飄揚。

落塵。

「看來，墨兄是來找麻煩的？」

如今傲天人身血脈，隨著使用妖皇金瞳的次數也給自己的軀體造成不小負荷，逐漸收斂自己那暴躁脾氣，淡泊這個江湖，傲天身材雄偉高壯，摘下赤金鐵面，露出異於常人的妖皇金瞳，有一對野火般的濃眉和銳利雙眼，卸下披在身上的黑羽大氅，交付身旁白衫青年與紅衣少女。

卸下黑羽大氅時，露出傲天腰懸的兩柄鐵棍，兩兵一併，組成一柄九尺長的鐵槍，長槍斜挑對桌的客人。

那對桌的客人穿著全黑的長袍與一頭白髮馬尾，攤開身後字軸露出一柄三尺長劍，劍柄如筆，通體漆黑，教江湖人見了，便知是雲樓四奇之墨塵。

墨塵旁女子感受到傲天傳出的壓力，持了刻有「桑」字及「執」字的兩柄短劍，勉力抗衡傲天運用「妖皇金瞳」所造成的壓力。

墨塵長劍一抖，掃開妖皇金瞳造成之壓力，喝道：「語清，站吾身後，傲天，汝既為前輩，便別牽連吾家小妹。」

傲天鐵槍佇地指著墨塵怒道：「搞清楚，是你們找我麻煩，不是我閒著沒事要揍你。」

「吾徒寒嫣楓為汝守命運聖門至今，汝那句寒嫣楓對於命運的理解不夠純粹，做為人師，吾不該找汝麻煩？再者，吾出劍不過警告，汝可有損傷？」墨塵口中鏗鏘有詞，卻知傲天妖槍威力不凡，護住墨語清，墨風劍緊守三丈方圓。

「她對命運的理解與你找我麻煩是兩回事，她守護命運聖門與我要找的傳人，也是兩回事；你找我麻煩，跟我有沒有受傷，也是兩回事！」傲天大喝一聲，妖皇金瞳威能大放，一身真力湧動，強烈氣勁掃翻客棧桌椅，墨塵運使墨風劍，左劈右斬，凡近身三寸者，皆無完膚。

墨塵眉頭緊皺，交手瞬間，縱使功力差距不大，可傲天有妖皇金瞳傍身，戰局已成六四之分，可為徒兒的一口氣，墨塵劍指傲天怒道：「誰在乎汝的命運，嫣兒在乎的只有汝！今日汝沒說出個三四五，吾便拚上這條命！」言罷，墨塵旋空運劍，攻向傲天。

「我最討厭就是你這種自詡正義的人，嫣楓護我命運聖門這麼長一段時間，她所信的，也是我，傲天的命運，所以，她適合作為護道人，不適合做傳承者，說了你也不明白，打吧！」

傲天抄起長槍，槍尖斜插在客棧木板上，奮力一掀，如浪滔天，無數木板翻空而起，阻擋墨塵的視線，也阻擋了墨風劍的攻勢；趁此機會，傲天對著身後的小情侶說道：「去找寒嫣楓，她會告訴你們該怎麼做。」

傲天大喝一聲：「就是現在，走！」送走一直被護在身後那尋了多年的「命運傳承者」，迴身一槍隔開墨塵的劍鋒。

鐵槍長劍欲在交鋒，卻被至柔棉力的綑帶纏住，將近兩百高齡的老祖臨光強行分開兩

人，上回見之臨光有八尺高，現在又剩五尺高，傲天對他這位同修所練功法一直好奇不已；又見漫天細雨暗藏鋒芒，仔細觀看墨風劍已被纏上細絲，傲天想都不想，這種手法他早看膩了。

只見招不見人，傲天試探性的問了句：「雨紛飛也來了？」。

「她什麼脾氣你不知道？我讓她別出來了，省得添亂。」言罷，臨光隔在兩人中央，厲聲問道：「我們失去了流雲，明天還有誰想當主角，我送他一程。」

傲天開啟妖瞳，目力異於常態，順著幾不可見的落雨絲，在一張門簾後，看見那張熟悉卻陌生的臉龐，門簾半掩，若隱若現的隨晚風擺動，讓傲天不禁懷念起水中月，墨風劍被落雨絲纏得紋風不動，宛若三妖齊聚，墨塵收劍抱拳道了聲：「老祖。」向臨光道了事情經過，臨光聽完大拍桌子怒道：「下次若有事，好好說話不行嗎！」

傲天不喜解釋，拉起黑羽大氅，翻牆躍下，遙聲傳道：「小四葬禮便在明日，今日且到此為止，他日相遇再分高下。」臨光心知傲天說一不二，如今肯先讓步也讓自己鬆了口氣，流雲飄蹤身亡加之雲樓因聖旨賦予的刑司大權之事，臨光已是心有餘而力不足。

要是墨塵及傲天又打起來，那自己和雨紛飛是幫還是不幫，如今傲天先走了，就沒有這個問題了，想了想，還有一個衝動誤事的，打了一個眼色，讓雨紛飛先行離去，心中大喜之際，墨塵決然的眼神讓臨光心中暗叫不妙。

這小子……

「若今日吾替吾徒討公道也錯了的話，吾便給老祖一個交代。」墨塵將劍收進字軸，兩手一翻，內元如江河潰堤，散盡護身氣罡，臉上都浮起異常的豬肝色。

就當臨光欲言之既，一名蒙面客迅雷不及掩耳之速闖入，殘狠厲掌作勢欲攻向墨語清；緄出劍隨，臨光、墨塵兩人連袂出招，欲逼蒙面客自救。

墨語清雙手桑執短劍成「八」字劍型應對，豈料蒙面人虛晃一掌墨語清劍勢撲空，蒙面人十成勁力震碎臨光緄帶，墨塵揚劍搶攻，蒙面人厲掌逼命，墨塵護身氣罡散盡，劍出七分守，招出三分留，精妙劍式也難避無堅不摧之掌。

蒙面人出手霸道狠戾，墨語清以為是傲天出爾反爾，見墨塵有逼命之危，怒道：「傲天，還說不是你！」

臨光卻是怒斥道：「胡說，傲天才不屑行此暗行之事！」臨光出掌欲救，可這回話的時間，終究慢了半分，蒙面人雷厲一掌擊碎墨塵筋脈，灑血半空。

「可惡，留下！」臨光欲攔下蒙面人，難料蒙面人身法詭異，早已起陣絆住臨光，逃遁而去。

臨光上前扶起墨塵問道：「墨塵，你怎樣？」見墨塵嘔血不止，臨光欲輸功為其續命，卻被墨語清打斷。

墨語清背起有自己兩頭還高的墨塵，拍開了臨光的手，叱道：「放開。」

「墨塵還有的救，你別鬧！」臨光欲出手攔阻，不料對方反撲之意強烈，對方有意，自己無心之下，險些被墨語清劃傷。

墨語清聲淚俱下憤道：「不用你假惺惺！」墨語清撕下一塊衣料子，雙手按在墨塵傷口上，努力為墨塵止血，噙著淚水急道：「我帶你求醫，我帶你求醫，你別睡，別睡啊……」墨語清又拍又捏著墨塵頹然的臉龐，深怕他一闔眼，便要天人永隔。

臨光表情凝重的看著墨家兄妹，怒道：「你若再不撒手，只怕墨塵也得去陰曹地府見了倚不伐！」

「咳咳……吾……小妹……先離開……」那蒙面人出手之迅捷，墨塵心脈幾近碎裂，勉力擠出一句話，便不省人事。

墨語清看的心中更急，帶著墨塵求醫去了，得雲樓山海尊岳小濤之傳，加之本就有些輕功底子，揹著墨塵速度也沒慢下多少，數息間已離開了臨光眼前。

唉……

墨家兄妹走後，臨光招呼幾名隨從暗中保護著墨家兩人，隨後雲樓人馬陸續回報流雲飄蹤葬禮籌備進度，臨光又為此操碎了心。

智亂天下（二）

染神刻骨倚翰林

水都苑附近竹林內，一場激烈追逐正在展開，女子抱元納勁，周身浮起湛藍青光，五名鐵面殺手五刀合一，迎面殺上。

「地道，山河！」素芳蓮一掌推出，借天地之氣，有傾盡三江之勢，無奈連日奔逃早已力頹，掌力震開五人，再度拉開距離。

慌不擇路，身上鮮紅浸透道袍，手中雪銀劍芒也被鮮血染得黯淡，素芳蓮多處負傷，雖為女兒身掌力一擊而出，力道絲毫不弱於男子，只是連日奔逃勉力再出「行天道法」之人道，威力已非數日前可比。

震退追擊之人，素芳蓮憤恨問道：「你們究竟何人！」拂塵與長劍交叉警戒，慎防敵手偷襲。

「妄議天子，其罪當誅。」追擊素芳蓮之人皆身著飛魚服，為首之人鐵罩覆面見不得神情，就這交談一瞬，追擊人馬再佈殺陣。素芳蓮拂塵掩殺，手中秋水淩厲一擊，逼開五丈距離。

前有五絕案、霜嶽案為例，如今天子大頒禁言令，素芳蓮雖名不揚，卻是直言不諱於水都苑大罵天子，果然不久這群鐵面人便找上了素芳蓮，一路追擊至今，素芳蓮沉眉問道：「雲樓的人？」

「你不需要知道。」

鐵面殺陣再開，五人旋刀欺身，逼近五丈距離，素芳蓮拂塵捲住襲來刀光拖勁擋下另一鐵面人的刀勢，橫劍格擋三道斬落寒芒，三名鐵面人下壓刀勢發勁，素芳蓮足下一沉，拂塵脫手，兩道刀光襲來卻無處可躲。

嗶！

雙刀劃過腹部，素芳蓮瞬間重傷，架開格住的三道刀光，順勢後退。為首的鐵面人反握刀身，疾步殺向素芳蓮。

鏘！

一聲驚響，雙刀一劍破死劫，竹林內，鐵面五人瞬間被圍，包圍人馬雖為民兵出身，數量不多，列陣卻不比正規精銳差上多少，民兵手持「蓋特」二字旗，鐵面人頓感壓力。傳聞天下三大財團之一，千金鑄命許老爺，許瑞麾下便是蓋特軍團。

「你死了可會給我們造成麻煩呢。」許瑞看了一眼素芳蓮的傷勢，大手一招，身旁的蓋特隨從將素芳蓮抬了下去，因傷勢沉重，素芳蓮眼神逐漸迷離，落下了拂塵及長劍。

「開卷吞墨沾白羽，聖蹤藏玄作舟楫。」

一同出手的除了許瑞一劍之外，蒼羽夜抽出藏於背後的兩道白羽般的利刀，一正一反的持刀姿勢宛若一個「圓」，「圓」所環視之處，鐵面人無不警惕萬分。

蒼羽夜沉聲再道：「千古性惡本難斷，鐵律正法祭商君！」雲曦迴雁樓正為流雲飄蹤身後事忙的焦頭爛額，此刻也僅剩許瑞及蒼羽夜兩人勉力維持局面，還是蓋特軍團為眼線才及時在素芳蓮千鈞一髮之際救出；蒼羽夜雙刀如羽，輕薄鋒利，鐵面人眾不敢大意，交手照面，五人已然負傷。

鐵面人眾思退之際，許瑞一聲令下：「拿下，要活的。」一言出，眾人動，蓋特軍團一擁而上，民兵出身，卻是個個體格健壯的蓋特軍團，一力降十會，無精妙招勢，眾人或劈或砍，很快便打的鐵面人僅招架之功，無還手之力。

蒼羽夜收起雙刃，冷眼盯著戰局，卻聞到一股煙硝味，心中暗叫不妙，出言急喊道：「是火藥，都散開！」

一聲驚爆，鐵面人眾心知死局底定，五人缺胳膊斷腿的緩速靠近，雖行動緩慢，可距離實在太近，危及之間許瑞頂起黑金大盾，扛著衝擊威力在鐵面人身上抓下一物。

這是……

許瑞迅速將鐵面人身上之物收起，面色凝重的看著遍地碎肢殘骸，蒼羽夜看著蓋特軍團

抬著的素芳蓮，向許瑞問道：「這人你有想法？」

「此人敢犯大不敬之罪，已引起百姓關注，先收押牢中，待流雲飄蹤葬禮結束，再行定奪如何？」許瑞反問道。

蒼羽夜看著山雨欲來的雷雲，揉著太陽穴嘆了聲，隨著蓋特軍團將素芳蓮押回牢中，卻沒注意到許瑞手中那從鐵面人身上奪得之物。

只怕要變天啊……

＊　＊　＊

將軍城，無數英雄起源，無數英雄殞落。如今滿城盡是哀戚，放眼望去，皆是白裳素衣。

除了……那赤青相間，人人手持的一桿鯉魚旗，為一片素白之中增添一點色彩。

為流雲飄蹤身亡，雲曦迴雁樓甚至置皇榜誥命如無物，凌雲雁腰懸細雨斜陽，斜倚碧落雲濤，兩口名劍今日也顯得格外黯淡，垂眸飲下一壺苦酒，心中下定決心，若天朝連流雲葬禮也要阻止，便主動辭去這綏督之職，正式與天朝翻臉，所幸二王爺很識趣，九督統隊連個影都見不到。

不過仔細想，天朝將刑司大權下放，若因流雲飄蹤之死而「動搖天威」導致天下大亂，聖威顏面何存？九督統隊早被下令協助維護各州郡治安，自然是無空閒搭理流雲飄蹤的葬

禮。可以說，流雲飄蹤身亡完美破了天朝針對江湖勢力的布局。

凌雲雁看著滿城的鯉魚旗，嘆息了一聲：「看到一堆旗，我都以為是我走了。」凌雲雁雖強顏歡笑，但臉上褪盡的血色，掩蓋不住內心悲痛。凌雲雁既為流雲飄蹤生前至交，在江湖並稱雙雲，這滿城鯉魚旗，悼念的不只流雲飄蹤，也是悼念雙雲的這份情感。

一言出，兩道凌厲目光射來，臨光及雨紛飛不知凌雲雁心中想法，鄙視的看了一眼，凌雲雁聳了聳肩皺眉苦惱望著滿天陰雨，餘光卻是不由自主的看向披著麻罩的白袍身影。

「看誰呢？」

曲無異一張大手拍過去，讓凌雲雁收回了目光，而盯視的那道身影彷彿注意到了動靜，轉身看了凌雲雁兩人。畢竟出身名門大家，林茗身為客人，抱拳向凌雲雁兩人行禮。

凌雲雁向林茗回了一禮，故作鎮定的對曲無異說道：「看雨何時停呢。」繞過曲無異，朝葬禮祭台操辦去，空虛禪師從不夜城趕回，一身白袍在雨中獨自敲著木魚，更顯得莊嚴肅穆。

流雲飄蹤於江湖極享盛名，與會者無不是江湖巨擘。如今身亡消息傳出，除了雲樓一眾，上官風雅、太歲兩個死對頭竟也同時出現，卻是講好一般視若無睹。

定睛再觀，妖皇傲天、涼空居士甚至出現在名單之內，傲天倚牆獨飲，身邊還有一襲墨紋白袍的道者，只見那說半套話的太宿甩動拂塵披在肩上，與傲天討要一罈他自釀的烈酒，

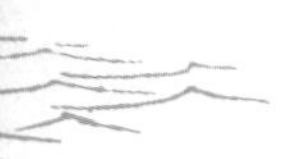

兩人無語對飲。

同樣料想不到的還有夏宸，自水中月墓前拜別不久，收到流雲飄蹤身亡訊息時，夏宸一臉錯愕，以為是手下人尋自己開心故意這麼說，確認消息屬實，夏宸星夜兼程，沿途跑死了八匹馬，卻是連最後一面都沒見著……

空虛禪師頌經聲因內力傳遞，加之城內寂靜無聲，已傳遍整座將軍城。

「流雲氏飄蹤，魂歸來兮……」

「今有爾之親朋好友呼喚，魂歸來兮。」

「隨我白幡路引，速速回鄉，魂歸來兮！」

聲聲句句喊魂聲，朝暮念想皆斷魂。

隨著三句魂歸來兮，眾人用著最親近的話語，道出最悲痛的稱呼。

流雲、飄飄、老大！、胖刺、小四、飄逸兄、男神！、矮短飄、雲哥、肥飄，一聲聲的呼喊聲，縱使不盡相同，但盡是指同一人。

不過斷魂的人是他的人，也是我們……

守愚啊……你回來了嗎？

空虛禪師閃過一絲悲痛，即恢復原本的肅穆。

自牧野長風送回流雲飄蹤屍身不久，遠在大漠邊關的流雲兵府便遣人領回了流雲飄蹤，

作為雲樓副樓主。眾人跋山涉水，到了流雲兵府一路扶靈至臨湘城，經過一連串繁瑣而複雜的儀式，眾人身心雖累，卻也沒有任何人想要離開。

這樣的事，沒人想經歷第二次，但也不想錯過能與流雲飄蹤相處最後的一次。

老祖臨光沉著一張臉，強忍著淚水，拿起三支香走到流雲飄蹤靈前，畢竟將近兩百歲高齡，在一群小輩面前總不好放聲大哭，可是該說的終究還是得說，臨光深吸一口氣，顫聲道……

「流雲公子，是你當初答應我在你肩上坐到滿意了再下來，現在是你失約了，我還沒滿意，但你卻走了，不過我大人有大量，在今天的追思會後，我原諒你了。」

臨光背對眾人，語氣聽不出情緒，卻看得見臨光不規律顫抖的雙肩，眼前浮現了先前被傲天重傷的一幕，雖然證明是誤會一場，但見流雲賭博酗酒的頹廢，也代表了他的灰心喪志。一路上經歷了許多可以說跟不能說的事情，萬幸，那次頹廢後重新振作，問鼎江湖巔峰。

將軍城之戰……

臨光想起了令人悲痛的那夜，那夜太過混亂，碧血院主劍青魂意外受伏，最後演變成流雲飄蹤力戰龍泉四俊之二，與碧血院主雙雙戰至重傷，此戰折損之高手不知凡幾，戰因至今仍是個謎，聲音越說越小，現場寂靜無聲，即便再小的音量，都聽得出臨光心中的歉意，

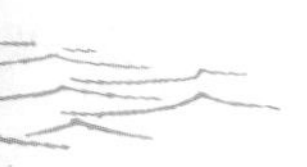

聽得臨光說道：「那天要是我再用心一些，也許你們就不用受傷，也許你的傷勢就不會惡化……」

千言萬語也喚不回逝去的人，臨光抹了把眼淚，打起笑顏看著流雲飄蹤靈位。

老夥伴，一路好走！

雨紛飛今日不沾胭脂，可素容秀顏更似另一張似曾相識的面孔，水中月……

接過空虛禪師為自己點燃的三柱清香，她可沒有臨光這麼愛面子，甫上靈前已是淚流滿面，勉強將要吐出的字維持清晰，一句句緬懷道：「從一開始你的作風行事就是一個真正的大俠，遇上事情時，有你在總是有一個安定感。到後來，你逐漸變強了，在你風光的感覺下，其實我是有一點感覺到你那高處不勝寒，身邊沒有了並肩而行、互相勉勵的同伴……」

不約而同的想起將軍城之戰，當時雨紛飛恰巧受雲樓密令外出，聽聞將軍城之戰莫名成為「高手們的對決」雨紛飛心急如焚，然而最擔憂的事情仍然發生，收到了代表流雲的那位蒙面人重傷的消息時，便該料到你壓抑已久的內傷……

「那日，你跟我說你好像走不下去了，我不明白你的意思，但我能感覺到似乎我又要少了一個老朋友了，心慌、心驚卻僅能盡量明白著，卻未曾想到你的傷勢，你休養了一陣子後，又斷續在各郡上看到你的行蹤，心裡其實是開心與慶幸的，卻想不到那其實是你的迴光返照……」

而這次江湖上的離別是真的到來了……

雨紛飛也是抹了一把眼淚，卻抹不掉思念，淚流滿面對著流雲飄蹤靈堂笑著說：「我從你衣櫃遺物裡偷了一些衣料以後製作鯉魚旗，以後雲樓鯉魚旗內，永遠有你存在，願你在另一個世界安好順遂！」

又是一番親友捻香告祭，聞者皆盡落淚、聽者無不動容，凌雲雁除了悲傷，更多的卻是感懷，他，想必也不喜歡看到這麼多人為他傷心流淚的吧……

直到聽見林茗說的一席話……

凌雲雁看著窗外陰雨的眼神移回了靈堂。

林茗將髮絲撥至耳後，深吸一口氣，閉眼說道：「小女子印象中的武林就是用拳頭匡服天下，所謂的俠，就是互毆出英雄，不頭破血流不酣暢。」

看了一眼他處，卻無意間與凌雲雁對上了目光，雖只一瞬，林茗迅速別開目光再道：「但自從來了臨湘，才知道所謂的俠，所謂的美名，是有千里駿馬、有神兵在手、有白衫加身，以及——有許多知心的摯交在身邊，一起向志業同齊。」

彎了身子深深一拜，林茗不捨的將線香置入爐中，拭去兩道不著痕跡，已經乾涸的淚痕道：「在臨湘的這段日子，是小女子此生最瀟灑快活的時候了。前輩，臨湘相逢一年，很榮幸能結交這樣的一位大俠，一路好走。」

一曲大漠一線江，千秋過客百世傷。臨水一流天跡遠，飄舟扣弦歌也狂。

又是多名親友哀悼，隨時辰推移，空虛禪師拿起祭文，莊嚴梵唄，頌生悼亡，要為這葬禮畫下句點。

絕代策侯，臨水湘江。
湘河武冠，拳劍雙修。
詩詞文學，博古通今。
旁徵博引，融會貫通。
知兵善任，護關安邦。
無私奉獻，為國為民。
立宗無數，功在千秋。
武連七霸，八盟在握。
蒼天所眷，光輝連綿。
雖有西山，捲土重來。
石動風雲，速安止襲。
三千弱水，獨飲一瓢。
著書迷雲，梨華壓棠。

不世所覷，擲金賑民。

敬謹祭奠，恭送英靈。

嗚呼哀哉，尚饗。

聲聲句句，道盡傳奇……

隨著時間推移，天下終無不散之席，人潮逐漸退去，一道隊伍低調穿梭在人群而來，流雲飄蹤靈前，天朝欽差攜旨到來與上次來雲樓頒旨的官員竟是同一人。

「凌大人，久違了。」一頭頂烏紗帽，肚子大的可以擋住兩個凌雲雁的官員，打開錦布，宣告詔文。

「奉天承運皇帝詔曰，臨湘人氏流雲飄蹤，性情忠義、屢次協助平定戰亂。今知故去，朕心痛哀鳴，經雲曦迴雁樓、解空山門等諸宗聯名上表。尊賢貴義曰恭，除奸靖難曰武。朕賜謚『恭武』，彰其忠心仁義、靖難社稷，欽此。」

天朝追謚看似給了流雲飄蹤無限哀榮，實則也是一種權衡手段，畢竟流雲飄蹤死亡象徵意義不同，追謚這種要求，天朝自然是能滿足盡量滿足，反正也不傷筋動骨，還能賣天下宗門一個面子，對天朝而言百利無一害。

凌雲雁接過了旨，可天朝君使卻沒有要走的意思，反而以挑釁的眼神看著夏宸，夏宸身材雄偉高壯，一對野火般的濃眉和銳利雙眼與天朝君使四目相對，反倒是讓君使縮了縮身

子，試圖在隨從身上找些安全感。

夏宸收回銳利的目光，眼神緩和道：「夏某一介武人，若有冒犯君使之處還請多包涵，只是不知夏某是否何處冒犯了君使？」

天朝君使先是瞥了眼凌雲雁，陰陽怪氣的說道：「雲曦迴雁樓不愧為天下第一樓，四海名望，將近一人之下，可凌大人若是私下移交刑司大權，天朝也難辦事啊。」

自雲曦迴雁樓作為槍使之時，雲樓也迅速作出對策，三妖之師尊，神刀夏宸，除了有天下三大財團之一的疾風鏢局撐腰，論實力、名望、身分也足以堪比雲曦迴雁樓。雲樓為守「天下正道」之名，難免綁手綁腳，夏宸一向特立獨行倒沒有這些包袱。

如今局面處處受制，乃因猝不及防，雲曦迴雁樓沒有任何準備便成為天下宗門的對立面，為免雲樓遭有心人利用，老祖臨光便延請其師夏宸出面代掌天朝司職，雲曦迴雁樓則可重整旗鼓掌握局面，私下成立了「莫聽」組織。

可君使一番話，卻讓人細思極恐「莫聽」成立乃屬機密，即便是雲樓高層也不見得能得知，天朝君使話中之意，臨光及凌雲雁兩人眼神相視一瞬，立即別開。

有內鬼！

一個心思，彼此了然。

夏宸雖為武夫，天朝君使說的這麼明白怎會不知其中含意，索性不再隱瞞，直言道：

「君使說這種話，想必也聽過『莫廳』之計畫，夏某不諱言，今日便是要替雲樓擔下，天朝若看不慣，大可再頒一道聖旨，收回成命便是。」

君使聞言怒道：「反了你們！凌雲雁冊封綏督，乃聖上欽點，夏老闆如今可是要護雲樓，行代庖之事，犯了欺君之罪，這麼嚴重的後果，夏老闆可要想清楚。」

夏宸彷彿聽了天大的笑話一般，從懷裡拿出疾風鏢局的帳冊，一頁一頁翻給君使觀看，笑道：「我不護著我徒弟，難道真要報效國家，給天朝糟蹋嗎？君使還請看清楚，我疾風鏢局的產業牽動天朝近四成的稅賦，這麼嚴重的後果，君使才真要想好才是。」

夏宸一番話氣得天朝君使臉色一陣青一陣白，良久，才哼了一聲邁步離去，夏宸平日與世無爭，如今出言如此爭鋒相對，倒是看傻了凌雲雁及臨光兩人。

「你們兩傻愣在這做什麼？該幹嘛幹嘛去啊。」夏宸策馬褪下一身麻衣肆意奔馳，享受著僅剩的悠閒時光，因為夏宸知道這江湖風波又要將自己給捲了進去。

真麻煩啊……

一波未平一波又起，夏宸離開不久後，雲樓人馬給臨光捎來了一封信，凌雲雁見臨光看信後臉色大變，想要詢問卻被臨光給打斷。

「送信的人是誰？長什麼樣了？可有留下口訊？」臨光問得急促，凌雲雁內心更疑。那信使慌忙答道：「是城內其他兄弟轉交而來，另外……許老闆說，押送素芳蓮至衙門路經雅

咸途中遭到埋伏，咱們的弟兄無一生還，素芳蓮身受重傷，請樓主盡速回樓，主持大局。」

看來只能自己找答案了……

還沒等凌雲雁開口詢問，臨光已施展絕頂輕功奔走。凌雲雁撿起留在地面上的信，只寫了斗大的幾個字。

臨湘城主，柳雲策。

＊　＊　＊

「十二氏的傳人，活不久了。」

「『殺手』來清理昫泉門戶了，先從不夜城開始。」

蘇昫絕離開不夜城前留下的最後兩句話，九笙停留不夜城的時間變得很長，如今天下局勢還在掌握之內，或許蘇昫絕那所謂的殺手其實不是一個人，而是隱藏於檯面下不為人知的組織？

「若說愛你違反天朝律法六十三條，我願畢其一生替妳變法！」

「人一生喜歡做一件事已經很難得，以前是琴，現在是妳……」

九笙在閣樓上托腮看著不夜城一年一度舉行的情話大賽，聽著台上情話綿綿，同時思考蘇昫絕那句殺手的含意。桓嶽府與九督統隊衝突日趨明顯，即便是萬家燈火，也不免蒙上一層不安的氛圍，聽得不夜城百姓和他人議論道：「嘿，你還不走？這城不能住了，桓嶽府被

官府列為叛軍，還留在這遲早出事。」住在不夜城東的張員外頂著肥大的肚子，用那誇張的語氣說話同時，滿身肥肉都在顫抖。

「可不是，前幾日桓嶽府大肆收購糧食，開了比平常高了兩倍的價格收購，那米鋪的李老闆左手拿錢，右手就將資產轉出去了，我看啊，桓嶽府這次是鐵了心要打到底。」

「那是你們不知道桓嶽府的實力，今早傳來鎮脩閣先鋒軍戰事大捷，怎麼你們不知道？」一個小哥身著靛青布衣，說話時彷彿自己就是桓嶽府的人一般，戰事大捷都不禁帶著幾分驕傲。

「還真給打贏了？」

「你沒吹牛吧，有城郊進來的人說這次官府可是出動了十萬大軍呢！」

「可不是，你看不夜城幾條街都關門人吉避難去了，有錢賺也得有命花啊。」

九笙在一旁默不作聲，心想這次雙方是下了一步好棋，也是一步險棋，利用輿論斷了不夜城對桓嶽府的錢脈，迫使桓嶽府得加大力度去籌備資源，而桓嶽府也夠有魄力，去留隨意，但若他日再回不夜城鋪張，地價及租金皆要翻倍。

這意思很簡單，可以共患難，那便是朋友，如果不支持也沒關係，以後見面就是明算帳，放長遠來看，若桓嶽府此次能挺過去，日後經濟收益將大幅度成長，但前提是……得挺過去。

「你們懂個啥，聽說那守關主將白亦陵是孤江先生的學生，只是名不見經傳，現在有機會能夠大顯身手，就讓那群官兵屁滾尿流。」

「那你說我們留還不留啊？」

白亦陵？一個陌生的名字引起了九笙的興趣，最近有興趣的事情太多了，看情話大賽台上青衣男子拔得頭籌，想了想，好友洛湮的穗落堂似乎也該招收新血了，吩咐左右讓人發了張「穗落堂」的邀請函過去。

「殺手，我期待你為我帶來的驚喜呀。」

九笙擺弄環在手上的鈴鐺，看著逐漸魚白的天際。

＊　＊　＊

流雲飄蹤葬禮過後，臨湘城一切恢復正常，應該說……盡力恢復正常，雲曦迴雁樓執政期間大修律法，官衙卻趁雲樓舉行葬禮無暇分神之際，用雲曦迴雁樓所修之律法，大肆搜捕罪犯，使得葬禮結束，待審案件讓雲樓判官案牘勞形。

凌雲雁得許瑞所傳的訊息，押解素芳蓮至衙門途中埋伏之消息，迅速迴返雲樓；見蒼羽夜埋在數以萬計的卷宗當中，硃筆飛批，審閱速度速度恰好與要新送審之案件量持平，甚至隱有減少之趨勢，雨紛飛及許瑞兩人則圍在奄奄一息且不醒人事的素芳蓮身旁。

「傷勢如何？」

凌雲雁為武道宗師，自然看出下手之人不凡處，出招之準確，勁力之拿捏恰到好處，不多一分力，素芳蓮為女兒身，凌雲雁不便查看，雨紛飛告知素芳蓮胸前有一道掌印，掌印凝血不散，分明是餘勁未散，如此下去恐有性命之危。

許瑞對醫術不甚了解，卻也看得出狀況不妙，抱拳回道：「情況不樂觀，但除他的傷勢之外，尚有件事得參詳參詳。」

許瑞開賭營生，作為地下錢莊的大戶，自然知道黑市買賣，就在流雲飄蹤葬禮前夕，許瑞自懷中拿出一張黑市價表，言道：「自我宗執政以來，素芳蓮已多次表達不滿，而就在流雲飄蹤葬禮無法分神兼顧時，有人出十五萬兩，買素芳蓮的命。」

「栽贓？」雨紛飛問道。

許瑞點頭稱是，言道：「想得不錯，若是一個對政策不滿之人，表述淺在民意而犯罪，我方奉命捉拿，素芳蓮卻因這十五萬兩賞金而亡，世人在不知黑市買賣的情況下，將如何看待？」

凌雲雁接話道：「認為我雲樓一力擎天，勢與天齊，其他宗門藉勢反撲，天朝大可鳥盡弓藏，屆時我雲樓內外交逼，有累卵之危。」

「不巧，這事卻剛好發生了，我與蒼羽夜雖及時救下，卻沒算到還有其他人伺機而動，還連累沿途押送的弟兄……」

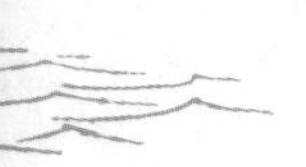

凌雲雁聽許瑞娓娓道來事發經過，加上天朝君使對雲樓動向瞭若指掌，越發懷疑雲樓中被安插的眼線，可雲樓之人豈有投靠天朝之理？心思電轉之間，仍是先按照計畫，利用夏宸建立「莫廳」組織的時間來重整旗鼓。

思付之間，一隻玉手拍了拍凌雲雁的肩頭，思緒被打斷，凌雲雁皺著眉頭的刀疤臉轉頭想看是誰這麼不長眼，回眸剎那，是一張帶著歉意的清秀面容，凌雲雁表情逐漸緩和。

看得出凌雲雁臉上的不悅，林茗低下頭，怯懦說道：「桓嶽府戰情告急，小女子在樓內已叨擾數日，特來與樓主拜別。」許瑞心思細膩，拉著素芳蓮的右腿，言道：「我去找找看有沒有大夫能夠救治。」言罷，便拖著素芳蓮重傷的身軀向外走去。

雨紛飛嘆了一聲，三千青絲甩動，無形雨絲抬起素芳蓮整個身子，嗔道：「許老闆，有你這麼照顧傷患的嗎？」

「這些事通常下人會處理，反正都是拖，你行你來。」許瑞擺手道。

兩人就這麼地拖著素芳蓮的傷軀朝外離去，角落批文的蒼羽夜連看都不看，一道掌風吹落了竹簾，繼續在卷宗當中埋頭苦幹。

「夜色已晚，要不……明早再啟程？」凌雲雁試探性問道。

林茗搖了搖頭回道：「兵貴神速，我畢竟是桓嶽府的人，早點回去心裡也踏實，多謝樓主這段時間照顧。」

「說不上什麼照顧，我送妳。」

「嗯。」

曾因醉酒鞭名馬，如今怯情兩無聲，阡陌道上，對影成雙，東風拂面，月盈繁花。凌雲雁送了數里，路上兩人靜默無語，各有千思萬緒，林茗停下腳步，言道：「送到這便行了，樓主請回吧。」

「嗯……之前樓外鯉魚旗的事……！」凌雲雁抓著頭髮，難為情的提起。

「我沒放在心上。」林茗回道。

「那可不行，妳可是一個姑娘家，要不妳……留下？」

靜謐無聲。

靜的只剩凌雲雁一息三十下的心跳聲。

仍是林茗打破沉默，坦然笑道：「樓主男子漢大丈夫，說出的話可不能反悔，此間事了，再尋樓主，以後可要勞煩多備一副碗筷了。」

「不差妳蹭飯的。」凌雲雁笑回道。

「說什麼呢你！」

智亂天下（三）

白衣蒼狗燼寒燈

竹林之內，月華遍映，夜寧人不寧，臨光在信上看到了只屬於自己才能得知的祕密；一個該爛在肚子裡的祕密。

臨湘城主。

瀟湘七賢……

要說瀟湘七賢為何聽命於天朝，又能掌握朝權，絕大一部分便因七賢之一本身就是四邦之中的臨湘城主，才能隨時掌握天朝動向，比起明面上的敵人，臨光更在意暗中盯視自己行動的陰謀者。

竹林月影，一道身影與臨光角逐，不下於己的輕功，反倒激起了自己的好勝心，臨光真氣發勁，再提三成功。

嗯？前面是……

一路追逐，徜門就在眼前，遍地雲樓門生的屍身，臨光更感事態嚴重，察覺來者圖謀不軌，右掌暗中蓄力，欲翦除後患。

眼前蒙面者，一身夜行衣，一口三尺寒鋒映月芒，停下腳步，猛然出劍襲向臨光。

臨光身法靈動，左手一拖，緄帶順勢捲上敵手兵刃，右掌蓄力已畢，一拖一攻，逼得敵手與之對掌，臨光百年閱歷，凡是能夠交手的高手，一掌試探總能猜個八九。

孰料，一掌未竟全功，竟感對手內力蘊含正邪兩道名宗內力，敵手全力施為，臨光措手不及，驚詫間，已遜三分，怒然問道：「你究竟何人？」

未待言，敵手內力再變，隱含仙宗名劍「昀日映泉劍」卻是截然不同走勢。

再定睛，那人掌劍並施，柔掌如蛇無骨，臨光睜大了雙眼，看見無比熟悉之招。

臨淵映妖光！

「班門弄斧。」臨光同樣以臨淵映妖光回擊，雙招交接之時對手攻勢再變，連換十三套劍法，消磨臨光緄帶攻勢；但此舉同樣令臨光摸不清對方底細。

「白日映泉，劍鋒落玄，仙宗名劍，八字精隨，你這劍法徒有其表，在我面前還敢使出『臨淵映妖光』。」臨光點評對手的武學，同時腳步也步步逼近。

緄帶再次甩出，捲住對方右臂，臨光言道：「今日無論你是誰，都要留下！」

模仿武學的功法，臨光不是沒見過，但學得如此相似的也只有這人，臨光欲摘下敵手面罩，那張面容讓卻讓臨光震驚不已。

「柳、柳雲策!?」

臨湘城紀錄之中，就有一任城主名喚柳雲策，早已消失多年，縱使老祖臨光閱歷豐富，眼光毒辣，也不免為此人之面容震驚，因為柳雲策這個名字的祕密只有自己知道。

也只有自己……才知道柳雲策的真實身分。

察覺陰謀，臨光緄帶發力，勒住「柳雲策」的脖子，冷聲道：「能知瀟湘七賢及柳雲策，你背後之人究竟是誰！」

細思極恐，這些祕密非雲樓高層無法得知，加上「莫聽」一事消息走漏，臨光越發懷疑雲樓之中定有陰謀者；那柳雲策勉力扯開一寸空間透了口氣，露出難看的怪笑，嘶啞說道：「殺手，將再席捲天下，王朝終將永恆！」

王朝？

前朝餘孽！

「在找出我背後之人前，先注意你背後之人吧。」

分神一瞬，臨光回身，一道寒芒乍現，風快劍快，一葉倏分，飄然落地，偷襲者迅捷無倫之劍，也為一方高手；僥是臨光根基深厚，亦難完全避開要害，雖及時退開收回緄帶卸去七分鋒利，仍難避三分狠勁，腹前被開了道大口子，血流如注。

壞了！

臨光收回緄帶之時，柳雲策同時掙脫，同時柳雲策在贊一劍。

在瞬息之間。

在眉梢之間。

在生死之間。

臨光緄帶雙分，纏住來襲雙劍，敵手兩人當機立斷，立時脫劍，舉掌在攻，兩人掌力亦正亦邪，難以辨清是何門何派之招，突破臨光護身真氣。

雙掌威赫赫，危機逼命來，臨光見之亡魂皆冒，危急間，保命之招上手。

「湍瀑深射，滌蕩萬古……」

寰宇承武之招淵源流長，臨光雙手捲動沂耀緄，緄帶纏著柳雲策兩人的雙劍，臨光甩動之下，緄帶合劍鋒，儼然成為一道沖天劍龍。

臨光受創在前，柳雲策根基略差，三人極招交並，各自受勁負傷，臨光卻是傷上加傷，柳雲策擋下絕大部分的勁力，另一名蒙面人趁隙踏步贊出絕殺一掌。

臨光腳步顛簸，身形未穩，又見殺掌撲面而至，欲重整戰勢，心思電轉，動了殺念；運使的內力再度變化，一股山海浩瀚沛然內力應運而生，正是瀟湘七賢成名絕式。

臨光欲祭臨水極招，卻感敵手內力節節攀升。

牽涉瀟湘七賢之身分，臨水瀟湘絕一出，臨光勢殺眼前陰謀者；甫一對掌，臨光心中駭然。

怎會！

只見蒙面者運使同樣內力，對上臨光必殺之掌，冷道：「如此極招，某家見識了，回敬你！」

殺招遇變著，難料對手竟能轉化內力為己用，再運出截然相反的內勁回擊，臨光一時不察，臨水瀟湘絕未出，便受真氣反衝。

江湖三大神功之一臨水瀟湘絕，相同內勁互相消磨，臨光才察覺對手隱藏之實力，頓時全力爆發，傷軀本已難支，連最後憑恃也失去，心中只餘逃或殺二念。

殺，必須將此獠根除在此，逃，柳雲策在身後虎視眈眈；臨光與柳雲策兩人劃開戰場，暗自調息，思考戰略，卻見對手真氣一洩千里，反倒沒了出手前那攀升的內力，臨光頓時明瞭。

抹去嘴邊朱紅，臨光心奇對手詭異內功，但見對手卸掉一身不屬於「自己」的內力時，便明白其中關竅，出言憤道：「以彼之矛，攻彼之盾，你們使的功法好是無賴，竟能竊他人內力為己用，若非臨水瀟湘絕真氣特殊，還真以為七賢出了內鬼。」

「老祖百年閱歷，眼光果然毒辣。」蒙面人讚道。

「你們的目的是什麼？」

蒙面人負手望向天際言道：「暗之席捲，王朝永恆。」

臨光不屑道：「黑暗時代已過，你們這些餘孽還能翻出什麼風浪。」足下已暗自凝勁，似是想起空虛禪師回返雲樓時，曾言昀泉仙宗殺手清理門戶一事，出言試探再道：「你們的手未免也伸的太長，如今昀泉十二氏後人仍存，便打上雲樓的主意，不怕啃不下嗎？」

「無須出言試探，交出九泉之祕，然後，去死。」

「九泉祕徑已隨流雲飄蹤逝去而消失，想找？」

臨光調息後緩過口氣，暗中蓄力已久，縱使眼前人可能為熟識之人，眼下生死關頭，哪容留情留力，更何況此人極有可能顛覆雲樓，一聲怒喝：「我送你下去問他！」

臨光爆起突襲，看似攻擊蒙面者，實則虛晃一招，所有攻勢皆朝柳雲策攻去；柳雲策始料未及，雙掌交並硬是擋下這爆起突襲的一擊。

要不是臨光志在奪路逃生，柳雲策受創必重，就在臨光以為得逞之既，背後殺機鎖定始終擺脫不掉，蒙面者雄渾一掌，掌氣縕含劍勢刀芒，直擊臨光背後空門，打的臨光亡魂皆冒，血灑數丈，險些沒暈厥過去，最後仍是憑藉深厚根基硬挺下來，沿途血路，一路直奔雲樓而去。

「追！」披著柳雲策面皮的柳雲策欲追擊臨光，卻被蒙面人擋下。

「功敗垂成，不追嗎？」

「他逃不掉，凌雲雁身邊還有我安插的人手，倒是這遍地雲樓弟子的屍身可以大作一番

文章。」

柳雲策看著蒙面人運使僅剩不多的臨光內力，一掌一掌打在雲樓弟子屍身上，不解道：「你當大家都是傻的？這般做法誰會信是臨光幹的？」

「大家不信，臨光如今也無法全信雲樓之人，以彼之矛攻彼之盾，只要有猜疑的種子，終有一日會爆裂的。」

蒙面人突然想了起什麼，對著柳雲策道：「許瑞那小子太過麻煩，先前他那批驗屍的人手解決了沒？」

「他們活不了，但我刻意放走了一個。」

「哦？」

「栽贓嫁禍的戲本，作戲要做足啊。」柳雲策道。

「就等其他地方的『殺手』消息了。」

＊　＊　＊

白然君從懷中取出一封密函，露出邪魅的笑容，將密函遞予尹玄胤。

信上留下了桃鄉客棧的大印，及其交易往來之門派印鑑；桃鄉客棧為江湖中數一數二的情報單位，四邦五十七郡皆有桃鄉客棧的產業分店，其情報網也遍布天下，自任情自在莊之後數一數二的情報組織。

桓嶽府與官兵不合之消息早傳遍各地，錦上添花者眾，雪中送炭者少，白然君此番前來，甫到場便釋出結盟之誠意，尹玄胤心中大喜，命人備酒款待。

此時傳來一聲捷報，不夜城郊綿延數十里的防線，中督統隊先鋒軍後繼無力全數潰敗，鎮脩閣獲得首次大捷，白亦陵擒下須崑崙押送至桓嶽府大殿上；只見須崑崙一頭亂髮被五花大綁送至尹玄胤眼前，白然君則從左側首位的位置上好奇的走向須崑崙面前。

「這小老頭，長的不怎樣，嘴上嚷嚷的倒是挺厲害。」白然君蹲在被五花大綁的須崑崙

「嘿嘿，我說是誰，原來是邪君，怎了？桃鄉客棧也要與桓嶽府同流合汙了嗎？」

「呵呵呵……」

出現了，邪君的冷笑，聽聞上次他這麼笑，死了好多人，底下人議論紛紛，白亦陵、雲飄渺兩人站在須崑崙身後，看見白亦陵臉色發白，尹玄胤揮手示意讓他們先下去休息，孤江夜雨的傳人甫出戰場便立下頭功，尹玄胤心中大慰。

白亦陵臉上卻是充滿著不可置信，早在押解須崑崙回府時看見府上皆掛滿了白燈籠，心中一聲喀噔，只感大事不妙，聽聞孤江夜雨離世之消息，更如遭雷噬，手中白羽更被捏出了皺褶；白亦陵面如白紙，臉色極為難看。

以為是方經大戰，身子不適，尹玄胤未察覺白亦陵心理狀況，出聲寬慰道：「亦陵，這

次辛苦了，見你面色不佳，可有受傷？」

「亦陵無事，不過想去看看孤江先生，就……先告退了……」白亦陵舉扇躬身，令人看不清面龐。

看著白亦陵離開，尹玄胤一拍腦袋，沒想到白亦陵定是為其先生孤江夜雨傷心才如此，立即吩咐左右去照看白亦陵。

雲飄渺抱拳向府主回報此次戰況，尹玄胤聽聞大大稱讚，清楓苑、虎詔閣、曇瀾閣、鎮脩閣及桓嶽府高層皆在此，聽聞尹玄胤如此稱讚雲飄渺，柳芯聽著更是容光煥發，臉上彷彿怕別人不知雲飄渺是他鎮脩閣的人一樣。

柳芯不顧形象，興奮上前拍打雲飄渺的肩膀，嘴上笑道：「你們幹的不錯啊，我前腳剛走，沒想到你們不但守住了防線，還將中督統隊打了個落花流水，只不過，怎麼只有你們兩個回來？」

當初柳芯離開留下了白亦陵、諸葛　、雲飄渺三人，如今卻只有兩人回府，柳芯擔心是出了什麼事，向雲飄渺問道。

「白亦陵那小子，說我和諸葛　回來要讓他人看笑話，就讓他留守前線，我們壓著人回來了。」雲飄渺撓了撓後腦，支支吾吾說著，柳芯想也沒也想，白亦陵哪能管的住他們，定是雲飄渺又和諸葛　打了一架才決定留守的人員了。

「也罷，人沒事就好，這次你們真的做的不錯！」柳芯讚道。

「得桓嶽府收留，雲飄渺自當該為。」

一旁白然君正在「詢問」須崑崙關於敵軍的情報，只不過那詢問的方式……常言道白然君得「邪君」之邪字，出自那喜怒無常的性格，這片刻時間，須崑崙與白然君一問一答之間，須崑崙已被打的滿地找牙了。

說道這，也不得不佩服須崑崙的脾氣，被白然君打得面目全非，仍是不改狂言，除了問候白然君祖上十八代，這對罵之間須崑崙都快編出一段戲曲了。

此時聽到雲飄渺在那表忠心，隨即轉移話題向雲飄渺怪笑道：「桀桀桀，小娃娃啊，你把自己當作是桓嶽府的人，那桓嶽府主可將你當自己人嗎？桀桀桀桀。」

尹玄胤眼神一冷，氣機鎖定在須崑崙身上，言道：「前輩說這什麼話呢。」尹玄胤走到白然君身旁，解開綁在須崑崙身上的繩子，淡然道：「敬你一聲前輩，是因為你比我年長，我出身不好，從小就跟著馬賊廝混，長人了也不過在那書苑讀了一年的書；那教書夫子常常要我謹言慎行，前輩可知，為何夫子要與我說這話？」

須崑崙順了順雜亂的白鬚，傲然看著尹玄胤，彷彿自己是來做客而不是階下囚，單手比了一個「請」的手勢，要尹玄胤繼續說下去。

「我怕我一個不小心，這脾氣控制不好，前輩就要死在我手上了。」

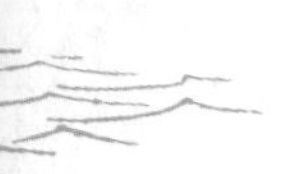

語罷，無盡威壓盡朝須崑崙身上壓去，須崑崙頓覺肝膽俱裂，踉蹌了數步，讓白然君攙扶住才停下。

白然君扶著須崑崙，須崑崙被嚇得臉色蒼白，白然君則滿臉笑意，旁人不知因由，只道這模樣像極了慈父孝子，白然君伸手替須崑崙順好雜亂的髮絲，一臉愧疚歉道：「前輩，白然君出手不知輕重，讓您受苦了。」

「你想怎樣！」須崑崙吼道，隨即冷了聲再言：「告訴你，老夫死了，你桓嶽府上下也會不得安寧。」

「是是是，前輩手眼通天，吾輩多有冒犯，前輩莫怪，只是現在戰情緊急，需向前輩借取一物。」白然君順好須崑崙的靄靄白髮，替須崑崙戴好了方冠，又細心的將繫帶打了個結在頸上。

「何物？欸!?」

須崑崙看著眼前倒在血泊中的無頭屍身，越看越眼熟，直到眼前世界天旋地轉，一片黑暗。

可旁人見的卻是白然君輕描淡寫摘下須崑崙的人頭，那人頭甚至都還在說話，白然君摘下後將人頭收進一只木盒之中。

只怕是今日之後，白然君這邪君之稱，更是脫離不了「邪」字了。

見眾人瞠目結舌，白然君打圓場笑道：「看來本君掃了你們的興，想說這人聒噪，本君便讓此地清淨些，如今這盟約也送到，本君還得前往水都苑，便先告辭了。」

不待尹玄胤發言，一陣桃花酒香帶出一片迷陣，在濃烈酒氣的片刻暈眩中，已無了白然君的身影。

白然君的一紙盟約，象徵江湖勢力正式與天朝宣戰，尹玄胤迅速分配戰務，虎詔閣主宋凌楓更是親率部隊前往前線支援，其實眾人也心知宋凌楓事必躬親的原因，宋凌楓與曇瀾閣前任閣主傅日安本為一對戀人。

曇瀾閣行事神出鬼沒，傅日安執行任務至今也不知是否安全，宋凌楓四處奔波，常常笑道：「若是他真有危險，或許能在戰場上救他一命也說不定。」

但對於曇瀾閣的前閣主消失已久，大多數都會朝壞事的那面而想，只有宋凌楓始終堅信，傅日安一定會回來的；才有虎詔閣甫得府令就馬上出兵的現象，連整軍的時間都沒有，全數輕裝上陣。

反正後勤有清楓苑嘛……

宋凌楓心中這樣想著，完全沒注意林茗黑著的那張臉。

＊　＊　＊

戰務分配之後，桓嶽府重新恢復運作，九督統隊即將再度席捲而來，眾人貪婪的去享受

這戰前的片刻寧靜。

桓嶽三鋒，府主親傳弟子，看似風光無限，實則有苦難言；尹玄胤本事在大，也只有一人，實在分身乏術，在武學指點上大多由弟子們自行發展，除了三鋒之一的揚江烽行蹤成謎；酒迷子酒櫟、冬凝子冬柏兩人自創了一套合擊之術。

酒櫟本想著在找冬柏練練這取長補短的劍槍合擊之法，冬柏卻難得的拒絕了酒櫟，在清月夜色中，看見冬柏小心翼翼地翻牆溜了出去，酒櫟心中疑惑，收起了酒葫蘆，一路跟了出去。

酒櫟一路跟著冬柏看見樹下等待冬柏已久的身影。

「阿雲。」冬柏帶著笑意賣乖，叫著眼前似乎等的不耐煩的雲飄渺。

酒櫟心想，我說師弟怎麼會突然拒絕練功，原來是約了女人！

酒櫟喝了一口悶酒在樹林中「窺視」著兩人，卻看到大樹的另一側，那熟悉的面具，給酒櫟嗆一大壺。

說好曇瀾閣六親不認，前閣主傅日安也就罷了，畢竟本來還沒成立桓嶽府前，便與虎詔閣主相戀成為一對道侶了。

酒櫟眼前這張狐狸面具，只想的到一人，曇瀾副閣主，月下獨藏，尹蘭冬。

尹蘭冬藏在面具下的神情，鮮少人知，尹蘭冬個性內斂，正常時候也不會與人私會，

畢竟是自己是執行情報工作，越少與人接觸越好；但這次的任務，尹蘭冬總感到一絲危險，根據曇瀾閣的前輩所說，每一個曇瀾的探子，只有在執行生死關頭的任務，才會有的一次直覺。

雖然這次曇瀾府閣分派的任務不過是監視不夜城內的可疑分子罷了，但越是如此簡單的任務，這種不安的氛圍卻越來越大。

與尹蘭冬交好的是一名藥師，以往執行完任務，多虧這名藥師，才能讓他的傷勢迅速復原，遠聞這名藥師是來自洛水的虞姓大戶，名喚淺淺，聽她喜愛甜食，之後每次來訪，便會帶上一些甜食。

「又受傷了嗎？傷哪了我看看。」虞淺淺一襲靛衫，熟練的從隨身藥包中拿出外敷的藥粉準備給尹蘭冬上藥。

「只是來看看妳。」

看不清面具下的表情，但尹蘭冬卻從面具的隙縫看著虞淺淺在月光下的笑顏，似要將這一刻牢牢記住。

「都是有傷才會找我呢，這樣的話還是少見為妙啊！」虞淺淺笑答道。

尹蘭冬脫下了一直掛在身上的佛牌項鍊，本想替虞淺淺掛上，但最終仍是怯情，只得交在虞淺淺手上。

「這是？」

「護身符。」

「送給我？」

「嗯。」

尹蘭冬本想再說些什麼，最後仍是未說出口，轉身離去之際，虞淺淺叫住了自己。

「你今天怪怪的哦。」

……

「讓我看看你的模樣吧。」虞淺淺笑道，伸手便要去摘尹蘭冬的面具。

尹蘭冬身手矯捷，自然未能讓虞淺淺得逞，可最後仍是被纏的脫不了身，尹蘭冬轉過身去，留下了一張狐狸面具。

虞淺淺拿著尹蘭冬的面具，看著尹蘭冬在月下的背影緩緩消失在夜色中。

將擋在胸前的護身符送給虞淺淺後，尹蘭冬俐落的換了套衣服，重新在閣內拿了新的面具。

潛入不夜城內，漫無目的地巡視，卻又處處戒備小心，直到看見九笙那道紅衣身影踱入一間比較不起眼的客棧內。

天下首智，誰人不知，所用所行無不是精挑細選，選擇進入這樣的客棧，尹蘭冬頓時起

疑，隨即潛入客棧，俐落地跳上房樑；看見與九竿見面之人更是滿腹疑惑。

那襲白衣，那柄羽扇，那頂玉冠，正是孤江夜雨門下。

「亦陵小友，其實你沒什麼退路可以選了呢。」

＊　＊　＊

古佛寺一戰大勝之後，十二羽在不夜城遭受伏擊，死士的致命一槍傷了根本，導致十二羽養傷至今仍不見好轉；非但沒有好轉，反而有惡化跡象，十二羽體內邪龍真神的意志逐漸影響身體機能。

十二羽尋常時還能壓抑這股意志，如今重傷在身，邪龍真神反不是助力，而是阻礙傷勢最大的原因，當年十二羽修練魔功練出了這道「邪龍真神」在十二羽生死關頭時便會出現。

邪龍畢竟只是一道意念，身上的傷還是由十二羽承擔，也正因如此，當十二羽逼出「邪龍真神」時，作戰才能勇猛亦常，因為此時「邪龍真神」的意志完全感受不到疼痛。

如今十二羽難以壓制邪龍真神，而邪龍意念也逐漸反客為主，主導十二羽的身軀，這才導致尋常醫術罔效，看著十二羽身軀逐漸萎靡，羽家軍一眾一籌莫展；九督統隊動作頻繁，弄得江湖人盡皆知，自然也包含龍泉三家之一的血醫閣。

自初代血醫閣主行蹤漸沒之後，血醫閣便化整為零，鮮少出沒，特別是血醫閣中的主力墨羽一氏，有人說墨羽一氏隨著龍泉諸脈隱退後，偕血醫閣主力投靠了罪淵，但終將只是傳

聞，沒人親眼見到。

卻在羽家軍與群醫束手無策之際，一眾人馬闖入羽家軍在不夜城買下的宅邸內，一眾人手各個身著血衣，且周遭多是毒蟲邪物，十二羽尚未恢復，自驚神羽、軍龍羽身亡後，十二羽如折臂膀，所幸羽家軍後繼有人，早早培養了一名「小統領」。

羽家軍皆稱呼男子為「小統領」面對血醫閣莫名舉動，小統領率軍與之對峙，深怕兩波人馬交手影響了十二羽的病情。

小統領看了周遭人的血衣裝扮，一眼就認得是血醫閣的人，警戒看向為首的那人說道：「羽家軍與血醫閣一向井水不犯河水，姑娘何故……！」

姑娘二字方說出口，四周毒蛇皆向小統領襲去，攻勢來的莫名，小統領翻出三道刀花在周身三丈劃出界線，才得以避開蛇群攻勢。

「吾名，罪天羽，兄臺慎言。」

罪天羽白色長髮披散於肩後，藍瞳宛如蛇紋，叫人看見定以為是西域人士；罪天羽閉上雙目，異於常人的感知正搜捕著那微不可查的氣息。

驀地，罪天羽睜開雙眼，走向小統領擋在身後的那道木門。

魔主，是天羽來的晚了。

「你做什麼！」

來者意圖不明，小統領擋在十二羽房門前，見小統領阻意堅決，罪天羽朝後退了兩步，雙手抱胸，森冷道：「若想這房中之人死絕，你大可與我在這門上十天半個月。」

「什麼意思？你能救統領？」

「能。」

不待小統領反應，罪天羽袖中竄出無數白蛇纏住小統領，等周遭羽家軍反應時已遲，罪天羽已闖入十二羽房門內，門上緊鎖，羽家軍束手無策，只得將血醫閣眾人給圍得水泄不通。

「若是統領出了事，我要你們血醫閣從此在江湖除名！」小統領一聲令下，宅邸外牆上羽家長弓手張弓滿弦，目標皆是血醫閣眾人。

一名少婦，身著白袍，與其他血醫閣生不同，此人白袍一塵不染，只聽聞周遭人稱她「湘夫人」，這湘夫人輕功好是玄妙，這一挪一閃就到了小統領身後，輕輕按在小統領肩上，柔聲道：「這位小哥好不講道理，方才與你爭執可是罪天羽，與我等何干？」

「你找死！」小統領察覺此人不凡，一個眼神，周遭長弓手疾速發箭射向湘夫人；卻見湘夫人身後又出現詭異女子，女子面無表情，動作還有些生硬，面對滿天箭雨甚至不閃不避，任由箭矢襲來。

而湘夫人卻是在這女孩身後躲了個嚴嚴實實，等到羽家箭雨停下後，才出聲斥責道：

「胡來！看看妳！弄成這樣，回頭娘親又得再找『材料』給妳修補了」

女孩比起手指，數了數插在身上的箭矢，數道了九後又從頭算起，生硬的吐舌嘻笑道：

「詩妍下次不敢了，娘親別發脾氣，眼角的皺紋又跑出來啦！」

小統領被這血醫閣的母女震驚了一番，心中更打定主意不能讓這幫人害了統領，聽聞血醫閣常年研究非人實驗，看來有必要多加注意；大手一招，又是一隊人馬圍上。

還是羽家宅邸寬大，前後來了將近千人，名符其實的「水洩不通」。

湘夫人露出慈祥的笑容，卻不近人情粗暴的拔出柳詩妍身上的箭矢，望向小統領緩道：

「現在，能好好談談了嗎？」

小統領別無選擇，兩波人馬才稍緩劍拔弩張的氣勢。

「那位姑……先生，真能救統領？」

「罪天羽的醫術，不由得你不信，靜等吧。」

房內，十二羽奄奄一息，罪天羽緩步靠近，尋找那一絲微不可查的氣息，越是靠近十二羽，這股氣息越重，罪天羽看到十二羽傷重之軀，遂祭出血醫祕法，一連十三針落在十二羽周身要穴。

瞬間龐大的生機一口氣被激發而出，十二羽氣血充盈，且不斷攀升，整個人宛若新生蛻變，十二羽未來得及說謝，這股龐大的生機仍不停充斥全身經脈。

被這股龐大的真氣充盈，十二羽艱難的開口道：「你做了什麼……」罪天羽無視十二羽的痛楚，點了十二羽要穴令其動彈不得，開口道：「血醫要術，置死後生，待我落下這最後一處死穴，魔主便能解放了！」

「胡鬧！邪龍若無我壓制，必然危禍蒼生！」十二羽擔憂體內那道邪龍真神，出言要罪天羽停手。

「萬魔殿前，蒼生為輕。」

罪天羽落下最後一針，邪龍真神徹底解放，脫離十二羽的壓制，一股沖天邪勁沛盈整座宅邸，龐大的生機開始消退，儲藏在「十二羽」體內，開始修復周身受損的經脈。

那自稱「龍魔天令羽」的十二羽，緩緩張開雙眼，罪天羽單足下跪，抱拳恭敬道：「恭迎魔主回歸！」

「妲己呢？」

龍魔天令羽醒來的第一句話與當初十二羽昏迷前的最後一句話一樣，罪天羽向龍魔天令羽說了目前局勢，卻是避開了妲己行蹤的疑問。

聽完罪天羽的彙報後，龍魔天令羽又問了一句：「妲己呢？」

「不知。」這次罪天羽很乾脆的回答。

「去找。」

「另外，把独孤客那小子也找出來。」龍魔天令羽眼露凶光，顯然意識尚未完全恢復，也是血醫祕術的弊端，還不能夠完全分離施術者與受術者的意識。

聽聞独孤客之名，罪天羽疑惑道：「魔主與独孤客可有怨？」

「奪我罪淵，你說有沒有怨？」

「那是十二羽的事了。」

「也是我的事。」

龍魔天令羽稍作調息後打開房門，看到了羽家軍與血醫閣對峙的場面，轉頭看向罪天羽問道：「你的人？」

「都是魔主的人了。」罪天羽恭敬道。

「那他們呢？」

龍魔天令羽指向羽家宅門前三人，來者兩大一小，一男兩女，女子褐色長髮綁成馬尾，白色宋衣裹身，外披淡藍色薄衫；身旁還有一女童替自己揹著藥箱，另一男子一身輕裝隨行保護著兩人。

同為醫者，罪天羽見狀卻是如臨大敵，那女子手中拿出的玉針，更是血醫閣揮之不去的夢魘，罪天羽惡狠狠盯視道：「化毒聖手……」

「有毒。」

「聽聞化毒聖手一行人行蹤飄忽，上回至不夜城行醫已不知過了多久，想不到又在此出現。」罪天羽這話是說給龍魔天令羽聽的，有毒手中的玉針，便是血醫閣前任閣主與其「醫門」之下輸給有毒的。

血醫閣與化毒聖手的瑜亮情結在醫界也非新聞，此時的罪天羽恨不得龍魔天令羽能將其斬之，以除心腹大患，奈何有毒身旁總有人護衛，據聞至今除了病人，還未有人能近有毒三步距離。

「是敵人？」龍魔天令羽問。

「是敵人。」

「那就……」龍魔天令羽挑起身邊羽家軍長槍，大喝一聲：「拿下。」

「看來還是來遲步一步，邪龍真神已完全覺醒。」有毒從徒兒白珞兮身上接回藥箱，惋惜嘆道。

梧鴆伸出拳爪，雙手大張成護衛之狀，詢問有毒道：「先走？這人數有點多。」

「走是要走，我這一走，血醫閣要雪恥，又要等一年後了。」有毒刻意在罪天羽面前晃了晃，那代表血醫閣的玉針，似是要罪天羽想起，一年前的恥辱。

有毒向身邊的女孩說道：「珞兮，這場面妳就別添亂了，去衙門找妳七星師叔過來。」

白珞兮看對方人數眾多，正想施展引以為傲的「分身術」就被師父給叫走，雖不情願，

但也分的清局勢，比了張鬼臉就要朝衙門而去。只是疑惑道：「太師父的暗器可厲害了，不把太師父也叫來嗎？」

「小孩子懂什麼，我都快有師娘了，別在這時候破壞他們的氣氛！」有毒意有所指，指的自然是祁影與明教風潔綾在衙門的二人世界。

「哦。」白珞兮應了一聲，也不知道有沒有聽懂。

確認白珞兮離開，有毒看向龍魔天令羽，連發數針欲襲要穴，血醫閣的湘夫人與罪天羽同時出針打散了有毒的針術。

「就讓老身領教一下化毒聖手的醫術。」湘夫人容顏絕不超過三十，但血醫閣多的是駐顏祕術，真實年齡誰又曉得。

有毒面對羽家軍與血醫閣，嘆息對龍魔天令羽道：「本想找血醫閣履行醫鬥之約，能順手救你也當作善事了，看來今日我這化毒聖手，要去掉『化聖』了。」

罪天羽聞言笑猖狂笑道：「在我血醫閣面前還想下毒手！」看著有毒手上代表血醫的玉針，罪天羽坐在湘夫人身旁，與有毒對案而坐，案上一共四十九支銀針，重現當年的醫鬥。

「請！」

＊　＊　＊

雲曦迴雁樓內，因近來公文全交由蒼羽夜一手打理，凌雲雁、雨紛飛、曲無異等人難得

清閒，雨紛飛更是親自下廚，放了雲樓的廚子們三天的長假，考慮到空虛禪師也回歸雲樓，雨紛飛特地做了幾樣素菜。

滿桌佳餚前，凌雲雁夾起一塊東坡肉，曲無異筷子卻夾在凌雲雁的筷子上，察覺曲無異臉上快沉出水來，凌雲雁將那塊肉夾在曲無異碗裡。

又舉筷夾了一道雨紛飛專給空虛禪師做的素菜，舉筷半空又被空虛禪師的筷子給夾住，空虛禪師沉聲道：「施主，你這筷過葷了。」

一句閒話，三種心思，曲無異臉色不善說道：「是啊，他這是快過婚了還是快的昏了，也不知道。」

「那你這話是無異說的，還是無意說的？」凌雲雁反問道。

「是無異說的，但是有意說的，滿意了？」曲無異邊吃邊不停的用筷子插在碗裡，吃相極為難看。

空虛禪師察覺氣氛不對，道了句佛號，夾了幾塊齋菜，拍了拍桌角用膳的許瑞，說道：「施主慢用。」空虛禪師往他桌坐去，不再有交集。

許瑞以為是禪師習慣如此用膳，不以為意，繼續坐在桌邊，還在思考著素芳蓮的案卷。

「瞧你說這什麼話，我與她只是朋友。」凌雲雁說道。

「朋友？朋友有必要送人回去送了十里遠!?」曲無異反問道。

「順路，順路。」

「看你現在這樣子，從古佛寺到水雲天你也會說順路！」

「我那是看她一個女孩子家，連夜奔回不夜城總有危險，身為名門正派之首，自然以蒼生為己任。」凌雲雁義正嚴詞道。

「樓主何時投入資源發展腳夫行業，以樓主這種心態經營，雲樓下半輩子營收全靠你了。」

不知曲無異吃了什麼藥，如此針鋒相對，凌雲雁又夾了塊肉，放在曲無異碗裡。

「吃塊肉，消消火。」凌雲雁慰道。

「消你個頭。」曲無異看著眼前男人對自己的百般包容，顯得自己格外幼稚，一掌拍桌震飛許多食材，但也巧妙的使勁避開凌雲雁，只是許瑞就難以倖免了。

許瑞將臉上及頭上的菜肴扒在碗內，默默坐在空虛禪師那桌；空虛禪師看了一眼許瑞，又道了聲佛號，說道：「施主胃口不錯。」許瑞白了一眼，回道：「禪師也不錯。」

很好，你不錯。

凌雲雁嘆了口氣，收拾桌上的殘羹剩飯，嘆道：「其實這事也瞞不住，我與林姑娘確實兩情相悅。」

「如今天朝對我們雲樓一舉一動盯著緊，又處處針對桓嶽府，你是嫌天朝抓的把柄不夠

多嗎！」曲無異拍桌叫道。

凌雲雁打圓場說道：「天朝之事，我自有應對之法，無異，你就別擔心了。」

「是啊，不用擔心，了不起就像流雲一樣，一聲不吭的走了嘛，你確實不用擔心，因為傷心的人也會是我們！」

興許是流雲飄蹤的辭世影響了曲無異，深怕凌雲雁也會毫無徵兆的離開，凌雲雁也明白曲無異的心情，無奈之下也感到一絲暖意，深吸一口氣，鄭重且堅定的一字一句說道。

「我不會離開。」

……

曲無異被這突如其來又堅定的語氣給弄矇了，一時間竟不知要說什麼好。

想了一會，皺眉疑惑道：「真的？」

「真的。」

「怎麼證明？」

「你是要我怎麼證明，立生死狀嗎!?」凌雲雁無奈道。

「那倒不用，讓雲樓插滿代表你與流雲的鯉魚旗就好！啊！」

曲無異彷彿想到何事，心虛的朝窗外看，果然看到陣陣濃煙。

凌雲雁察言觀色順著曲無異的目光看去，疑惑問道：「話說雨紛飛下廚後跑哪去了？」

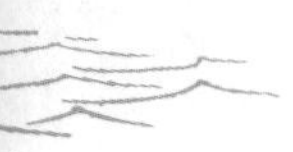

曲無異被問到雨紛飛的行蹤後，更是面色不善，支支吾吾的應答讓凌雲雁心生疑惑，看了那陣濃煙的來源，恰巧看到雨紛飛在成千上萬的鯉魚旗前，縱火！

凌雲雁指著雨紛飛詭異的動作，望向曲無異，臉上寫滿了疑問，曲無異撓了撓腦袋，不好意思的說道：「你知道我倆一直很有行動力……」

「然後呢？」

「我倆就想說，你與林姑娘兩情相悅，這庫房的鯉魚旗索性全燒了，省得我們睹物思人，只是……」

「只是沒想到火勢會這般之大！」曲無異語畢即從樓頂奔去救火。

凌雲雁一邊大叱道，一邊施展輕功從樓頂奔向火勢處。

「你們是想燒了雲樓啊！」

智亂天下（四）

裳雲沾血烙春庭

前線大捷，白亦陵名聲已噪，自是吸引九笙興趣，仙宗十二氏，九蛇氏一脈最為流長，傳聞九蛇先人為奪天人之智，逆天而行，終是遭天所詛咒，九蛇後人難以繁衍；九笙其性冷漠難近，莫說繁衍後嗣，就是男女情愛半分也不想沾得。無奈身為九蛇氏少主，就算現在不是宗主，以後也會是，就算不為自己，也得為九蛇氏所著想。既然不想有子嗣，找個傳人總行了吧？

就在不夜城內看著失魂落魄的白亦陵，連手中白羽都岔了幾分，九笙高坐在客棧窗邊，吩咐左右將白亦陵請了進來。

「墨髮桃袍，銀鈴隨身，敢問閣下是？」白亦陵用手中白羽輕搖，疑惑對著斜倚閣樓上的九笙問道。

九笙輕笑，答道：「仙宗九氏一脈，少主九笙。」話鋒一轉再道：「先生大才，前哨一戰，天下皆驚，我九蛇一脈正需先生這樣的人才，不知先生可願隨我回仙宗？」

「這算是……延請嗎？」白亦陵問。

「可以算是。」

白亦陵甫入座，一盞茶後，徐徐言道：「不說我們素昧平生，就目前桓嶽府聲望、勢力，不知少主提出怎樣的條件，讓我轉投仙宗？」

面對九笙莫名延請，白亦陵摸不著頭緒，瞇起雙眼冷靜判斷，卻不知尹蘭冬早在暗中觀察兩人，白亦陵不知，九笙卻是一清二楚。

正確來說，九笙入住半年有餘，眼線遍布，不夜城客棧方圓十里動靜皆瞭若指掌，僥是尹蘭冬謹慎，九笙有心算無心之下，身形早入九笙算計之中。

尹蘭冬挑了不遠處的樓房，正是目力可及之處，雖不聞兩人交談言語，但雲瀾閣內情報工作基礎技能之一便是唇語，尹蘭冬尤其是這方面的佼佼者。

「桓嶽府中，三閣一苑，桓嶽一傾，縱使府內奇人各有通天之能，又如何擎天？」九笙眼露精光，凌厲望向白亦陵。

白亦陵啞然笑道：「少主說笑了，論武，府主武冠天下，論文，清楓苑主妙筆連章，論謀，三閣奇人更是輩出，論勢，當年北窗苑擁北地勢，南視天子背脊，我桓嶽本部更立雪山之北，何來傾覆之說？」

白亦陵口中振振有詞，聽得九笙心中越發讚賞，撫掌言道：「說得好，但是亦陵小友，其實你沒什麼退路可以選，此行你若回府，必有殺身之禍。」

「何以見得？」

九笙背過白亦陵，轉向窗外，口中默念了一番，回身笑道：「七日之內，尹玄胤必亡。」

「這是宣戰嗎？」白亦陵不悅道。

九笙遞過去一錦囊言道：「這是為你所搏的一線生機，若遇危難即可解開。」九笙語畢輕飄飄一掌擊出，看似柔軟無力，實則殺機暗藏，白亦陵不料九笙發難，同出一掌。

對掌之既，只覺對手掌力消散，在外人看來更像擊掌為誓，白亦陵不明所以，九笙卻是知道的，這些無非是誤導在閣樓外監視自己的尹蘭冬。

九笙陪笑道：「白先生，請了。」

「今日之事，白某必當百倍奉還。」白亦陵臉色一冷拂袖離去。

不料一句狠話，言者無心，但看在遠處的尹蘭冬眼里卻是滿腹驚疑。

就在白亦陵離去後，九笙身旁出現兩男一女，一名男子長袍覆手儼然是暗器好手，另一名則頂著大光頭渾身肌肉，滿臉刀疤，女子則腰懸細軟長劍，眼神狠戾，九笙一拍兩人肩頭，親切說道：「該收網了，三位記得給人留一口氣。」

「這倒是沒問題，不過少主所承諾的不老仙泉……」

九笙一拍腦袋，陪笑道：「我差點忘了，放心，待所有事情結束後，定將三位引薦仙

宗。」

「口說無憑，如何能信？」

九笙無辜道：「爾等是朝廷欽犯，我騙你們做甚？」

「告訴你們，什麼都沒有的人最可怕。」三人臨走時，九笙想了想，將三位叫住，言道：「你們下手沒輕沒重的，還是將人擒回，由我處置。」

九笙送走三位殺手，看了一眼血色的圓月，突感真氣窒礙難行，定睛一看一名身材羸弱的書生腳步蹣跚地緩緩走近。

只見那書生每靠近一步，九笙身上的壓制之力越強，驚道：「縛仙律？司徒天昀是你什麼人？」

書生緩緩解開縛仙律的功法限制，緩道：「按輩分，少主該稱家父一聲司徒伯父。」昀泉仙宗得天所眷，先人得不老仙泉淬鍊，功法或體質皆強於一般武者，仙宗先人為恐後人恃強凌弱，十二氏共創縛仙律，其中功法對一般武者無所大用，對仙宗門人卻是大大克制，如今由司徒一氏所掌，但聽聞司徒天昀後人之縛仙律並未學全，九笙並未放在心上；然而仍是小看了縛仙律對於仙宗血脈的克制，尤其是九蛇這一脈最為淵遠流長的血脈。

九笙緩過氣來問道：「你就是司徒家的小子，司徒瀲曦？」

「九蛇少主，仙宗正遭『殺手』襲擾，此時不回返仙宗，反而插手他宗事務，意欲為

何？」司徒瀲曦收起隨身松煙墨，那一直縈繞九笙周身的壓迫感頓減。

傳聞司徒小子縛仙律未學全，看來所言非虛，如今仰仗外物便有如此威能，他日若學全縛仙律還得了。

「還殺手，肅清異己就肅清異己，說的比唱的好聽。」

司徒瀲曦瞇起雙眼，溫和問道：「少主認為是，那便是，九泉祕徑能夠改變天下，當年秋霜氏帶走主脈天書後下落不明，近日終有所得。」只見司徒瀲曦取出一紙，紙內包裹黑色粉末，遞給九笙。

「這是？萍蓮鄉的黑茶？」

＊　＊　＊

不夜城九督統隊與桓嶽府之爭仍在持續，桓嶽府上下一心的情況下，九督統隊可說是全軍覆沒，至此，不夜城戰事大局已定，江湖上卻是傳聞已故亡者須崑崙所下之挑戰書。

當日眾目睽睽之下，須崑崙已亡於白然君手下，不料數日後，告示亭竟現須崑崙約戰白然君一事，眾人無不驚駭，白然君身負江湖三大神功之天極五嶽，自是不怕他須崑崙。

豈料這須崑崙背後所隱藏之力量遠超白然君想像，白然君其師風雨蕭更是少有的大動肝火，只叫那須崑崙身型如影似魅，難以捉摸，風雨蕭幾次逼殺未果後索性不再理睬。

洛水碼頭，船家千帆，白然君獨立江邊，雖身處桃鄉客棧，畢竟也是仙宗出身，見一黑

袍老者蹒跚走來，欲上前攙扶，行為舉止不敢有半點不敬，那老者管自己叫「幽耘秈」，白然君也就跟著這樣叫起。

白然君疑惑幽耘秈裝扮，開口問道：「幽前輩……何故如此裝扮？」

「有些鼠輩似乎混入了『殺手』，老夫以身作餌，且看他們上不上鉤。」幽耘秈捋了捋長鬚，眼中一片殺機。

白然君被幽耘秈看的起了一片寒意，不解的道：「前輩所指的是，近期頻繁的命案？」

幽耘秈敲著白然君的腦袋瓜，佯怒道：「說你聰明，有時也挺笨，可說你傻，又是挺聰明的；老夫問你，被人栽贓的滋味是否這麼好受？」見白然君低頭不語，幽耘秈話鋒一轉再言：「有人趁著我們『清理門戶』時，順帶將幾條人命算在我們頭上，雲樓那幾個老傢伙管不到這來，只能靠我們自己抓出兇手。」

「王思婷、詹承軒乃至姬歌吟，是近期遭不明殺手擊殺之人，前輩莫不是要引蛇出洞？」

幽耘秈自信一笑，言道：「且看老夫如何捉出這魚目混珠的『殺手』，這也是老夫與你會面的原因。」

白然君也是才思敏捷之人，聽幽耘秈這一點撥，立即意會，驚道：「須崑崙？」

幽耘秈言道：「雖有猜測須崑崙，但無把握，但如此針對無辜之人下手，老夫想到的卻

是另一人。」幽耘秈真實身分可是曾經被稱作「人屠」的高手，能夠讓幽耘秈如此猜想，白然君也想到了另一人。

兩人異口同聲道：「独孤客！」

「沉寂多年，這傢伙又不安分了，各自依計行事吧。」幽耘秈忿忿說道。

白然君也是明白人，前輩既要以身為餌，那自然不能壞了前輩釣魚的興致，當下即便啟程前往不夜城聯繫仙宗門人，就目前所知不夜城目前龍盤虎踞，若非事關重大，白然君除了桃鄉與桓嶽府結盟事宜之外，是半點也不想回返不夜城。

白然君離開後，碼頭旁的船隻逐漸靠岸，來人撫掌笑道：「學得挺像的，不錯。」幽耘秈卻一反前輩高人的姿態，諂媚的向下船之人陪笑道：「那是總管看得起，我哪，從小就負責照顧總管起居，一些習性自然模仿得來。」

「臭石頭，也虧你想的出這種損招，独孤客要是敢現身，必要崩掉他一顆牙！」打雜工自洛水與宇文承峰搭船離去後，心中仍是放不下同門師妹玉璇璣，又獨自一人乘船沿洛水而回，不巧卻遇上了同船的燁離。

因江湖血案四起，燁離才提出了這個以身作餌的損招，目的就是為了引蛇出洞，幽耘秈作為仙宗三代老僕，其忠心程度自然無需言表，就是燁離這般鐵石心腸，當初也是千百個不願幽耘秈做餌，還是幽耘秈自己堅持，說是想在那白然君面前裝做自己，藉此威風一把。

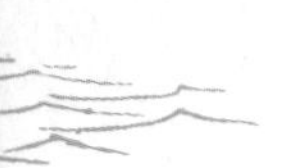

燁離說不過幽耘秈，只得耳提面命再三提醒萬事小心，又在船上忽悠打雜工配合自己行事，這才答應幽耘秈以身犯險，雖然千百個不願意，可效果是顯著的，隨著天色將暗，江面霧氣漸濃，人煙也逐漸稀少，只聞江浪撲石之聲。

「果不其然，盯上老夫了嗎？」幽耘秈柱著拐杖，瞇起雙眼，一副高人作派，環視四周，看著那看不見的敵人及莫名的殺氣，其實幽耘秈武功低微，根本就是瞎猜，可就這樣的猜測，還真的嚇唬住蠢蠢欲動的蒙面人。

「不如說說，為何要對老夫動手，如何？」

四周寂靜無聲，幽耘秈望著四周，作勢伸了個懶腰，胸前空門大露，似有挑釁之意，眼看對手仍不動作，就在幽耘秈欲返回之際……

「殺人，需要理由嗎？」

上鉤了。

暗處蒙面人現身江邊，幽耘秈腿肚子已在打顫，要不是燁離的船就在岸邊不遠處，估計幽耘秈已準備下跪求饒了，蒙面人持續逼近，燁離仍未出手，幽耘秈心知時機未到，腳步逐漸向碼頭挪移。

逼近幽耘秈十丈之遙，蒙面者夜行衣瞬間爆裂，忽然陰風大作，天地變色！狂砂間，竟是那早該橫死的亡者，燁離在船上總算看清了那人樣貌。

須崑崙!?

找我仙宗門人的麻煩，是你下地獄第一件要懺悔的事啊……

燁離心中腹誹，右指暗凝氣勁，打雜工手中機巧藏拙蓄勢待發；兩人將發未發，卻見須崑崙一人三化，燁離見狀，搶過幽耘秈身前而出，燁離獨門殺招「太陰屍山指」，指勁磅礡銳利，一指逼退最靠近幽耘秈的須崑崙。

咦？

燁離這一指就像打在了空氣上，沒有任何感覺，須崑崙察覺燁離埋伏，三道化體迅即合為一體，又再度化作蒙面人模樣，燁離再運太陰屍山指，只見一道青氣自燁離的丹田運至指尖，雄厚的內力為基礎，指尖銳利破開缺口，打向須崑崙所化之蒙面人。

「仙宗之人果然都是老狐狸，老大與白然君的恩怨可不會這麼簡單就結束，這將是你們忘不了的夢魘！」須崑崙飽提內元恰巧與太陰屍山指內勁完全抵消，其內元也可算是一方高手了。

燁離與須崑崙交手瞬間，指尖化掌，五指成爪，變招欲擒須崑崙。豈料對手早有退意，打雜工運使玄通真經，只待這雷霆一擊，藏拙出鞘，威勢萬鈞，就在一瞬，眾人甚至看到須崑崙被攔腰而斬的幻象，而一瞬過後，燁離手中多了一塊被打雜工劈了一半的白布。

眼看須崑崙脫離，燁離三人心神鬆懈之際，真正埋伏暗處的兩名殺手，搶攻而出，兩人

目標皆是……

「幽老快退！」

察覺兩名殺手目標，打雜工極招方出，收勢不及，卻見燁離難得怒容，周身散出凍人寒氣，雙手劍指運出比方才的太陰屍山指還強數倍有餘的指勁，兩名殺手因寒意影響，行動頓時一滯。

燁離雙掌成爪，緊扣兩名殺手咽喉，雙爪成刀重擊兩人頸骨，右腿膝擊一人下顎後迴身踢斷另一人的肋骨，動作行雲流水，毫無阻滯，燁離眼神宛若殺人機器，毫無感情，如同多年前屠城的那晚……

燁離手段越發慘忍，兩名殺手也被打的體無完膚，不成人形，燁離的攻擊仍在持續，打的兩人已是血肉模糊，連吐血都帶出了內臟碎塊，燁離仍未停下，直到幽耘秈怯生生的喊了句：「總……總管。」

一聲總管，將燁離拉回了現實，眼神頓復清明，再看兩名殺手，骨骼盡碎，已是出氣多而入氣少，治好了也成了廢人般的傷勢，燁離看都不看直接往江邊扔了餵魚。

「我似乎，作了一場夢啊……」

＊　＊　＊

白然君拱手送走了幽耘秈不久後，欲赴不夜城聯繫仙宗門人，遭燁離一行人擊退的蒙面

者現身，眼前陰風大作，三名須崑崙再現，白然君身一沉，氣凝雙掌，喝道：「裝神弄鬼，本君既能殺你一次，便能殺你千千萬萬次，拿命來！」

雙掌猛然擊出，卻如泥牛入海，無處可著，彷彿打在一團棉花上，詫異之間，三名須崑崙身後掩藏的身形電閃殺出，蒙面者一掌拍向白然君面門，倉皇接掌，各自退守三分。

「呵呵呵，白然君，老夫說過會讓你後悔，可敢再接老夫一掌？」蒙面人身法飄忽，在三名須崑崙之間遊走不定，此話一出，倒像是四人異口同聲，同時發話。

「那你可敢接我一拳？」

驚愕一聲，一人身著無袖勁裝，腰圍獸皮，腰懸一本青皮書，周身氣勁內斂，卻在無形間散出更壓迫的氣息。

「劍……劍青魂！」

難料劍青魂竟現身在此，須崑崙不知因近期殺人命案頻傳，原先有意將不夜城做為碧血潛川院本部的劍青魂也因此多有往來。可畢竟意料之外，如今劍青魂若執意插手，有可能將自己陷入危境，須崑崙腳步微微後挪，當機立斷，虛晃一招，掀起滿天沙塵。

「老賊想走，追！」白然君單足一踏，同樣驚起一片沙塵，恰恰擋下須崑崙突起的攻勢，劍青魂腳步挪移，後發先至，竟不比須崑崙慢上多少。

劍青魂居高臨下一拳猛然轟出，身為龍泉四俊的大師兄，最熟練的無鋒劍拳就是只有七

分力，也打的須崑崙身形踉蹌，正欲出掌擒下的危急關頭，卻驚覺掌力撲空，凝神再看，須崑崙已遁逃數丈之外。

這人身法……有點東西。

劍青魂一路追趕，不留須崑崙喘息餘地，白然君隨後拾遺補缺，須崑崙每每要施展遁術總會被白然君打斷，須崑崙心雖急，卻也無可奈何，四道化身，分頭而行。

眼見須崑崙化四路奔逃，劍青魂聞所未聞，當下只覺得定是其同夥，無形劍再出，森羅寶典容納萬象，席捲須崑崙兩道化身；拳風過境，兩道化身竟是白布風箏。

「這傢伙會變戲法啊？」

劍青魂沉眉怒視，震碎了兩張白布，自己都追了快兩個時辰，連根毛都沒碰到，劍青魂交手過的對手之中有如流雲飄蹤一般的雄沉內力，有如蘇境離一般的通玄劍法，就是沒遇過須崑崙這般令自己如此難受的對手。

白然君摺扇灑出陣陣酒氣，又打下了一張白布，須崑崙化四路奔逃，四選三竟無一中的，白然君眼神犀利直直盯著最後一個目標。

「此人遁術堪稱平生僅見，我倆分路合擊，定要將他擒捉。」白然君高聲一喊，劍青魂心領神會，足下再提十成功，與須崑崙的距離逼近何止半點，劍青魂重拳襲來，須崑崙亡魂皆冒，危及間又是褪去一件衣衫。

劍青魂已為得手之際，掀開倒落塵埃的軀體，發現內中竟全是稻草，那須崑崙轉眼又再數丈外奔逃，須崑崙逃命手段層出不窮，僥是劍青魂心性不錯，也被激的火冒三丈；當下逆衝經脈，將速度提升至極限。

另一方面，白然君沿途追趕，須崑崙中了白然君自釀的桃花酒而不自知，白然君依循酒氣追擊，任須崑崙遁術如何了得卻也擺脫不得。

「我，將是你忘不了的夢魘……」

沒來由的一句話，須崑崙停下腳步，右掌橫天，左指向地，頓時陰風大作，肉眼可見的黑色煞氣凝聚於須崑崙右掌之上，左手指尖則凝聚灰濁穢氣，令白然君與劍青魂望而卻步。

「是你們逼我至此，接我『陰風』……」須崑崙指掌納勁，沉步向兩人疾衝而來，大喝一聲：「愁慘！」

「他怎麼不逃了？」看出須崑崙乃拚死一招，白然君提元戒備。

劍青魂沒好氣的說道：「這老賊實在太會跑，我早發出信號，讓奇兵院的人馬將周遭給團團圍住，估計如此，他才想拚死一搏。」劍青魂語畢，再運無形劍，拳鋒死鎖須崑崙周身死穴。

白然君亮出無鋒長劍與醉夢扇，長劍鋒芒從桃紅色逐漸轉化為血紅色，血色映蒼茫，意味邪君將再度開殺，白然君並指在長劍上一抹，無鋒長劍血芒更盛卻轉守勢，醉夢開扇，邪

君奏殺。

「此扇我已溫養多年，數年精粹功力盡於此扇，今日便以你的性命，祭我此招！」

須崑崙蓄力已畢，劍青魂、白然君足有五十步之遙，須崑崙疾衝向前，招未出，壓力先至，兩人心知此招為上乘魔招，一守一攻配合，先化殺勢於無形，再奪險中取勝功。

劍青魂一身橫練外家武學，以剛破穢，以強制邪，無形劍一出，強大拳壓一拳一拳，硬生生將須崑崙指掌之間的邪穢魔功壓制下去，一者為殊死一擊，一者乃怒中發招，原先壓制之相，逐漸化做抗衡之功。

「血衣覆行，獨我孤離……」

「血染千塵！」白然君口誦劍訣，醉夢扇舞出刀鋒劍芒，血相萬千，勢如血河滔天，欲吞眼前邪氛穢氣，須崑崙見白然君極招轉瞬即至，不得已力分為二，左指力抗劍青魂剛猛拳威，右掌硬承白然君血河劍芒。

須崑崙內勁逐漸縮減，險露雙線潰敗之局，須崑崙自散魔功臨時變招欲再遁逃，劍青魂見須崑崙欲逃，心下一急，口中爆喝一聲：「哪裡走！」

其音量之大，如佛門獅子吼，足有定心凝神之效，可對那修行魔功之人來說卻如當頭棒喝，須崑崙宛若被嚇傻一般，竟真的待在了原地一動不動；白然君也著實怕了須崑崙再度施展那鬼一般的遁術，當下連封須崑崙七大要穴，別說是遁逃，連站起來都有困難。

「這下可以看到你在裝什麼神弄什麼鬼了！」白然君伸手一探，竟扯下須崑崙的人皮面具；與須崑崙同樣相似至極的面孔，但明顯看得出是個女子，白然君將醉夢扇抵在須崑崙頸上，問道：「給你三句話時間交代清楚，否則送你去見你的夥伴，你是誰，這種遁術從何習得，你背後之人又是誰？」

「呵呵呵，須崑崙既不怕死，老身又豈會貪生。」

「這是第一句。」白然君將醉夢扇送進了一寸，須崑崙頸上流下滴滴朱紅。

感受到白然君的殺氣，眼前的須崑崙也許是怕了，傲氣也不免收斂了三分，低聲道：「老身名喚須見愁，其餘的就不必問了，我是不會說的。」

「你還有一句的生機。」白然君眯著眼，冷冷說道。

自知生機渺茫，須見愁不懼反笑：「聽聞雲樓老祖受創，仙宗可拖不了干係，那其中一招可是昀日映……」聽聞須見愁那番說詞，白然君臉色大變，未等須見愁說完，白然君轟然一掌重擊須見愁，人如斷線風箏，血濺數丈之遙。

白然君欲再追擊，暗處卻射出另一道劍氣，劍氣一化十，十化百，轉眼已成狂暴劍網，白然君舉扇抵擋，驚呼：「還有幫手？」劍氣狂暴席捲，劍青魂擋下層層劍氣看向白然君喊道：「快追，留活口。」兩人雖為一方高手，可敵暗我明，電瞬之間，須見愁已消失原地，追之不及。

劍青魂若有所思問道：「怪不得雲樓近日行事越趨低調，原來是老祖負傷。可如此機密之事，他又是如何得知？」

白然君臉色不善，也不好意思給自己拜把兄弟擺臉色，於是歉道：「此事真偽有待商榷，老哥你莫要聲張，我回仙宗稟告宗主，再去奇兵院找你痛飲。」

劍青魂劍白然君如此模樣也不好說什麼，應道：「這事當然，雲樓老祖竟遭人中傷，茲事體大，自然不會聲張，若仙宗有消息，兄弟可別忘了老哥。」雲樓高層重傷，劍青魂心中早有對策，白然君畢竟是燒過黃紙拜過兄弟的，也不好薄了面子，縱有想法也只能先將此事應下。

「如此甚好，兄弟就先告辭了。」

白然君心想，果然與前輩推測一樣，那群鼠輩混入了「殺手」独孤客、須家，想從中牟利嗎……

＊　＊　＊

不夜城中，尹蘭冬因九笙刻意誤導，正欲擒白亦陵回府治罪，尹蘭冬反握流水劍，流水劍在月光映照下露出特別的湛藍色，壓低了身子在屋簷上快速移動，因此降低了風阻，快速移動的身形，仍逃不過三雙注視的眼。

「少主說的是他吧？」女子陰冷說道。

滿臉刀疤的光頭男子大聲嚷嚷著：「這夜深人靜帶著一張面具到處走動的人可不多。」一項聽不慣光頭的嗓門，長袖男子用著不陰不陽的聲線說道：「刀疤王，你出門不帶腦子嗎？你如此大喊，我們怎麼行事？」

長袖男子如此說著，感知敏銳的尹蘭冬卻察覺到三人若有似無的殺氣，心中那不協調的危機感再次浮現，謹慎的尹蘭冬還是將事情經過記錄在紙上，自懷中拿出隨身信鴿將其帶走。

尹蘭冬將虞淺淺在自己臨走前遞來的藥粉緊捉在手上，面露懷念道：「淺淺……」隨後顯露決絕之色，冷眼望向三雙充滿殺機的眼神，腳步挪移，逐漸加速的身法，試圖繞開三人直奔回桓嶽府，三人分立三方，緊守自己負責的區域，各個明顯是個好手，逐漸收攏的戰圈意味著即將發生的戰鬥。

「尹某與三位，似乎沒有恩怨，何必如此相逼？」尹蘭冬出言欲亂三人心神，看三人外型那刀疤王心性似乎最差，尹蘭冬說話也直直看著刀疤王，只要刀疤王一露破綻，自己便趁隙衝出戰圈。

刀疤王雙拳拍著胸口，喝道：「你以為你是誰，我刀疤王要你活便活，要你死便死。」就在刀疤王回話同時，加上雙拳拍打胸口示威的破綻，尹蘭冬沒有輕放，足尖一點，即將衝出刀疤王的包圍圈。

尹蘭冬爆起發難，刀疤王不及反應，尹蘭冬已越線而過，刀疤王倉皇之下，雙拳聚力直向尹蘭冬背部命門，尹蘭冬心知若是格擋，身形必定受阻，屆時三人重啟包圍網又脫身不得，兩害相權之下，尹蘭冬凝聚內力於後背硬承刀疤王一擊。

有心格擋之下，仍是震的尹蘭冬五內翻騰，本欲借勢就此遁逃，卻見兩道銀線衝入刀疤王所緊戒的範圍，仔細一看是兩支袖裡針，尹蘭冬反握流水劍，左右一格，叮噹兩聲，震開兩支袖裡針，卻感到持劍的右手一陣吃痛。

「指東殺西……是你！」看破使暗器者的手法，尹蘭冬不敢遲疑，流水劍手起刀落，剜去一大塊被袖裡針毒素滲透的部位，空中射出了一道黑色的血線，足見其暗器之毒，尹蘭冬迅速的撕開虞淺淺給自己準備的藥粉療傷，圍殺的三人顯然不想給自己這樣的機會。

女子腰間細劍迅疾殺出，刀疤王也揮舞雙拳直衝而來，兩人一剛一柔，配合的恰到好處，尹蘭冬每次要使流光劍反擊，刀疤王都能及時阻擋在女子身前，而女子細劍卻又總是在自己攻擊收勢的時間差回擊。

七分心力應戰，三分心神仍要提防遠處使暗器之人，打的尹蘭冬好生痛苦，正面應敵本非自己所長，細劍傷勢雖輕，隨時間累積，尹蘭冬身上創傷漸重，已顯敗相，暗處那使暗器之人仍舊將發未發，殺氣卻始終沒有離開尹蘭冬身上，虎視眈眈，只待尹蘭冬鬆懈給予雷霆一擊。

眼前剛拳細劍看似給自己造成不少傷害，一切都還在尹蘭冬可控範圍，但也知道一但被那淬毒袖針擊中，那基本上大局底定，這也就是戰況在如何艱難，尹蘭冬也不肯放鬆對暗器者警戒的原因。

剛柔並濟的攻勢，終於破開暗殺者所不擅長的防禦，刀疤王一個重拳打在尹蘭冬腹部，尹蘭冬咳出一攤血，隨後女子細劍如毒蛇　般竄來，情勢危急，尹蘭冬自斷肩骨，以不可思議及詭異的扭曲弧度，避開了女子細劍攻勢。

咻咻咻。

三道細小的破空聲，聽的尹蘭冬心驚膽顫，顧不得內傷沉重，內力驅動流水劍掃出一片劍氣，逼開刀疤王兩人，尹蘭冬驚見又是兩道袖針飛襲而來。

「又是指東殺西嗎？同樣的招式傷不了我兩次。」尹蘭冬橫劍一擋，三枚袖針叮噹落地，心下卻喀噔一聲。

壞了！

尹蘭冬做好守勢，全力迴身一擋，刀疤王巨拳要破開自己負傷之下的殘缺防禦簡直輕而易舉，女子細劍直擊自己的心窩，看女子劍勢竟攻向自己所攜佛牌之處，燃起了尹蘭冬一絲求生慾望，欲藉佛牌格檔瞬間再謀脫身之策。

卻見細劍竟然穿身而過，尹蘭冬的表情從驚愕、釋然，到搖頭一笑，看著穿身而過的利

刃，尹蘭冬勉力撐住即將滑落的狐狸面具。

我忘了，我早將它送給你了，淺淺……

此時送出去的不只是佛牌，它還是一股思念，一股信念，及一條性命。

「你沒傷他性命吧？」刀疤王銜著女子問道。

女子抽出細劍，冷道：「偏開心脈兩吋，只傷不倒，但這身武學估計是廢了。」使暗器的男子則不陰不陽的說道：「觀此人武功路數，應該是屬於暗殺一脈，能光明正大與我們戰至如斯，也是個硬點子。隨後男子扶起尹蘭冬還摘下了狐狸面具。

使暗器的男子摸了尹蘭冬臉頰，故作疼惜道：「唷，生的挺俊的，可惜了。」女子收起細劍沒好臉色踹了男子一腳：「發什麼春，趕緊交與少主。」

本想三人一同返回，以免節外生枝，看刀疤王臉上那幅慾到極點的德行，女子就知他老毛病犯了，不耐煩道：「你要找姑娘就找姑娘，別給老娘節外生枝！」

刀疤王一拍亮禿的光頭說道：「知道了，哪次做的不乾淨的，你們先將這殘廢送回少主那，我很快，很快，嘿嘿嘿。」

刀疤王與兩人分開不久後，熟練的闖入不夜城的民宅內，深夜時分，一家三口原本皆在熟睡當中，被刀疤王這樣破門而入，夫妻都還未喊出聲音便被刀疤王擰斷了脖子。

刀疤王用巨大的雙臂，死死的摁住那夫妻所留下女兒口鼻，伸手緩緩向女子小腹處探

去，那女子就在這樣的驚恐下被刀疤王所玷污。

一連數家，被刀疤王一掌拍死的良家百姓不知多少，而活活被刀疤王摁住玷污而死的女子更是悽慘，不但衣不蔽體，死不瞑日，死前更是遭受巨大的痛苦，這樣的噩夢持續將至天明，刀疤王才稍感疲倦。

就在刀疤王意興闌珊準備離開不夜城之時，一人在清晨打起紙傘，徐徐從刀疤王身旁走過，那人無視街道兩旁落花狼藉的人間地獄，只是呼著一雙異於常人的紫眸，向刀疤王問道：「可有見過穿著斗篷的銀髮之人？」

「大概這麼高。」那人收起紙傘，大約比劃了一下高度。

刀疤王為免節外生枝，暗中運勁欲殺了此人，一拳轟出，那人身法靈動，迴身跳在刀疤王拳頭之上，看到一個大活人站在自己的拳頭上，卻沒感受到任何重量，刀疤王驚覺是名高手，瞬間已有退意。

那人歪著頭，紫色的雙眸眨了眨，笑道：「我看這百丈方圓都沒了生機，這才問你的，能夠回答我嗎？」

刀疤王又是全力一拳轟出，欲在那人迴避之時抽身而退，卻見他傘尖一撩撥，自己的鐵拳竟朝自己重重轟下，刀疤王連退數步，驚恐地看著那人。

「呵呵呵。」

聽見那人冷眼寒笑，刀疤王驚恐問道：「你笑什麼!?」

「我不笑的話，怕是要殺了你啊。」

那人用傘尖指著刀疤王的額頭，問道：「所以，有看見嗎？」

「別……別殺我，我知道仙宗的祕密，我還知道……」

碰！

一聲驚響，那人撐開紙傘，隨著煙硝飄散，張開紫眸，血雨降下恰好打在紙傘之上。

這一聲的驚響，隱藏在不夜城的秋霜夢焉看著清晨某處的血雨傾落，喃喃自語道：「送走了惡魔，來了位小惡魔。」

「午夷，還真是陰魂不散啊……」

智亂天下（五）

紅火漁江行雲詩

當初送走了深淵惡魔，秋霜夢焉便少有聽見槮午夷的行蹤，最後傳聞敗亡於昔日「無心三劍」的劍傲蒼穹手中，劍傲蒼穹自修練倉穹劍意後仍不斷提升武學，時至今日已在將軍城闖出「清流劍」的名號，劍傲蒼穹的劍有多快？怕是只有他的劍下亡魂才得知了。

便是聽到惡魔殞落的傳聞，如今秋霜夢焉見聞熟悉的殺人方式心下備感驚奇，午夷與那深淵惡魔的身影竟似重疊在秋霜夢焉眼前，才被秋霜夢焉戲稱「小惡魔」。

但秋霜夢焉可不想隨便曝露了行蹤，抄起隨身的斗篷，跳了客棧的窗子而去；這些年躲避仙宗追緝早躲入了江湖神祕聖地之一「芷郁蘭幽谷」又得九蛇氏少主九笙暗中掩藏身分，才得以平安。

如今仙宗內部氏族派系之爭逐漸升溫，九蛇氏也難獨善其身，少了九笙透漏仙宗人馬的行蹤，秋霜夢焉行事只得更加小心謹慎。

秋霜夢焉離開後，東方逐漸魚白，客棧內的店小二正逐戶為上房賓客換上洗漱水盆，而在店小二身後則跟著一位身形高瘦的中年人，那人呼吸均勻，腳步輕盈，已靠近店小二身後

三丈，店小二仍未自知。

小二回頭，受到了驚嚇，手上端著臉盆的水就要灑在中年人身上，中年人右足踢翻了臉盆將撒落的水全部接起，所有的洗臉水被密合在盆子內，中年人就這樣一腳抵在了牆上，勉強擠出了一絲微笑：「在下來自昀泉末氏，想向小二哥請教一事。」

中年人露出一口森白的潔牙，搭上勉強擠出的笑容，令人看了油然生出一股森然寒意，中年人手腳俐索，拿出了一幅畫卷及一袋碎銀，畫上有個披著漆黑斗篷的身影，斗篷下是一頭異於常人的灰髮。

時至入夜，那中年人才從客棧離開，手上的那袋銅錢卻是多了不明的血漬，中年人不禁嗔道：「真他娘的能躲。」

＊　＊　＊

不夜城內縛仙人，不夜城外人伏仙。

司徒瀲曦將手中黑茶茶渣遞給九笙，雙眼直直盯著九笙，絕不放過一絲表情，暗中再起縛仙律功法，若是九笙有了任何破綻，司徒瀲曦將會毫不猶豫地拿下九笙。

九笙面對出自萍蓮鄉的黑茶茶渣，心念電轉已然會意司徒瀲曦之意，料想必是自己長期替秋霜夢焉洩漏仙宗訊息，引來其他氏族的關切了。

不過苦無證據，便藉芷郁蘭幽谷主所產之黑茶試探，如今仙宗派系之爭未明，誰能拉

攏九蛇氏支持，誰便能取得關鍵，其他氏族尚且如此，唯九獨秀的九笙又豈會不知。不過眾氏族有這種心思，未必有這種能力，才讓這司徒氏後人獨自前來試探。

單憑殘缺的縛仙律，壓制的住我嗎？

九笙收下黑茶茶渣，看了眼窗外魚白的陽光；思考該如何擺脫仙宗的掣肘，氏族身分已經大大影響自己行策，尤其看到了先前派出的三人在窗外留下的暗號，由於司徒瀲曦還在，以致無法現身。

「瀲曦，直接挑明了吧，你們想怎樣？」

司徒瀲曦收了暗中凝聚的氣勁，眨著異色的雙瞳，歪頭笑道：「九蛇少主智冠天下，十二氏族及墨宗主皆盡表態，仙宗內部已成五五均勢，唯你九蛇一脈按兵不動，誰得少主相助，誰便得關鍵。」

「還是……為除隱憂，仙宗該先排除不安定的因素呢？」

見九笙眼中閃過一絲猶豫及微不可查的殺機，司徒瀲曦雙掌合十，在張開雙臂，兩手並指成劍，一股異樣力量遊走司徒瀲曦任督二脈，司徒瀲曦尚未靠近，九笙已感壓力，九蛇氏為仙宗最古老的一脈，血脈越純淨，受縛仙律的壓制越大，即便眼前僅僅是……

弱不禁風的書生。

忽地想起蘇昀絕提起殺手一事，九笙想也不想，矛頭直指一人：「要我表態可以，我要

見到燁離。」九笙暗運一股內勁，強忍縛仙律帶來的不適，雖是抵擋的艱辛，面上仍是一片從容不迫的模樣，弄得司徒瀲曦內心狐疑不已。

聽聞九笙果斷決絕，司徒瀲曦不敢馬虎，劍指末端的松煙墨仍在流淌，縛仙律仍在運作，冷言：「離叔有事耽擱了，少主要多久時間？」

「離叔？你們關係何時這麼好？」

九笙訝異司徒瀲曦對燁離的稱謂，畢竟司徒氏一向以「昀泉執筆」自居，其中燁氏曾反對執筆一脈不該由十二氏擔任，也造成兩氏的隔閡與摩擦，但關司徒瀲曦如今態度，關係非但沒有外界說的這麼差，反倒頗有交情。

看司徒瀲曦眼神仍是警惕，九笙礙於宗家血脈限制，無奈道：「司徒小鬼，別這麼緊張，我堂堂九蛇少主，像是會暴起傷人的人嗎？」

「妳不是嗎？」

司徒瀲曦劍指抖轉，一道松煙墨影打在九笙欲伸往腰間銀鈴的手上。

「少主太不老實了，瀲曦只好……呃！」司徒瀲曦打掉銀鈴同時，九笙將銀鈴的另一頭以綢緞迴繞以掩藏攻勢，司徒瀲曦未能察覺，被銀鈴擊中腹部，連退了數步才化消內勁。

只怪司徒瀲曦底子太差，縱使九笙受縛仙律所制，單憑根基也隱有扳回局勢之相，之所以沒有這麼做，很大一部分是因為仙宗當前局勢未明，誰也不肯為他人作嫁，彼此皆保留三

分。

九笙突來一擊也不過是個警告，否則憑司徒瀲曦的能力，方才一擊怕是要了小命；傳聞九蛇少主誤殺的人可不在少數。

「我一向不喜歡別人威脅我，莫說我沒提醒，暗中定有陰謀者等收漁翁之利，參與內鬥，無論誰贏，對十二氏、對仙宗，都是輸。」

九笙強忍不適，背對著司徒瀲曦看著窗外如此說道，司徒瀲曦深思九笙一番話，主動撤去了松煙墨，墨影消失，縛仙律也同時失效。

「但不可否認，十二氏早不齊心，既是要見離叔，瀲曦便為少主去尋，希望少主好好考慮。」司徒瀲曦深深一躬，甩了甩袖子，迎著朝陽離開。

確認了司徒瀲曦離開後，那揹著尹蘭冬使暗器的男子等兩人，才閃身進了九笙的房門，身法迅速，不留痕跡，即便在光天化日之下仍能做到不為人察覺。

「把尹蘭冬留下，我來處理，你們暗中看好司徒小鬼，有任何風吹草動立刻向我回報。」九笙閉目調息，迅速地支開了揚指二人。

揚指兩人摸不著頭緒，但也逐漸習慣了這位「雇主」的習性，左右都是賣命，還要花腦子琢磨「天下首智」的想法就實在太累人了，便與燕虹相視一眼，退出了房間朝司徒瀲曦的方向追了去。

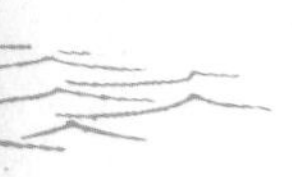

「我問什麼，你便答什麼，明白嗎？」

「呸！」尹蘭冬被揚指重傷，連要吐在九笙身上的唾沫，都吐不出去。

「答錯了。」

房門內，尹蘭冬奄奄一息，九笙調息數個周天，才除去縛仙律帶來的不適，九笙催動心法，搖起銀鈴，盈耳天籟，竟使得尹蘭冬心魔叢生，一時竟被嚇暈了去。

武林至寶除了不老仙泉外，就是鳳霞金冠了，世人為尋不老仙泉，為九泉天書拚得要死要活，九笙因九蛇宗家血脈，在九笙眼中的至寶，僅剩「鳳霞金冠」，傳聞流雲飄蹤昔年重傷曾得金冠中的穹蒼之力相助，得以恢復巔峰，卻無人證實。

直到流雲飄蹤亡時，身上竟無散逸「穹蒼」之力，那便證明，鳳霞金冠並非流雲飄蹤所得，而除了凌雲雁、牧野長風這等武林名宿，近期崛起的高手，莫屬桓嶽府主尹玄胤了，那鳳霞金冠便極有可能在他手中。

正是流雲飄蹤的死，確定了鳳霞金冠的下落，九笙才將行策重心放在了桓嶽府上，收攏白亦陵不過是附帶價值，身負九蛇血脈，九蛇氏歷代皆為智者，唯有九笙不甘只是一名智者。

「若有鳳霞金冠……」

極端的智計加上極端的武力，天下間哪個地方去不得，哪個地方管得住我，什麼九蛇血

統的詛咒，這一代，我必將打破詛咒！

尹蘭冬逐漸恢復了意識，九笙故技重施，尹蘭冬又受心魔所困，心中最大的恐懼一一浮現眼前，已分不清現實或是幻境，逐漸崩潰的理智，面對九笙的質問，尹蘭冬嘴上仍是不說。

「還想再經歷這樣的痛苦嗎？」

「操你……」尹蘭冬執行任務一向沉默寡言，極少不文，九笙反覆的折磨倒是磨出一絲血性。

「你既不說，我也不強求，回去吧。」

九笙鬆開了揚指在尹蘭冬身上的禁制，卻是暗中打入了數道暗勁，手法之高明，尹蘭冬本身也未察覺。

尹蘭冬狐疑的看著自己，九笙再度甩起銀鈴在手中，冷笑道：「還不走嗎？那就留下囉？」尹蘭冬聞言哪敢久留一瘸一拐的快速離去。

「哎呀，不小心找人發了些脾氣了……」

九笙一陣冷笑後逐漸變得瘋狂，瘋狂之中卻又帶著一點喜悅，九笙雙手摀著臉，試圖讓自己冷靜，只能在指縫之間，看著自己那雙病態的雙眼。

＊　＊　＊

桓嶽府與九督統隊之爭也將近尾聲，雖憑藉地利與天險屢屢擊退九督統隊，宗門畢竟還是宗門，無法真正與朝廷抗衡，鏖戰數月雖是保住了基業，可經此一役，桓嶽府元氣大傷。

大戰方休，正是養精蓄銳之時卻在有心人操弄之下，傳出桓嶽府主暗殺諸多江湖名宿之事，其中就包含命運聖女嫣楓受襲傳言，不夜城已是滿城風雨。

內傷累積已久，本欲沉心養傷，暗中有人修書一封要桓嶽府主尹玄胤收下。桓嶽府主書房之內滿是刀劍器械，還未走入便感殺氣撲面，兵者不詳，鮮少有人用做擺設，大多為鎮煞之用，尹玄胤甫經大戰，內傷沉重，一封密函，道出宋白先生多年隱藏的祕辛。

心下百感交集，一口心頭血，嘔之不出，運功欲緩卻有走火入魔之兆。

白亦陵甫回桓嶽府，思索九笙口中所述，天下首智豈會無的放矢，卻又想不出該九笙是哪來的信心來算計桓嶽府，穿過竹林月影，來至府主書房前，聽聞一陣不協調的呼吸聲，白亦陵大感不妙，推開房門，只見尹玄胤周身經脈閉鎖，已是出氣多、入氣少。

心下一急，運功欲助尹玄胤緩過這口氣，卻不知尹玄胤一身功力，乃集桓嶽府數人之功而成，一身武學駁而雜亂，難以精通，長久以來數道真氣互相制衡形成微妙平衡，白亦陵不知緣由，提元輪功，打破了平衡，尹玄胤頓時經脈逆衝，命懸一線！

而被九笙刻意放回的尹蘭冬也以最快的速度奔回桓嶽府，即便內傷沉重，也不願拖慢一分一毫，血跡沿途數里，即將步入桓嶽府周近之地，殊不料一舉一動皆在陰謀者算計之中。

大戰方休，正是休養之時，桓嶽府三壞獅相青銅深鎖，門衛見尹蘭冬浴血歸來，出聲大喝：「停步，你是何人？」尹蘭冬傷重難言，扯下腰間令牌，直往門衛面門甩去，直奔府主宅邸。

果然如大人所料……

兩名門衛收起尹蘭冬的令牌，一人悄悄的頓入暗處，熟練地換上一身夜行衣，對桓嶽府內機關、崗哨瞭如指掌，一入尾隨尹蘭冬撞見預料中的一幕。

尹玄胤命如風中殘燭，尹蘭冬浴血奔回，卻是有口難言，憤怒而顫抖的怒視白亦陵。就在尹蘭冬靠近白亦陵兩人同時，兩人身上同樣異香瀰漫，三人之間，就屬白亦陵傷勢最輕，感受尹蘭冬身上詭異內勁，白亦陵暗中運勁以防不測。

白亦陵看出尹蘭冬來者不善，開口苦言：「蘭冬，聽吾解釋。」尹蘭冬體內被九笙暗藏的內勁受異香牽引，勁力將發未發，暗處尾隨之人輕發一道掌勁，柳絮棉掌隱含崩山之力，一觸即發。

一聲驚爆，尹蘭冬身上內勁爆發，二人同時受創，尹玄胤命喪當場，暗處之人現身擒住尹蘭冬後翻牆離去，白亦陵血染白袍，尹玄胤的親傳弟子冬嗔子率一群府衛同時出現。

「白亦陵，枉費府主對你一番栽培，你竟下此毒手！」

「不是我。」白亦陵嘴邊一口黑血，顯然已受不小的內傷。

「是不是你，幾位閣主自有評斷，抓起來！」

府衛層層圍上，曾經的夜雨高徒，已成桓嶽階下之囚，白亦陵怒目圓睜，雖心有不甘，但強大的理智迫使自己冷靜，只有無限悔恨，恨自己為什麼不能及早發現。

＊　＊　＊

江湖風雲詭譎，桓嶽一朝驚變，府主尹玄胤就這樣抱著不解之謎而與世長辭，繼任府主飄陌晴常年隱於幕後，傳聞與尹氏舊脈有所芥蒂，內外難以齊心，其後不過數月，虎詔閣主宋凌楓遭襲身亡。

桓嶽高層先後辭世，飄陌晴難察暗中作手，遂快刀斬亂麻，破而後立，率桓嶽剩餘之根基另闢宗門，滄玥閣。

此舉驚動桓嶽府眾多元老，受尹氏舊脈掣肘，桓嶽府注定難以齊心，曲洛紘念及宋白與尹玄胤舊情，飄陌晴畢竟常年隱於幕後難以服眾，另闢宗門之事只得由曲洛紘一肩扛起。

而後動員將近三個月，雖經歷不少插曲，總算是動員完成，滄玥閣正式成立，首任閣主即是，曲洛紘。

桓嶽一傾，何以擎天，如九笙意料之內，而九笙汲汲營營的鳳霞金冠，誰也不清楚是否落入他手，但桓嶽府對抗九督統隊的傳說，注定成為歷史洪流的一塊礁石。

絕對沒想到的則是，在宋白與尹玄胤身亡之後，對桓嶽府伸出橄欖枝的竟是素無來往的

奇兵院，劍青魂對於滄玥閣的整合及創立，暗中推波助瀾，掃平阻礙，滄玥閣才得這麼快的緩過來。對此，兩方掌門訂下永世同盟之約，在人人皆可為敵的江湖中，算是美事一件。

桓嶽府式微之後，朝廷秣馬厲兵，九督統隊重整旗鼓，有桓嶽府作戰失利的前車之鑑，九督統隊不再是一味地針對宗門打擊，朝廷為此特設廠督一職，由廠督秦公公負責打擊江湖宗門。

秦公公有心壟斷江湖金脈，九督統隊不再與宗門直面對抗，反朝有千金鑄命之稱的許瑞下手，九督統隊兵臨軾泊，軾泊乃許瑞的大本營，一但失守，對整個江湖宗門將是元氣大傷。

許瑞雖在第一時間作出反應，不斷招兵買馬擴大蓋特軍團以對抗九督統隊，終究難敵九督統隊輪番襲擾，蓋特軍團潰敗，許瑞在軍團掩護下將資產轉回雲樓。

朝廷特立的綬督凌雲雁出面保下許瑞，秦公公心知朝廷大計，也不再進犯，由秦公公率領的九督統隊就這麼被凌雲雁三言兩語喝去。

而廠督秦公公掃蕩軾泊之後更是動作頻頻，為此，已有不少殺手潛伏暗中，以民為本的穗落堂與許瑞財團常年交易，如今許瑞一夜之間被朝廷端了去，穗落堂表面仍是平和，不久後卻傳出穗落堂冬暝坊主木璟孤身刺殺秦公公的大事。

朝廷設廠督不過一個月，便明面遭人刺殺身亡，秦公公手眼通天，不知多少受官員私

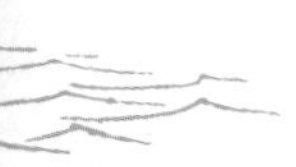

賄，如今身亡，一時間不知多少人為了秦公公暗藏的帳本展開一場朝廷間的暗鬥，為此牽連甚廣，被刺殺官員不下十數名；最終還是皇帝頒旨不究，才免一場血雨腥風。

朝廷風波未息，江湖暗潮洶湧，許瑞經軾泊一戰後元氣大傷，遂化明為暗，重心轉向雲樓執法之事；雲樓老祖重傷療養後，也採取韜光養晦的方針，行事越趨低調。執法之事雖有蒼羽夜協助修訂，奈何孤掌難鳴，如今許瑞全力協助，省了蒼羽夜無數心力。

律法之外，水都湖畔，詭譎風雲暗湧，孤舟煙波釣叟，湖心雖靜，一子驚起漣漪，擾了釣叟竿下清魚。抬眼望去，九笙嘴角微揚，自從在桓嶽府目的達成後便離開了不夜城，深知燁離精算習性，未有說服的把握前，必不會和自己見面。

水都苑卻傳出「血契」傳言，只要有人與「血契」定下契約，受血契制約者必會為其達成任務，九蛇一脈在仙宗地位雖高，卻無實權，九笙長久以來暗中招兵買馬，今有血契可用，自然不介意多等幾天，然而苦尋數日皆無所得，唯一不同便是此釣叟在同樣的時間、同樣的地點出現。

諸多巧合絕非偶然，釣叟抬眼，眼中盡是殺機，雖只一瞬，九笙豈會錯放；粼光長浥，孤舟駛近，釣叟輕拾釣竿，踏岸煙波擾散，不悅道：「妳嚇到魚了。」

九笙回以一個歉意的笑容，拱手答道：「水至清則無魚，湖上清澈，一連數日，老丈獨釣孤江可有收穫？」

釣叟不答，眼神微微瞇起，數日無魚可獲，舟上三只竹簍，卻裝滿了不同的水貨，沒有正面回答九笙的問題，而是打開了竹簍上的蓋子，打算用成果來回答九笙。

第一個竹簍內盡是滑不溜手的鰻魚，在彼此的身上游移不定，看著嚇人，第二個竹簍則是一只只的王八，頂著大龜殼一動不動的沉靜在竹簍裡，也不知死了沒，第三個竹簍不是活物，是一塊塊從沿海進口的「鯊魚肉」。

「看來是我看差了，孤江無獲，簍內收穫倒是頗豐，老丈倒不像釣客，反而更像魚販呢。」九笙睜大賊溜的眼睛，戲弄竹簍內的鰻魚。

「錯了，老朽還是釣客，但今天才釣到魚。」釣叟答道。

「將我喻為魚嗎？不知是人釣魚，或是魚釣人呢？」九笙抓起了一隻鰻魚看著釣叟：「怎麼稱呼？」

釣叟褪下竹笠，露出平凡的不能在平凡的面容。

「夏文青。」

＊　＊　＊

遙駐四邦之外，獨立周郡之中，百家燈火耀夜空，朝廷紛爭、江湖暗潮，市集閱盡人生百態；沿途行進看著市集種種人生。女子好奇看著賣油人那銅錢葫蘆的嫻熟技巧，眼中盡是佩服。

聽到鄰巷孩子在街上戲耍，紛紛圍著吹糖人，要吹糖人給他們做出一隻隻不同形狀的麥芽糖，那孩子不捨的嚐了一口「奇形怪狀」的糖衣，臉上滿足笑著說道：「清風哥哥最好啦～」看著孩子的笑顏，也許是徐清風作為吹糖人的驕傲。

而在徐清風的隔壁攤位，一位面容清秀，眼角帶著淚痣少女，攤位上擺滿一把又一把的「香菜」，兩人的攤位相近，但相較於香菜的特殊氣味，圍繞在徐清風身旁的孩子明顯的更靠近徐清風一點，看著這一幕，北辰萱撇了撇嘴：「什麼嘛，一群不懂香菜的人。」

聲音很小，但心細如髮的徐清風同時也給了北辰萱一個禮貌地笑容回應，原本惱火的北辰萱看到徐清風的笑容，直接塞了一把香菜過去。

看你還敢不敢笑！

女子走過徐清風及北辰萱的攤位，看著他們的互動覺得極其有趣，這些是從小生活在昀泉仙宗的自己從來沒體驗過的生活，看向西照的斜陽，女子加快腳步，仙宗多年搜尋的目標，終於有下落了。

不老仙泉的源頭！

市集雖獨立於四邦之外，但其規模不下於任何一邦，「第一棧」為江湖中最為聞名的驛館，四郡之中皆會有第一棧存在，兩座大紅燈籠之間，匾額上「第一棧」三字勢走龍蛇，左開右合，搭上匾額下方的落款，更顯得豪邁奔逸，氣凌百代。

女子看著第一棧的門匾，門口招待的小二隨即靠前，一邊搓著長繭的雙手低頭哈腰問道：「客官住店嗎？」

女子皺眉，掃視二樓的各種上房，向小二問道：「有沒有三個人，一個胖子，一位公子，一位……長的極是猥瑣……可有看見類似的人？」

「我可不覺得自己長的猥瑣，還有……末冽你遲來了。」

末冽轉頭一看，正是當初打聽秋霜夢為下落的那名中年人，中年人站的挺直，整個人猶如一把利劍，留著修的細長的八字鬍，挑眉看向末冽。

「末鉅！」

末鉅兩眼瞇成一條縫，不耐的道：「別和我套近，我在你心中可猥瑣著……」末鉅本想在調侃兩句突然看到了那道身影，比了一個噤聲的手勢。

末冽、末鉅等五人的五行戰陣配合已久，彼此心領神會，見末鉅神態，末冽順著末鉅的眼神望去，看著第一棧一樓的角落坐著一道讓人心心念念的身影。

「那不是！」

見末冽就要行動，末鉅拉住了末冽：「別衝動。」末鉅手勢指向了第一棧的掌櫃及小二，兩人呼吸渾圓，儼然內功深厚，第一棧不許動武的規定立下許久，末冽第一次出宗，末鉅怕她一個衝動被第一棧的人惦記上了，這才及時制止了末冽。

兩人身後不知何時，站了一位胖子和一位書生打扮的公子，因為末鉅回歸的時間異常，末炙、末森以為出了意外，但在看到末鉅的眼神同時，他們也見到了仙宗心心念念之人。

秋霜夢焉！

秋霜夢焉功力不下於昀泉仙宗的任何一人，四位末氏族人能察覺秋霜夢焉，秋霜夢焉也早就盯上了四人，將銀灰的長髮撥至耳後，秋霜夢焉蔥白纖長的手，慢悠悠的將淡金色的茶湯倒入杯裡，第一棧的庇護下，秋霜夢焉有自信幾人不會拿自己怎麼樣。

仙宗是越活越退步，這幾年爭傻了吧？末氏聞名的五行戰陣，只派了四個後輩憑藉殘缺的陣法就想抓我回去？

秋霜夢焉心中鄙夷，就連第一棧上好的茗茶也飲之無味，挑眉看向末氏四人，赤裸裸的挑釁，四人走近，坐在秋霜夢焉的對桌，個性最衝動的末炙頂著一個大肚皮，哼了一聲，將一壺茶水一飲而盡。

末森打開手中摺扇，作勢在末炙身上搧了幾下：「別氣別氣，他可算是我們的長輩呢。」末炙聞言反駁道：「你有這種長輩？他這是……為老不尊！」末炙不擅言辭，硬是擠出了一句成語。

「幾位小友能找到我也不容易了，咱們也別拖拖拉拉，打一場如何？」

常年的追殺讓秋霜夢焉心中有了怨氣，秋霜夢焉一反常態，主動約戰，心想連你們四個

後輩都勝不了，不如拔劍自盡算了！

「秋霜前輩既有此意，我等自當遵從，請！」

秋霜夢焉邀戰，對末氏四人而言這是再好不過，五行戰陣雖缺一員，憑藉四人合擊之術，仍能使出四象戰陣，只是在這第一棧行事難免綁手綁腳，見秋霜夢焉率先走出了第一棧，其人之狡詐，四人可是從小聽到大，四人魚貫而出，就怕秋霜夢焉遁逃。

秋霜夢焉一路向北而行，行徑人煙已罕，寒鴉長空疾，秋霜殺意升，長劍未出，末氏四人已感殺機臨身，獵人反成獵物，四人合擊之術早已大成，當下運起仙宗功法，金、木、水、火四象分立四方，直逼秋霜夢焉！

「前輩莫要為難，交出主脈天書，對你我、對仙宗，都是好事。」末森還想再勸一句，淡見秋霜夢焉臉上決絕之色，只能一嘆。

「莫說天書不再我身上，就算有，也輪不到你們來取！」

秋霜夢焉劍指微揚，逼向末氏四人，一雙冷眼所盯者皆是陣法破綻之處。

「讓我來教你們真正的……」

秋霜夢焉冷語一出，四人無不駭然，只見秋霜夢焉身法游移穿梭陣法之間，身形已難掌握，速度提至極限，猶如一人四化，又聞秋霜夢焉一句：「末氏四象陣！」

＊　＊　＊

司徒瀲曦自不夜城與九笙分別後沿途尋找燁離的下落，雖然仙宗之間互有聯絡之法，看到燁離的沿途留下的記號，越走越偏離仙宗勢力範圍，司徒瀲曦雖疑惑，卻因本能相信燁離也沒多想。

揚指、燕虹兩人奉命追蹤，半個月前查覺到司徒瀲曦的詭異行蹤，行事縝密的揚指決定讓燕虹先行回報，自己則繼續追擊司徒瀲曦，

「我就說離叔給的記號怎麼會越走越遠，出來吧，仙宗的內鬼！」司徒瀲曦終於發現了不對勁，此地四面環山，竹影蔽日，兩側懸河，一處襲殺的「絕地」。

司徒瀲曦冷靜判斷敵手，思考生存可能，想也沒想就將矛頭指向目前與司徒氏、火華氏反對的宗族，厲聲問道：「是杜氏還是葉氏？」

縛仙律傍身，仙宗門人那是傷之不得，司徒瀲曦暗中散出松煙墨，眾多死士一擁而上，司徒瀲曦催動縛仙律，驚覺敵手竟不受縛仙律所制，再度交手，司徒瀲曦已落下風。

暗處揚指奉命追蹤司徒瀲曦，揚指心思倒也玲瓏，九笙要的絕不會是司徒瀲曦的屍體，但這書生武功實在太低微，揚指再不出手，只怕司徒瀲曦要被人斬成肉醬，雙手食指各捏三枚袖裡針，覷準時機就要發出。

殊不料，早有另一人盯著揚指的一舉一動，之所以沒出手，就是等揚指發招破綻。六道袖裡針聲東擊西，正是揚指成名殺招「指東殺西」！

六道袖裡針無形無定，難以捉摸，甚至連司徒瀲曦都沒看清周遭死士是因何倒下，死士數量眾多，面對非仙宗之人，縛仙律無用武之地，司徒瀲曦左支右絀，揚指縱能解燃眉之急，終究是杯水車薪。

更何況，暗處盯著揚指的那人，在揚指發招同時，看準揚指發招時間差，贊上雷霆一掌，揚指本就不擅近身搏鬥，如今遭人欺身搏殺，已有思退之心，司徒瀲曦、揚指兩人同遭致命危機。

不同的地點，相同的遭遇，燕虹為回返不夜城稟報司徒瀲曦的詭異行蹤，反倒真正遇上了燁離一行人，燁離雖不知燕虹與九笙合作關係，但他們知道……

「腰懸細劍，面容冷峻，眼下留有刀疤，可是朝廷欽犯，燕虹？」面對燁離質問，燕虹察覺來者不善，右手已輕握劍柄，止欲隨時發難。

「你方經戰事，這人就讓給我吧。」

一柄木劍橫亙於燁離及燕虹之間，宛如泰山巍然，卻是鋒芒盡斂，但任誰也無法忽視木劍當中隱含的沛然劍意。

燕虹眼神愈冷，抽出腰間細劍，劍尖對向木劍的持有者。

人如那柄木劍一般身形低調，一身氣勢卻是節節攀升。

「你是誰!?」燕虹已感敵手非是易與，暗中催動真元，欲先發制人。

那人拍了拍燁離的肩膀，從燁離身旁走過，緩緩握起木劍，木劍每出鞘一寸，劍意便濃厚一分。

「在下，不過彤雪門一打雜工罷了。」

打雜工抽出木劍「機巧藏拙」，揮袖一甩，一手復後，劍指燕虹，滔天劍意沛然而發。

「請！」

智亂天下（六）

顏丹鬢綠辭風行

水都桃花灼灼，湖光粼洵湖面紛紛落英，面對九笙疑問，孤江釣叟夏文青收起釣竿，魚鉤離開水面瞬間驚起片片漣漪，目光凝視著九笙手中抓起那條滑不溜手的鰻魚。

「選了鰻魚，可是要死人的。」夏文青慢悠悠說道，說的輕描淡寫、毫不在乎，九笙略有深意的放回了鰻魚，不屑說道：「刻意放出消息引無數江湖人士前來，這種障眼法，未免兒戲。」

「計不用深，有效便行，自我放出消息，你是頭一個破解謎底之人，我不介意再透漏一點消息。」夏文青嘴角彎起，扯動刻印於臉上的歲月痕跡。

「聽過殺字旗嗎？」

「殺字旗？」

「想想看，江湖近起頻傳的命案，」

森然一語，夏文青面色凝重，金風拂起，擾動江上濃霧，夏文青面色凝重述說一個流傳甚廣的江湖軼聞：「殺字旗成員皆已四字為名，其組織莫約十人，雖有替補，卻也不會超過

十之數，如今你手中這條鰻魚，便是向殺字旗委託的途徑。」

命案頻傳，九笙自然不會認為夏文青是危言聳聽，雲樓老祖遇襲之事也不是新聞，雲曦迴雁樓為名門巨擘，如此高山都能受伏遇襲，何況籍籍無名之輩，九督統隊曾以須崑崙為先鋒，暗中聯合独孤客以混淆視聽，恰巧撞上仙宗內部清理門戶，同一時間「殺手」群起，命案頻傳，也不知是否真的如此巧合。九笙眼下既擁穹蒼之密，甫以絕頂之智，問鼎天下絕非虛話。

「你認為我還需要委託他人？」

「為了天下太平，是否該將妳在此格殺？」九笙朱唇輕啟，口出悚言。

「不需要嗎？」

面對九笙強勢威嚇，夏文青面帶莫名微笑，將手中「鰻魚」塞給了九笙，江上濃霧漸起，遮掩兩人視線，濃霧中，雄渾掌力猛然一拍，夏文青卸力之間，順著九笙掌力退去。

看著手中滑不溜手的鰻魚，九笙冷哼一聲，放走了鰻魚。

「裝神弄鬼。」

＊　＊　＊

不歸路上不歸人，荒沙茫煙，血染白衣，襤褸布衫，司徒瀲曦、揚指同遭命劫，殺手結成殺陣層層圍上，司徒瀲曦不擅武學，揚指縱能解燃眉之急，仍是險象環生，何況有心人特

意針對，揚指受創，自顧不暇。

司徒瀲曦拼足餘力，化力為墨，滿身松煙奪目而出，欲搶一條生路。

「你們……」

「天真。」

松煙瀰漫戰場，司徒瀲曦緩步謹慎踏出戰局，寒鋒逼命而來，刀勢雄狠，司徒瀲曦受兇猛刀勢一劈，背上連筋帶肉被寒鋒拉出一道深可見骨的傷痕。

揚指見狀欲逃，趁松煙擾目之際，亂針飛散傷了數人，而在脫離松煙墨霧之際，眾殺手因視線受擾各自混亂之際，破風呼呼嘯過，暗中緊盯揚指的那人身法迅捷，以其他殺手為踏石，踩著其他人肩上如履平地，足見下盤功夫精深，一連九鏢封盡揚指上、中、下三路。

九鏢緊鎖揚指命門，揚指身子閃轉騰挪，九鏢宛如附骨之蛆緊隨其後，輕靈飄逸又極為難纏的暗器手法，揚指受朝廷追緝多年只見過一脈人會使用，性命受脅之際驚聲道出來歷：

「是彤雪門的『梅逸九揚』！」

揚指身子如陀螺般旋轉，無數亂針飛散，性命危機在前，揚指不敢保留，連使無數「指東殺西」之招，不料梅逸九揚以點破面，兼具輕靈、精準兩種特性，突破揚指千針防線，九鏢無一不中。

「上三路為百會、神庭、太陽，中三路則是膻中、氣海、關元；可惜揚指只擋掉下三路

的攻擊，否則你也不會如此輕易得手。」使鏢那人與揚指同樣暗器好手，此時出現亦不知是友是敵，所幸使鏢人話不多，抄起揚指的屍身，望了眼受追擊的司徒瀲曦，眼神微斂，一番猶豫後縱身離去。

「還好，看來我們的目標不同，否則以那人身手，若是干預，我等最少折損一半。」持刀殺手顯然為追殺司徒瀲曦的首領，看使鏢人走遠，招呼手下向司徒瀲曦逃竄方向逼去。

司徒瀲曦負傷，步步後退卻是退無可退，身後已是懸崖，莫名殺機讓司徒瀲曦迅速思考究竟是何處破綻，方才刀氣仍在體內反覆肆虐，司徒瀲曦強忍內傷，蒼白乾裂的唇瓣說著無聲的質問：「既然我命該如此，能否讓我做個明白鬼？」

惡道猖狂，鬼刀血染霜，松煙逝墨，殘命難留，即便身處絕境，司徒瀲曦仍不放棄獲取一切可能有用的情報，但無情刀芒透體而過，顯然沒想給司徒瀲曦任何機會，拔出身子的刀光，白衣滾落懸崖，生死未知。

「此間事了，你們先回去向流主覆命。」

荒道惡風寒，百鬼覆人間，蘆葦血跡斑斑，待一眾殺手離去，為首的鬼面人斂去一身殺氣，穿梭夜中，混入市集內又是與普通人無兩。

＊　＊　＊

燁離等人甫離渡口，欲行陸路前往不夜城，不想卻遇上朝廷欽犯，機巧藏拙佇立燕虹身

前，十月初三已末秋，金風定死關，眼下的疤，熾熱，手中的劍，陰冷，燕虹被朝廷追緝多年，上一回歷經這種生死恐怖已不知多久之前，那些對手人多數都成了劍下亡魂。

「專程來殺我？」燕虹不解為何在路上遇到如此煞星。

打雜工請招手勢未改，緩緩搖了頭，嘴角微揚，斜陽粲然金芒照射在爽朗的面龐上，緩緩拔出機巧藏拙，木劍藏拙，斂鋒於鞘，木劍出鋒卻似神兵，殘虹輝映極為奪目，受打雜工這一攔阻的時間，一隊官差也聞風而至，渡口瞬間被圍得水洩不通。

「不是專程，但遇到我，算妳倒楣。」

劍意瀰漫在風中，眼下，劍上，燕虹不敢大意，腰間細劍緊握，一瞬之機，燕虹名招「細水長流」迅捷而出，劍如羚羊掛角，無跡可尋，又似赤煉吐信，陰狠殘絕，細劍纏上機巧藏拙，打雜工首露詫異神色，遂脫劍於手，一頓老拳往燕虹臉上招呼過去。

足下猛力一蹬，藏拙劍鞘旋於空中，打雜工迴身、接鞘、劍取咽喉，一氣呵成，反觀燕虹先受一拳突襲，身形已入對方掌握，打雜工以身擋住藏拙劍鞘走勢，燕虹視線受阻，再觀之時，打雜工左鞘右劍，鞘格細劍，一劍取命而來。

燕虹亡魂皆冒，想起九笙亦為仙宗十二氏之一，望向打雜工身旁煒離。

「且慢，是九笙……」欲言兩三語，黃泉路已啟，燕虹僅吐九笙之名，藏拙劍已了結燕虹性命。

「九笙？朝廷欽犯怎會與她牽扯？」打雜工收劍，好奇看著同樣一頭霧水的燁離。

燁離搜了燕虹的屍身，期待會有些線索，確認無任何可用之物後，將屍身交與一旁觀戰已久的官差，挑眉應道：「你看我像知道的樣子？」

「到了不夜城，一切皆會分曉。」燁離道。

打雜工收起藏拙，往霧淖方向而去，搖頭道：「江湖事，也沒什麼好問，有牽連也好，無牽連也罷，同行已久，就此分別吧。」

燁離倒是想起，打雜工早有隱退之心，方才一劍染血，怕是讓他又想起了江湖風波，思及此處，燁離所能做的也僅祝福而已，抱拳道：「既如此，各自珍重。」

「各自珍重。」

盜天竊月九命妖，機巧斂鋒訣塵囂，遙看星垣落拂院，彤衣披霜掃雪橋。

＊　＊　＊

市集以北群峰環繞而人煙罕至，黃沙古道，日暮殘虹，末洌、末鉅、末炙、末森四人分立站為，末炙手持一柄長刀，刀身赤紅如焰，斜陽映出刀光鋒芒，四人之中末炙性格最為暴烈，面對秋霜夢焉這種仙宗高手，四人已在秋霜層層劍影圍困下，末炙長刀橫劈欲衝出劍影圍勢，不料這舉動反而破壞四人原先默契。

仙宗除九笙之外，就屬秋霜夢焉巧智，末鉅意識目前困局為秋霜夢焉刻意引導，忙喊

道：「他要我們棄陣法之利，快同來！」末鉅身法凌厲慣使一雙精鋼爪，出言之時已向秋霜夢焉襲去，欲逼秋霜劍守中宮以解末炙之危。

「這狗屁劍影，老子一刀破給你看！」末炙內力加諸刀身，對著無數劍影左劈右斬，愣是衝不出秋霜劍影包圍。

「就說這傢伙腦子只有肚子的百分之一大，別廢話了，趕緊救人。」末森身著青衫，手中鐵扇扇骨疾射，襲向秋霜攻敵之處，末森鐵扇旋繞與末洌腰間軟劍配合，稍稍彌補末炙脫陣的劣勢。

獵物反成獵人，秋霜夢焉無意與四人糾纏，長劍拂動，攪風蕩葉，劍影人影交織層層殺陣，雖行殺陣卻無殺心，無奈道：「放過我，也放過自己怎樣？」

「放你個屁！」末炙一身肥肉顫抖，橫刀以力破巧，整個人旋起如陀螺一樣，蕩開層層包圍的劍影。

也完美的破壞了四人共組的四象陣。

「蠢啊！」末鉅、末洌、末森三人同時苦道。

陣勢已破，秋霜夢焉劍立身前成一道直線，擋下末森射來的三道鐵扇骨，長劍在手中繞了一圈，虛引末洌軟劍攻勢，兩劍交互纏饒成了一個漩渦，受秋霜夢焉引力，將末鉅襲來的雙爪罩進劍影覆蓋範圍。

末洌為防傷及同伴，收力七分，卻被秋霜夢焉尋了空隙，一掌風雷而至，末洌與之對掌險些被寒冷的凍氣侵襲經脈，登時脫劍退步。

「此人內力清冷異常，不可比拚內力。」末洌出言提醒，秋霜夢焉以手中長劍將末洌軟劍甩出，疾射末洌而去，同時身子竄出攻向末炙。

末炙甫脫劍影，便見秋霜夢焉凌厲殺來，未及反應，無意間揮出一刀恰巧格開秋霜夢焉殺來的一劍，但秋霜夢焉意在脫戰，末炙刀法剛暴，順著末炙刀勢而退出戰局。

「真如傳聞中一樣狡猾，追！」末炙不甘喊道。

四人之中末鉅輕功最佳，秋霜夢焉遁逃之際，末鉅電閃追出，兩人在古道荒林中追逐，斜陽透映竹林，兩人身影不斷在竹影間變換，末炙、末森、末洌三人則在身後緊追不捨。

秋霜夢焉饒是心性沉穩也被追的有些脾氣，末鉅身法果真迅捷，不過三刻已反超秋霜夢焉之前。

精鋼爪向秋霜夢焉面門襲來，末鉅露出森森白牙，獰笑道：「秋霜前輩，想我嗎!?」

「想你去死！」

秋霜夢焉閃過末鉅襲來的精鋼爪，回身抓住末鉅長髮，一道膝擊直向末鉅額頭，一道骨裂聲響，末鉅已昏死過去，被末鉅稍一耽擱，末洌三人也追上秋霜夢焉，看見倒地不起的末

鉅，三人再開圍勢，末炙首開攻勢，圓滾的身型，配合手中寬碩長刀，不說是末氏族人，儼然是名殺豬販夫，末炙赤刀自上怒劈而來，末森鐵扇輔攻，末冽軟劍尋隙襲擾，秋霜夢焉再難忍耐，長劍再出，清冷殺意陡升。

「狀況有變，末炙，快退！」末森大局意識較為清晰，出聲已遲，只聞一聲輕嘆。

「唉，還是得逼我傷人啊。」

秋霜夢焉眼神一凜，周身凍氣凝結，末炙長刀被斷，受秋霜一劍重創，人如斷線風箏，倒飛戰場而出，秋霜夢焉循著一掌探出，擒住重創的末炙為人質，末森等人不敢妄動。

「看什麼呢？真想要你們同伴賠命？」

「前輩……」末森抱拳，期待秋霜夢焉還能看在仙宗之人的分上。

這些小鬼……平時沒是對自己喊打喊殺，打輸了就喊自已前輩，秋霜無語，提起末炙跟提起兔子般，閃身遁去，末森等人暗惱卻也怕秋霜夢焉突下殺手而不敢再追。

「叫醒末鉅，咱們先回報長老。」末森冷靜判斷道。

「那末炙？」

「追去了也留不下秋霜夢焉，怕他會傷了末炙，先回宗療傷，再做定奪。」

看著月色下秋霜夢焉漸遠的身影，末森輕嘆一聲，帶著昏迷不醒的末鉅與末冽離開竹林；而在暗處卻也有著圍殺司徒瀲曦同樣的殺手在暗中紀錄一切。

秋霜夢焉行蹤曝露，輾轉折回，繞了十幾個圈子，直到確認無人追上後才鬆了口氣，秋霜夢焉帶著半殘的末炙一路徐行，但帶著一個人也是負累，隨即想到那個關押罪犯的聖地「水苑地牢」傳聞是邪君白然君關押罪犯的地方，如今白然君一脈仍掌地牢，秋霜夢焉略一思忖，腳步即往水都苑而去。

而在水都苑等著他的，是持一柄玄鐵扇的身影。

＊　＊　＊

邪龍張翼，聖手化毒，不夜醫邪各現蹤，化毒聖手、血醫閣醫門之爭浮現檯面，金針連點，素問玄機，診脈聽象，靈樞定穴，有毒連挫血醫術數大高手的傳聞不脛而走；此戰後，邪龍匿蹤，血醫閣回歸歷史的黑暗之中，伺機而動。

「小福星回去這麼久，怎麼一點消息都沒有？」

與血醫閣醫鬥前，有毒先讓弟子白珞兮回返前往衙門尋找玉璇璣，直到把邪龍擺平了也不見這個小鬼頭的蹤影，有毒不免擔心，玉手一招，一道潛伏暗中的影，從房內陰影中浮現在燭火燈光下。

「我去看看？」

有毒略一沉吟，點頭應答道：「也好，此次邪龍之亂，我也發現了一點蹊蹺，得去查證一些事情。」

除了梧鴆之外，還有一名為「毒」的護衛，有毒首肯後，燭光下的身影再度回歸黑暗，有毒難得對江湖事起了興趣，離開的腳步停了片刻。

「哦？」。

「邪龍身上十三針，雖是血醫閣祕法，但只靠針術就要完全占據一個人的意識，委實匪夷所思，而我發現了針上的黑色粉末。」有毒攤開懷中白布中黑色粉末說道。

「黑粉含有異香，似有清神寧心之效？」陰影問。

「藥涼空曾創一黑茶，黑茶確實如同你所說有清神寧心之效，但我懷疑黑茶隱藏的祕密遠不只如此，看來得親上一趟萍蓮鄉，或許一切便能水落石出了。」有毒邊收拾著藥箱，早血醫閣眾人離開十二羽落住的庭院。

前腳方踏出庭院不遠，迎面撞上三人，三人面目不是獐頭鼠目就是凶神惡煞，有毒還不及思索，那三人隊伍中衝出一名女劍客，細劍自腰間出鞘，瞬如寒鋒霎芒，有毒不明所以，指扣銀針，退讓三分。

不過片刻，女劍客劍勢已老，而有毒也認出了對方的身分，銀針倏發，連向劍客死穴。

「是妳，朝廷欽犯，燕鈮！」

＊　＊　＊

血案頻傳，暗潮現蹤，年已遲暮的痀僂孤影獨對一輪血月，繫在腰間不知飽飲多少鮮血

的武士刀，未出鞘，便感煞氣沖天難以近身，老者靜靜坐在山巔與血月對飲，慈祥的面孔上有著一道十字刀疤，非出中原的服飾打扮，露出無數傷疤的胸膛，無數蒙面人紛紛向著老者所在之處跪地回報。

哪些任務成功，哪些任務失敗，老者心中無數計較，雖然臉上的慈祥依舊，稍縱即逝的殺機，仍是壓迫著眾殺手喘不過氣，老者將碗中清酒一飲而盡，用著奇特口音自言道：「聽聞中原能人輩出，要對付他們真的不是容易的事。」

「但只要繼續擴大朝廷與宗門間的猜忌，就不是那麼的無懈可擊。」

老者乾癟的手一勾，數名武者以遁術從地面竄出，老者迎著夜風中的肅殺氣息緩言道：「傳訊朝廷沈令巡、大漠卓心邪、皇道軍及所有被朝廷通緝之勢力於本部會談。」

老者站起，將一頭花白亂髮紮起，馬尾於風中凌亂，足下木屐輕蹬，身影在血月中消失。

「中原人，敵無涯，來了。」

自踏入中原，敵無涯手中妖刀便從未出鋒，一直都是組織人手進行刺殺行動，而這次來到中原，是開拓疆土的先鋒，也是在中原尋找能打敗自己的高手，敵無涯縱橫東瀛無敵手，原以為武道寂寞，而中原人不屈的意志卻燃起了敵無涯武道追求的壯志雄心。

敵無涯陷入回想。

一名少女，面對危機絲毫不懼，就憑這點。

中原人，可敬。

彤雪門一脈其擇徒之嚴謹，堪稱各大宗門之最，門主祁影行蹤隱匿，門人狼煙雨、玉璇璣等人皆是江湖上的一流好手，化毒聖手也不例外，有毒行事一向低調，近年才收了白珞兮一名弟子，白珞兮一直跟隨有毒身側，遇到的危難基本上也被有毒擺平了。

殺手猖狂，命案頻傳，白珞兮只管與師父有毒行醫，鮮少關注類似消息，難得出趟遠門，也不知「殺手」的存在，更不知危機已無聲無息尋上。

蘆荻飛花，秋風帶殺，渴飲鮮血的刀漫遊阡陌道上，殺機化為刀意散發，一步一步，所經之處，斷蘆殘花，不夜城邪龍意外復甦，受有毒所託，白珞兮一路趕回衙門，欲尋玉璇璣求援，卻不想，遭遇攔路煞星。

白珞兮途經荒道，荻草蘆葦受敵無涯刀氣所擾，宛如滿天柳絮飄飛散華，蘆葦飛散之間又聞敵無涯霸詞唱吟，白珞兮心中警戒，背後甩出高自己三尺的墨筆，全神應對。

「人生無敵七十載。」

「以血祭刀，以靈證道，生靈血劫。」敵無涯語畢，腰間妖刀微動，血灑荻花，落英鋪亡程，妖刀似乎連出鞘都沒出鞘，敵無涯原本相距白珞兮五丈之遙，聽聞收鞘的清鳴聲，敵無涯已在白珞兮手中墨筆布滿了刀痕，一瞬之間，千刀萬擊，盡攻一點。

白珞兮腹間丹紅染了一身雪白，一雙粉透藕臂緊壓著出血的傷口，雖是驚懼，仍以墨筆撐持身軀，橫筆勾勒出數道氣勁欲阻止對手腳步，粉唇因失血而逐漸蒼白，腳步緩緩後退，而發出的攻擊卻無法阻止敵無涯前進的腳步。

「你是誰？」

「敵無涯。」敵無涯三字從老者沙啞的聲線發出，猶如地獄惡咒呢喃，敵無涯左手緊握刀鞘，右手反手握住刀柄，露出居合之姿。

「參上！」

敵無涯居合一斬如電光石火，疾步斬向白珞兮，快得避無可避，刀勢擋無可擋，墨筆從中斷裂二分，筆墨干擾視線之際，白珞兮藉機遁逃，敵無涯單手旋刀猶如風車，擾目墨水瞬間雲散。

雙手再握刀柄，輕描淡寫向原遠處發出一道刀光，白珞兮只顧奔逃，未料敵無涯刀氣竟能維持如此之遠的距離，毫無防備之下，刀氣自背後貫穿，白珞兮傷上加傷，拖命逃離敵無涯追擊範圍。

「中了天武十斬，還能拖傷遁逃，中原人果真不凡。」

敵無涯收刀還鞘，夜風伴隨血月，敵無涯獨坐蘆葦原中閉目冥想，七十載以來無人能敵，希望這次中原之行，能夠遇見挫敗自己的對象，在這之前，敵無涯得等，得壓抑自身這

股殺人的慾望。

「可別讓我失望啊。」

＊　＊　＊

時序更迭，金雁南歸，北風初拂，殘旗敗桿獵獵，猶見「玄嶽」二字，嶙峋孤立，舊地重遊昔日恢弘戰場已不在，不夜城本就於天下四邦之中經濟收益最高的城都，堪稱帝國經濟命脈都不為過，經過數大名流富賈之千重建，不夜城繁榮昌盛更勝已往，其中更以富貴山莊出資最為龐大，其金流可與千金鑄命的許瑞、疾風鏢局的夏宸比評。

「當初桓嶽府挾不夜城之地利以寡擊眾，大戰九督統隊之威名盛極一時，同為江湖宗門，邪君白然君亦率桃鄉弟子前往協戰，隨後不夜城前線初戰大捷，而我須家耆老卻先後亡於邪君之手……」

「那就不知我富貴山莊能給須先生怎樣的幫助？或是說……須先生能給我怎樣的利益？」富貴山莊資產遍布天下，須崑崙、須見愁兩人先後亡故，須家後人與白然君一脈的仇算是結下了樑子，在須崑崙、須見愁兩人身亡後須家家主即由須無盡接手。

白然君一脈底蘊雄厚，光是門生所建勢力便有桃鄉客棧、水苑地牢，為了須家先人之仇，須無盡可謂無所不用其極，創立了奇兵「黑蟲」處處與白然君一脈作對，尋上米老爺也是想利用富貴山莊的人脈對付白然君。

米老爺身形臃腫，粗重的金鑲玉帶在肚皮上繞了一大圈，肥碩的手指上戴滿了各種翡翠玉石的戒指及金飾，宛如自家長輩看待子孫一般，和藹慈祥看著須無盡，堆滿笑意的肥肉掩藏著算計的心思。

「聽聞米老爺為人風流，處處留情，不少女子為之傾心，唯獨對一名喚青蘭的雛妓情有獨鍾，可有此事？」須無盡嘴角微勾，想在米老爺堆滿肥肉的臉上找出一絲表情變化實在大有難度，畢竟是習武之人，聽聞米老爺突然變化的呼吸聲，須無盡已能確認此事傳言非虛。

不待米老爺回話，須無盡拾起桌上果盤的柑橘，邊瓣邊說道：「無盡對白然君門下極其關注，就無盡所知，昔日桓嶽三鋒之一的冬凝子曾有一至交名喚雲飄渺，不知米老爺可曾聽過？」

「接著說。」米老爺久經商場，這種話術早已見怪不怪，遂抬高姿態讓須無盡說完。

須無盡將手中剝皮的柑橘一分為二遞給米老爺，言道：「昔日桓嶽府三閣仍存，其中曇瀾副閣主尹蘭冬因任務捐軀，生前與鳳棲樓老鴇協議贖回的那名雛妓，便是米老爺心心念念的青蘭囉。」

須無盡將手中橘瓣一片一片剝下，每嘗一口就道一名白然君弟子的名姓，直到米老爺略顯不悅，須無盡才略有歉意回答：「於情於理桓嶽府理當照應青蘭，恰逢桓嶽府大變，注意此事的僅冬柏、雲飄渺兩人，而雲飄渺……」

須無盡剝下第八片橘瓣，眼神一凜，狠戾道：「白然君門下，八弟子雲飄渺。」

米老爺也非池中物，須無盡如此一說，便猜到了後手，一拍滿是肥油的肚皮，將手中另一半柑橘也遞給須無盡笑道：「肖年仔膽識不錯，拎北等你！哈哈哈哈。」米老爺年輕時也混過江湖這淌水，隨著經商有成也收斂了年輕時的匪氣，聽聞須無盡獻計，米老爺按奈不住心中讚喜，下意識說了一口地方話。

須無盡初聞米老爺家鄉話，雖不明其意，但觀米老爺歡喜神色，有些事情不用言語溝通亦能明白，伸手接過米老爺遞過來的橘瓣，扳下兩片橘瓣遞回米老爺手中。「這兩個是米老爺負責的。」須無盡看向手中剩下的橘瓣，言道：「而這些，便交由須家對付。」

「白然君啊白然君，你們的敵人又何止須家呢，哈哈哈哈。」

須無盡懷中無意間掉落了一張繡著「鰻魚」圖示的圖紙，其落款旁一個鮮紅的「殺」字。

＊　＊　＊

日出拂曉雁翱翔，金芒透映整座朱樓浮閣，閣樓高聳，參天入雲，雲樓老祖遭襲期間，雲曦迴雁樓休養生息，將所有產業將近封鎖，僅留審理案件的人手，而臨光中傷的消息也在刻意壓制下而沒停止江湖的以訛傳訛。

雲曦迴雁樓畢竟正道棟樑，正道門楣，若傳雲樓內鬼重傷老祖，是誰都不願意見到的，

也因此，雲樓高層特意停止了大規模的招兵買馬，消息傳至在市集暗中審員的北辰萱耳中，遂提醒雲樓門生低調行事，而「沙里恩」則是北辰萱截止招募的其中一名新員。

沙里恩相貌平凡，不顯山水，放在人群中絕對是不會被注意的那一個，與沙里恩同樣，幾大宗門都會在市集物色有資質潛力的弟子，時鳶及沙里恩便是雲曦迴雁樓招募到的新進弟子；同為新人，時鳶等人手腳自然放得較開，對沙里恩也不例外。

幾大宗門雖無深交，但同為武林正道，幾大宗主之間也是相敬如賓，門人之間亦無冤仇，甚至多有往來，也因同為正道，對彼此的戒心也放低不少，就在時鳶走過沙里恩身邊之際，沙里恩眼露凶光，舉掌襲向時鳶。

「這位兄弟，你怎麼!?」沙里恩不問緣由，舉掌便攻，時鳶未料沙里恩暴起發難，左閃右躲身形支絀，沙里恩也無解釋之意，面上仍是一無表情，向機械般舉掌殺向時鳶等人。

恰逢桃鄉主人隱翼親自於招員的市集值班，沙里恩舉掌便攻，雖毫無章法，而眾人雖有潛力卻也缺少實戰經驗，場面一時無法控制，觀察沙里恩眼中毫無神采，隱翼親入戰局，桃鄉主人天人功體於身，沙里恩掌力打在隱翼身上如泥牛入海，不掀波瀾，反倒被隱翼制住神門穴動彈不得。

「雲樓的人？因何攻擊自家弟子？」

隱翼一手扣住沙里恩手中神門穴，沙里恩雖無法攻擊，仍是面無表情，詭異行徑更讓隱

翼懷疑，始終無法擺脫隱翼壓制的手，下一刻，沙里恩七竅開始滲出血水，隱有脫困之象。

「有必要這樣？」看見沙里恩為掙脫自己的牽制，竟然逆衝經脈，爭取一瞬之機。

沙里恩逆衝經脈，脫困同時，任由這股內力膨脹，意圖與隱翼等人同歸於盡，卻被一掌推的老遠，隱翼怒道：「要死，死遠點！」

沙里恩激發潛能後如斷線風箏，一身生機正迅速消退，隱翼迅步貼上在沙里恩身上同樣發現了一張繡有「鰻魚」圖示的圖紙，頓時引起隱翼的關注。

隱翼思索之時，一道怯懦的聲音響起，時鳶悄聲說道：「多……多謝前輩出手相救。」

「不用放心上，最近江湖上命案頻傳，好好保護自己，下次可沒這麼幸運了。」隱翼將繡有鰻魚的圖紙收入懷中，輕拍了拍時鳶的頭，施展絕頂輕功揚長而去。

碧落雁蹤，虎詔嘯長風。四傑通玄功，聖手行毒五嶽窮，九玄伏蒼龍。

隱翼除了絕頂輕功還有就是那意外得之的「穹蒼之力」。江湖十大高手雖無隱翼名號，可十人之下，隱翼第一，正是有這份憑仗與自信，隱翼才敢孤身一人調查殺字旗來歷。

隱翼卻不知此番探查將給自己招來殺身之禍，將再掀出另一起武林風波。

＊　＊　＊

水都苑為天下四邦之一，北有名勝情人橋，南有古道春水村，西側更是藥涼空隱居之地。

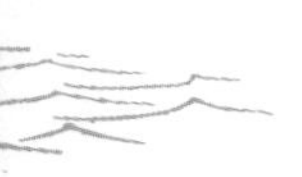

萍蓮鄉，四邦之中，若不夜城經濟最為繁榮昌盛，是富賈偏愛之處，那水都苑可說是文人雅士聚集之地。

就在這樣的文川墨海的風氣中，出現了一座突兀的「水苑地牢」，為白然君一脈關押武林重犯之地，隨著白然君的邪君之名遠揚，自認不適合再掌管地牢。

將水苑地牢的大權交與五弟子後便雲遊天下而去了，本想著天塌下來都有師門頂著，可以在將軍城逍遙快活的梅霓接到了白然君要求自己回水苑接管地牢的消息，差點沒有直上桃鄉把客棧給翻了。

「本想當一回甩手掌櫃……」白然君臨走前留下了一名心腹幫助梅霓，本想著梅霓回到水都苑自己能輕鬆當個掛名的「水苑城主」沒想到……

「沒想到先被甩了一手。」

來者聲如玉珠清潤，形如蒼松忘塵，赤衫儒袍，雲鬟霧髻，扇中山河，談笑風生，柳眉清秀，一身公子裝扮頗有不讓鬚眉之風。

「梅霓？」

「見過白城主。」梅霓喜著男裝，赤衫儒袍看起來更加英氣勃發。梅霓未到水都苑前連下十五道命令，讓白語缺這個城主未見人，便覺得此人異常棘手難纏，沒想到兩人的初次見面竟是在自己滿腹牢騷時。

白語缺恨不得找個洞鑽進去，梅霓收起摺扇，拱手向白語缺說道：「師尊要我接管水苑，但梅霓初來水都苑，一切仍要仰仗白城主，這段時間辛苦了。」

「哪裡的話……」梅霓現今姿態與發信給自己下的十五道命令時的姿態完全無法讓人聯想是同一人，白語缺想到方才滿腹牢騷竟在事主眼前說出，便覺得無地自容。

「那先前請白城主列出的罪犯名單可有眉目？」梅霓問。

「所有罪犯的姓名、罪刑、刑期，我已遣人查出，資料龐大，可要現在觀視？」

梅霓沉吟一聲，謝道：「有勞白城主。」

「那梅公子稍作歇息，我稍後遣人將資料送至。」

白語缺離開之後，梅霓在城主府的閣樓上看見披著斗篷的身影，難得明目張膽的走在城中，旁人不識，只因此人行事人多低調，梅霓一眼便認出了他，特別的是，這次竟然還帶了一個人在身側？

為了躲避仙宗追緝，行事一向孤影獨行，那人會與人同行，這可是聞所未聞，足下輕功一躍，梅霓輕而易舉靠近，斗篷下的銀灰長髮，湛藍的耳飾，熟悉的面龐，梅霓笑顏逐開，不顧形象的擁住來人，一雙玉手在銀灰的長髮上肆意撥弄，歡悅道：「秋霜！真的是你。」

秋霜夢焉將末炙扔在一旁，想起了谷主涼空的那名言，正色道：

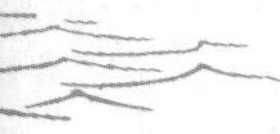

「百日未見，如隔三個多月。」

「久違了。」

智亂天下（七）

賦形千金酒縱情

霧淖周近，東瀛天武會本部，絕壁險峻環山，僅留一條幽徑通往腹地，山林蓊鬱，樹海參天，地勢易守難攻，敵無涯將本部設置於此，除了借取地利之外，更彰顯此番遠從東瀛前來中土的決心。

「聽聞中原有一典故，鉅鹿之戰，西楚霸王破釜沉舟，麾下莫不死戰；老夫將總部設於落魂鎮，此處絕地，絕了他人，也絕了自己。」敵無涯操著一口奇特腔調望向落魂鎮的一切布置。

皇道軍、卓心邪等人皆受邀來至，眾人於武林上皆是一方之霸，此次應敵無涯之邀而來，各自分立，除敵無涯之外，誰也不願露出真身，室內紙燈燭台共有七座，每來一人便會點亮一座燈，而屬於燕鉅與閻命魁的青燈卻遲遲未點上。

眼見敵無涯沉著和藹的臉龐上顯現一絲不耐，一道尖銳的聲線響起：「無涯兄，他們是不會來了，我們直接開始吧？」

「鼠不妙，此言何意？」

項天仇外形粗𢤱，皮膚黝黑，壯如鐵塔一般，不僅身形像極鐵塔，其嗓門也是大如洪鐘，鼠不妙被項天仇突然一吼，嚇得差點本能翻出閣樓高台。

「哈哈哈，不愧是有『江湖投機客』之稱的鼠不妙，身法果然靈活。」敵無涯撫掌笑道。

「我與燕釲本一同前來，聽聞燕虹死於彤雪門之手，燕釲氣不過，便要去找彤雪門的麻煩，後來遇上了閻命魁，大家都知道，咱們身為朝廷欽犯，看見老面孔總會寒暄一陣子……」鼠不妙滔滔不絕說著幾年來過的生活如何的艱辛云云，直到項天仇額上爆起青筋，雙掌隱隱凝聚黑氣，鼠不妙才趕緊閉嘴。

「說重點！」

鼠不妙雖吵，但有一點說得不錯，項天仇誰也不信，但同為朝廷欽犯，卻是項天仇難得能相信的一群團體，已經在無意間將他們當作夥伴，因此聽到燕釲及閻命魁先後身亡才如此震驚，加上先前朝廷公布燕虹及揚指已伏誅，便已折了四名同夥，項天仇心底一陣唏噓。

鼠不妙兩手一攤，無奈說道：「那日燕釲急於報仇，恰巧遇上一名大夫自稱是彤雪門出身的，燕釲看對方手無搏雞之力，拔劍便衝了上去了唄。」

鼠不妙採上桌頭，像茶館說書先生般咋道：「媽哩個去，哪知那大夫好生兇殘，抄起一把銀針對燕釲一陣狂扎，沒過半晌，燕釲就這樣被扎死了，我與閻命魁看那大夫如此殘暴本

想直接退去，哪知那名大夫身後走出了一大隊人馬，各個垂頭喪氣，看上去打扮倒是一群大夫，只是大夫之中還有軍隊參雜其中。」

鼠不妙手腳並用，說的生動，怕眾人無法體會當時的感受，誇張言道：「總之就是一支很詭異的軍隊，也不知是跟閻命魁放火燒了別人全家還是咋的，其中一名軍長隨手拉來一棍，閻命魁那雙刀都還來不及出，一隊人就活活將閻命魁給打死，我看了哪還敢逗留，一溜煙就跑了，就知道這麼多啦。」

項天仇眼神微斂，似是為同夥身亡而難過，敵無涯思維迅速運轉，按照鼠不妙的描述，配合先前派出的探子兩相琢磨，推敲出那殺害燕鈩的大夫，必定是出自彤雪門望明谷的「化毒聖手」有毒。

而帶著大夫的軍隊也實屬罕見，敵無涯來至中原前對各大宗門皆有調查，帶著大夫的軍隊，敵無涯左思右想也僅有一種組合，血醫閣、羽家軍，傳聞兩軍因「墨羽家」之故而有淵源，羽家軍家主十二羽體內的邪龍意志便是墨羽家在意的「魔主」。

如此推斷，化毒聖手與血醫閣之間的醫鬥恐怕是不歡而散了，否則血醫閣與羽家軍也不至於遷怒閻命魁，直接一隊人將人活活打死，思及此處，敵無涯問道：「可知閻命魁身亡時是何人指揮？」

鼠不妙打了一個寒顫，想起殺死閻命魁時兇殘的手段，可以說是徒手把閻命魁給撕了都

不為過，其怨氣之大讓鼠不妙懷疑從宅院先步出的那名大夫是不是殺了他們的父母，才把怨氣出在閻命魁身上。

活活打死，手段兇殘……

「根據探子回報，如今血醫閣與羽家軍共組萬魔殿，你們遭遇那人應是萬魔九大限之中的第九軍長『墨言』，遇上此人，閻命魁死的不冤。」敵無涯給予了萬魔殿這樣的評價，眾人也開始暗中計較對江湖宗門的戰力評估。

「但同志身亡於敵手，終究是削了你我面子，化毒聖手與萬魔殿，幾位如何看待？」

沈令巡將朱墨烏紗的繫繩綁緊，青燈隨著寒風明滅，指背滑過置在茶案上的「玉堂劍」，問向鼠不妙：「朝廷多年燕鈋兩姊妹皆未果，化毒聖手竟能數招制敵，也許本官能會上一會。」

鼠不妙心下計較，嘻笑回道：「沈大人出手那肯定萬無一失啊，說得正巧，我與天仇兄臨走前，正巧看見他似乎往萍蓮鄉的方向離去，嘿嘿，似乎是沈大人的練兵之處呢。」

「哦？」沈令巡發了一個意外的讚嘆聲。

沈令巡奉命暗中創立「暗皇甲子軍」作為私兵，許多墮落的萍蓮鄉修行者紛紛加入暗皇甲子軍的隊伍中，只是募兵的行動極為隱密低調，沈令巡意外鼠不妙竟能知道暗皇甲子軍的行動。

雖眾人隔著青燈看不見彼此面貌，但從沈令巡的口氣中除了意外也聽出了一絲不悅，鼠不妙則趕緊圓場道：「沈大人別誤會，我．票弟兄都是地頭鼠輩，人雖不怎麼樣，但遍布甚廣，就是路過聽見的，咱們現在像一條繩上的蚱蜢，大人只管放心，我那票弟兄口風很緊的。」

「放心個棒槌，鼠不妙的話能信，屎都能吃。」項天仇用起洪鐘般的嗓門嘲諷，像似要與人吵架似的。

沈令巡聞言也只是呵呵一笑，拿起於案上的玉堂劍，深沉道：「既然眾人暫時同一戰線，化毒聖手又經萍蓮，本官便先取他性命，好打壓彤雪門的氣焰。」

沈令巡針對有毒並非沒有原因，朝廷幾大欽犯追緝多年皆未有下落，而不出數個月燕鈩、燕虹便接連亡於彤雪門人之手，甚至連揚指也是斃於彤雪門武學「梅逸九楊」之下，表面上是該表揚這些義士出手相助，但另一層面也顯得官府無能。

因此，若非鼠不妙及項天仇仍有利用價值，沈令巡完全不介意將他們格殺當場。

「既如此，便有勞沈兄，不過除了彤雪門針對朝廷欽犯，老夫近日還聽聞穗落堂也頻頻與朝廷針鋒相對，對於穗落堂，沈兄不可不防。」敵無涯年已古稀，一雙眼布滿了皺紋，卻不影響雄才偉略的心計。

「穗落堂？哼，不過就是群刁民罷了，本官不尋他便罷，真要找死的話，本座也不介意

送上一程。」語畢，代表沈令巡的那座青燈熄滅，一道人影竄出閣中。

「呸，裝什麼清高，真要如此乾淨，你沈令巡還會出現在這裡？」項天仇大罵。

「不過就是對付個女人，聽聞彤雪門主早年為仙宗守護者，老子就去取他們宗主人頭，看你還敢不敢在老子面前跳！」

「項兄……」敵無涯欲出聲阻攔，項天仇翻身一越，在天武會大堂撞出了一個大窟窿，而項天仇人卻像沒事一樣，大搖大擺氣哼哼的走出去。

敵無涯搖頭失笑，罷了，都是些江湖草莽嘛……

直到沈令巡離開後，皇道軍與卓心邪才出聲，當年皇道軍一雙金鐧殺的數大門派聞風喪膽，卓心邪一套異邪二十四劍，更是使邊疆一帶生靈塗炭，可以說兩人是同路人，但與沈令巡的立場就是完全的極端了，如今因利而聚，難保以後沈令巡不會攜帶朝廷人馬將他們一網打盡，所以應敵無涯之邀而看見沈令巡的名子時，兩人不約而同的皺了些眉頭。

「聯盟既已成立，本尊有必要提醒你，也許你在東瀛天下無敵，但中原高手能人輩出，目前中原正道雖互相猜疑，一但讓他們同氣連枝，反撲的力量遠超你我想像。」皇道軍頭頂一座金冕，全身盡是金茫燦然的甲冑，即便隔著青燈，金茫依然若影若現。

皇道軍提出的憂慮，卓心邪早已心知，比較中原正道幾十年都未能放下的恩怨，沈令巡的存在才是卓心邪擔憂的原因，若只是區區一名沈令巡他當然不放在眼裡，卓心邪擔憂者乃

是沈令巡背後那人，有「軍神」之稱的楊蒼。

暗皇甲子軍未成立前，卓心邪為楊蒼麾下，暗中行一些見不得光的醜事，當年運送千兩黃金於邊疆，卓心邪起了歹念，串通一同運鏢的同夥擊斃運鏢官，私藏千兩黃金於大漠邊關，而在最後分贓時，幾人都想獨吞這筆黃金，卻盡數亡於卓心邪異邪二十四劍手中。同年恰逢西山決堤、神君道崛起，朝中閣老便藉此事壓制楊蒼，以督軍不嚴、護國不力為由，楊蒼被拔了大都督之位，卓心邪才能在邊疆一帶過的如此愜意，還創立「拜邪團」信仰，招募信眾斂財。

「多謝軍兄提醒，中原人確實臥虎藏龍，數個月以來老夫不斷製造血案，使各大宗門嫌隙更大，我等便能以迅雷之姿各個擊破，屆時眾人各取所利，共分中原，如何？」

「你的實力猶在本尊之上，本尊吐一個不字，還能走出天武會嗎？卓心邪，你的意思呢？」皇道軍一身戎裝，武者對於高手感知最是敏銳，卓心邪雖強，皇道軍還能知深淺，可面對敵無涯，對手宛如行將就木的老者，毫無半點高手氣息，若非武功低微就是實力深不可測，敵無涯東瀛無敵傳說，顯然不會是前者，皇道軍對此點認知非常清晰，立場已站向敵無涯，試探卓心邪的立場，若她不從，馬上就有了表現的機會。

「無涯兄既有此實力及計畫，卓某自當遵從，只求事成之後保留邊疆一隅，彼此互不相犯。」卓心邪雖是女兒身，手段及統籌絲毫不比皇道軍等人差，甚至猶有過之，敵無涯滿意

江湖三邪曲

笑了幾聲，隔著青燈，向眾人敬了杯酒。

「鼠不妙、項天仇，你們什麼意思？」敵無涯問。

兩人多年過著被通緝的生活，敵無涯有這份實力能改變現況兩人哪會說不，異口同聲道：「我等自然以前輩馬首是瞻。」

眼見局面大致底定，敵無涯滿意說道：「眾人既有共識，由老夫擔任盟主，可否？」

鼠不妙心下滴咕，能，當然能，你不當盟主，誰還敢當盟主？敵無涯看似問句，語氣卻是不容質疑，鼠不妙心思明敏只差沒舉杯喊一句：「盟主萬歲！」

眾人沒有異議，敵無涯高舉酒盞道：「但願計畫順利。」薄飲了一口說道：「萬人谷為我本部進出命脈之處，鼠不妙麾下行動隱密，可願為我盟先鋒？」

鼠不妙一臉尷尬正要回絕，敵無涯眼神一凜，嘴臉瞬換賠笑稱是。

敵無涯滿意頷首，舉手招來數名蒙面忍者說道：「告訴服部，先取為敬，務必為我盟爭取時間。」

夜風擾雲，逐漸遮蔽月光，藏在雲後的皎潔卻不再純淨，一輪血月當空，乃生靈塗炭的極凶之兆。

＊　＊　＊

桓嶽府敗亡已有時日，除了府主尹玄胤意外身亡之外，虎詔閣主宋凌楓也受伏身亡，隨

著宋凌楓身亡而滄玥閣建立，在整理宋凌楓遺物時卻發現過往宋凌楓參與的一樁血案。

昔日龍泉劍脈、雲曦迴雁樓兩大宗門於江湖分庭抗禮，而後龍泉劍脈大師兄劍青魂率奇兵院創立碧血潛川院，劍青魂門生無數曾收一徒凌夜雪，早期遭遇歹人伏擊而亡，凌夜雪的死一直讓劍青魂自責，而劍青魂如今的伴侶，葉緋月亦對此事耿耿於懷，直到此次宋凌楓遺物之中出現了凌夜雪的隨身物件，凌夜雪的冤案才水落石出。

葉緋月乍聞此事竟是桓嶽府所為，當下怒火滔天，就算是劍青魂也攔不住她，不過念及主謀身亡，桓嶽府舊部亦全數轉移滄玥閣，劍青魂苦口婆心才換得葉緋月的「七日之殺」。意思就是七日內，但凡看見桓嶽府舊部之人，葉緋月不會囉嗦，就是一拳招呼過去。

葉緋月一頭烏黑短髮，眼角上的傷疤使得葉緋月看起來更像男孩子，葉緋月精通各門拳術，曾修練「八門」之法，實力強悍，因此葉緋月說出七日內凡見桓嶽府舊部格殺勿論的消息傳出才如此驚世駭俗，公然向一宗宣戰，許多人讚賞，但更多的卻是看葉緋月的笑話，為了避免葉緋月的追殺，滄玥閣早就把所有人安排的妥妥當當，完美度過這「七日之殺」。

逝者已矣，無論是對凌夜雪或是宋凌楓，七日過後葉緋月也放下了仇恨，況且劍青魂與曲洛紜交好，葉緋月也不好折了劍青魂的面子，甚至無端挑起紛爭；隨著兩宗之間往來愈發密切，葉緋月也聽聞關於尹蘭冬之事。

雲飄渺自鳳棲樓贖回青蘭後便對其照拂有加，得知鳳棲樓與富貴山莊的密切往來，雲飄

渺慶幸自己在鳳棲樓將青蘭賣給米老爺之前贖身了，否則還真不知如何面對尹蘭冬，可就算雲飄渺早了一步將青蘭贖回，富貴山莊的米老爺仍不肯放棄，隔三差五便會以「關切」的名義探望青蘭，其醉翁之意，人盡皆知。

直到米老爺發出的無數次邀請後，雲飄渺與青蘭不堪其擾，終究是答應米老爺前往富貴山莊，好讓三人之間有個了斷。

將軍城為天下四邦之一，亦是無數英雄豪傑的埋骨地，隨著碧血潛川院與滄玥閣的交好，對於雲飄渺與青蘭之事，葉緋月特意留了一份心眼，看慣江湖險惡的她，直覺富貴山莊的邀約絕對是會無好會，因此在富貴山莊來人要接走雲飄渺及青蘭之時，葉緋月毫不猶豫的出手阻攔。

「葉先生，我奉米老爺之命前來接人，請別為難小的……」富貴山莊的使者各個以黑紗蒙面，面罩上有個燙金的「貴」字，一行人浩浩蕩蕩，極其高調顯眼。

「我要留人，你敢攔我？這裡是將軍城，就算是米水旺本人出現，也不敢在我面前放肆，全部給我停下！」葉緋月爆出一身鬥氣，威勢壓迫富貴山莊等人。

雲飄渺看葉緋月與富貴山莊起了爭執，勸解道：「緋月先生，這次便是要為青蘭與富貴山莊做個了斷，還請緋月先生放行吧。」雲飄渺將青蘭接上馬車，持劍抱拳向葉緋月言：「我會守護好青蘭，請緋月先生不必擔心。」

「你們兩人是死是活與我無關，但你們要是在我眼皮子底下出事，就與我有關。」

葉緋月站在馬車身前與富貴山莊的人馬對峙。

眼劍青蘭及雲飄渺皆以入座，使者愁苦的眼神中出現了一絲不耐，忿道：「看來是瞞不住了嗎……」

「動手。」駕車使者策馬揚鞭，接著自車上跳出不少富貴山莊的人馬，幾人熟練組成陣式，纏戰葉緋月。

「放肆！」葉緋月腳步滑開地上微塵，足取方圓，右拳於側腰擺出架式，左掌向前推出，面對富貴山莊數人聯手，絲毫不懼。

馬車內的雲飄渺察覺異樣，無塵劍抖然迅出，受限車內空間，百里雲霧二十七式未出，卻被闖入馬車之使者一招而制。

「車內空間有限，就別動刀動槍，睡一下吧。」

使者掌力雄沉，一掌擊向氣海，雲飄渺一手持劍柄，一手拔劍未出，受突如其來一掌，雲飄渺只感沉沉睡意來襲，在倒下前，只得道出一句：「青蘭，快走。」

青蘭不過尋常百姓，就算欲逃，使者隨手一個手刀，連驚呼聲都未傳出便暈厥車內，使者看著兩人安分倒下後，拉開門簾與駕車使者道：「我家老爺只要青蘭，其他之事，我們要如何配合你？」

「靜觀吧。」駕車使者淡道。

米水旺與須家達成協議不久後，富貴山莊卻突然出現眼前這號人物，米水旺似乎還非常器重此人，一番探查之下才知此人之惡名，且行事極其神祕，如同眼下得到的答案，讓富貴山莊一行人非常氣惱，毫無所謂的態度，讓使者不悅道：「我家老爺已釋出誠意，貴方如此態度，談何合作？独、孤、先、生。」

使者一字一句道出來者姓氏，道出身分當下，一瞬心神分心，也是一瞬間的呼吸變換，卻瞞不過使者的耳朵。

「哈哈哈哈……有意思，看來米水旺對我也不是毫無防備嘛。」

一照眼，富貴山莊使者頸上出現一道淺薄刀痕，細不可查。

黎明將至，馬車一路駛向富貴山莊，沿途血跡汩汩，富貴山莊使者已倒在馬車中，頸上血跡滲透馬車沿途滴落。

而黎明將至亦是最是黑暗之時，雲海翻湧，風中肅殺之氣瀰漫，眼見馬車駛去追之不及，葉緋月一人擋關，一身戰意勃發，三名富貴山莊使者各持刀劍戟輪番搶殺，葉緋月赤手空拳卻更似神兵利器。

刀劍疾如流星，一鎖退路，一攻命門，葉緋月收力發勁，閃去刀劍攻勢，擊退二人；甫退刀劍，長戟隨即纏殺而來，葉緋月怒眉冷眼，殺意疾昇，八門武技倏開首門之力，閃身至

刀劍二人身前，平凡無奇的一拳打出，卻蘊含無儔內力，逼使刀劍戟三人掌力互通，抵抗這股洶湧滔天的無儔勁力。

「米水旺要女人，需要如此大費周章？你們究竟有何目的。」

隨著朝陽昇起，葉緋月左眼的刀疤更顯清晰，一雙眼猶如蟄伏的猛虎，令三人更是不寒而慄，葉緋月一向毫無耐心，拳中內力加催，三人處境更加危難。

「罷了，你們這種死士我看太多了，安心的去死吧。」葉緋月內力倏然一收，三人功力因對手突然收力，致使內力收勢不及，三人功力傾洩互相造成內傷。

「寸勁開天！」掌力變換瞬間，比原本勁力更加兇猛的拳勁再度發出，三人原本內力互傷未復，對手內力再度襲上，瞬間被打的措手不及，登時敗退。

掌力襲出，兩名富貴山莊使者登時暴斃身亡，一名使者奄奄一息，已成殘廢，而三人身上帶著繡有「鰻魚」圖示的圖紙，讓葉緋月好奇收起。

「看你這副德性，也不用浪費湯藥救治了，去水苑地牢懺悔吧。」面對四肢癱軟的使者，葉緋月望過去的眼神猶如對待垃圾一般，時序推移，許多碧血潛川院的弟子也注意到將軍城門前的動靜。

「把人送至水苑地牢，要是中途死就找地方埋了，順便問問梅先生，這些圖紙都是什麼意思。」葉緋月拍了拍身上血漬，臉上血氣褪去後煞白不少，是動用八門武技的後遺症。

幾名弟子正開始清掃屍體後，葉緋月想起了被擄走的兩人，雖非親非故，但最少也是在自己眼皮子底下把人給弄丟的，要是劍青魂又開始撈撈叨叨，那對自己才是折磨。

「那個誰，過來一下。」葉緋月隨手招了一名弟子。

「往不夜城探查富貴山莊的動向，查到任何蛛絲馬跡，直接通知雲樓及水苑，別讓院長知曉，明白嗎？」葉緋月叮嚀道。

「啊？為何不能讓院長知道？」弟子無心歪頭一問，葉緋月卻掛了一張不協調的微笑。右拳在弟子面前先是張開，隨即握緊，其中力道之大，可聽見指骨殼啦殼啦響的聲音，葉緋月微笑道：「明白嗎？」

「呃……弟子明白，弟子明白，現在就去辦。」

看著那名弟子突然超常發揮的輕功後，葉緋月滿意的點點頭：「嗯……很好。」

＊　＊　＊

桃花灼灼，百豔凝香，四季不曾出現在水都苑，水都苑落英飄飛，四季如春，梅霓收起摺扇，同樣回了一句：「是啊，百日未見，如隔三個多月，哈哈哈哈。」秋霜夢焉行蹤成謎，梅霓如今雖掌水苑地牢，仍未忘卻與秋霜夢焉在芷郁蘭幽谷的悠閒日子。

注意到被秋霜夢焉扔在一旁的末炙，梅霓眉挑玉羽，好奇問道：「這又是哪個不長眼的被你揍成這幅德行？」

「別瞎說，人家可是末氏傳人，正統的仙宗名門。」秋霜夢焉回道。

梅霓想起白語缺即將送來的人犯名冊就頭疼。不禁怨道：「名門就沒有不長眼的啊？你們一個個都將人往我這送，我差點兒以為自己開的是養老院呢。」

「既然是仙宗出身，也不好安置於地牢，不如送至寒天宮？於情於理也算對仙宗仁至義盡了。」

秋霜夢焉點頭表示認同，回道：「他要被關到何處倒是其次，其實我這次來，主要也是來看看你。」

「看我？」梅霓看了下自己的身子，晃了兩圈，回道：「看我做甚？」

「沒事就不能看你啊？」秋霜夢焉回道。

梅霓轉過身去，臉上隱隱浮現酡紅，傲道：「哼，那你可要好好看個夠，下回見面可不知猴年馬月了。」

「那你得轉過來讓我瞧個夠啊。」秋霜夢焉閃身至梅霓面前，梅霓又騰挪了方向，就是不讓秋霜夢焉能正眼瞧著她，兩人格外珍惜這份得來不易的時光，不經意察覺一絲銀鈴輕響，雖是細微，但熟悉的銀鈴聲在秋霜夢焉腦中勾起一張清秀的輪廓。

這麼巧？老熟人全都來了。

秋霜夢焉轉頭尋找銀鈴傳出的方向，時至未時，寒冬烈日卻是極為不協調的畫面，城牆

被烈日映出一大片陰影，女子朱衣薄衫，雪腕上掛著一串銀鈴，滿臉笑意的向秋霜夢焉兩人招了招手，已擁穹蒼之祕的九笙就連氣息也截然不同，若說以往的九笙是深不可測，現在的九笙更添了一分傲視塵寰的自信。

順著秋霜夢焉的視線望去，梅霓好奇問道：「原來她就是你這幾年躲藏仙宗追查的祕密武器嗎？」

「仙宗十二氏以九蛇主心思最為難測，九笙完美的繼承了九蛇氏的『陋習』。」秋霜夢焉回道。

九笙緩步向兩人走來，步伐輕靈，看似平緩，實則移動奇快，擺了擺手，發出一串銀鈴聲響，笑道：「讚謬了。」

「沒人稱讚妳。」

「唉，好心寒，幫你擋了仙宗這麼多年，一句好聽的都沒有，養了黃鼠狼啊。」九笙故作痛心道。

「擋個鬼，要不是仙宗派來一群菜雞，要是燁離這等高手出面，我還能在這和妳談笑風生。」心寒妳個毛線，秋霜夢焉誹腹一句，一雙白眼翻了翻。

九笙噗哧一笑，險些笑出聲來，蔥白的手指戳向呆坐一旁的末炙說道：「說的就是你們吶，還名門呢，菜雞。」

原本面如死灰的末炙聞九笙之言，臉上更是氣成了豬肝色，加上被秋霜夢焉重傷，一身真氣紊亂，已有走火入魔之象，還是秋霜夢焉眼明手快，點了末炙的昏睡穴才救回一命，沒好氣的向九笙喊道：「妳別給我添亂，他要是被妳給說死了，這條命是算我頭上呢？還是算我頭上呢？」

深知九笙習慣借刀殺人，秋霜夢焉始終保持著一分警惕，兩人交情歸交情，在九笙幾近無情的大計面前，使點小手段還是有這個臉皮的。

九笙故作驚訝道：「這你都看的出來？」

「廢話，我防著妳呢。」

明明身為仙宗九蛇氏少主，行事如此毫無下限，放眼整仙宗，恐怕再找不出第二個。

「你既救回了末炙，那這麼說，咱倆有過命的交情了。」觀九笙義正嚴詞的神態，秋霜夢焉差點就信了。

這話還能這麼解釋的？

無視秋霜夢焉的白眼對待，九笙白衣物中取出一張繡有鰻魚的圖紙，告知遭遇夏文青的經過及殺字旗的來歷，看向梅霓問道：「常聽秋霜提到妳，想必是新上任的水苑主人，梅霓？」

「天下諸智，為九獨秀，九蛇氏威名遠揚，今山一見，方知身在帷幄中亦能知天下事之

能，梅霓佩服。」梅霓闔起摺扇在掌中點了數點，一雙桃花杏眼上下審視著九笙。

九笙拱手誠懇道：「恭維的話省下，今日前來主要是想借水苑地牢的勢力，探查殺字旗的勢力。」

「殺字旗……不過是名不見經傳的殺手組織，竟能讓少主操心至此？」梅霓驚訝這聽都沒聽過的殺字旗，讓九笙如此重視。

九笙搖頭回道：「殺手組織正需要這種名不見經傳的特質，因此，殺字旗也有可能是一股極為難纏的勢力，加上仙宗內部亦有殺手以『清理門戶』之名，行『排除異己』之實，我既身為九蛇氏少主，自然早些準備的好。」

桃源一脈說起源頭也是出自昀泉仙宗，對於清理門戶之事，相信白然君多少會向門人提起，要其留意防備，若非此次探查得知殺字旗勢力，九笙都要懷疑仙宗殺手為了仙泉大計，連雲樓老祖都算計進去。

所以得知殺字旗當下的第一時間，九笙便命人尋回揚指及燕虹兩人，深怕兩人受其牽連，但卻不知兩人陰錯陽差之下早已命喪九泉，同時也傳訊雲樓告知雲樓藏有之內鬼，有可能為殺字旗所為。

朝廷敕封綏督，七大判官隨著老祖重傷未癒，雲樓封閉山門，已極少問世，僅雲樓產業維持運作，而雲樓產業運作關鍵人物，即是「千金鑄命」之稱的許瑞，收到九笙信息的許瑞

也帶著一支私兵向富貴山莊進發。

九笙說明殺字旗的勢力影響後，梅霓一番斟酌，決定出手相助，言道：「難為少主了，秋霜的朋友便是我的朋友，何況少主與家帥有舊，這個忙，水苑地牢願意出一份心力。」

「師妹要出什麼心力呢，師父要妳掌管地牢，想趁機逃跑啊？」輕靈身影踏著城牆步步前來，其輕功之高，令三人耶望塵莫及，更何況那人手中還提著一名少年。

「隱翼師兄！」

同為白然君門下，眾多門生之中以隱翼輕功最佳，飛簷走壁，如履平地，令人難以忽視的足上功夫，梅霓一眼即認出了隱翼，一番噓寒問暖，巧合的是隱翼及帶來的那名少年，皆是為了象徵殺字旗的鰻魚圖示而來。

「這位是？」梅霓這時才注意到被隱翼一路拎著帶來的少年。

「他啊？碧血潛川的門人，見他腳程慢，順路捎上他一把。」隱翼順口回道。

「太多的巧合，便不是巧合了。」九笙心思敏銳，尤其聽見碧血潛川院的弟子回報將軍城發生的經過後，大致能夠推斷，一連串的事情極有可能針對桃源一脈而來，甚至在籌畫更大的陰謀。

秋霜夢焉看見九笙思考時習慣的動作，轉頭問道：「妳怎麼看？」

「隱謀者若只是針對桃源一脈，無需如此大費周章，不過目前情報不足，便以力破局，

雲飄渺畢竟為滄玥閣中人，屆時我等與許瑞、滄玥閣聯軍向富貴山莊進發，見招拆招吧。」

隱翼、梅霓皆非庸手，加之蓋特軍及滄玥閣的援兵，九笙不相信是富貴山莊這種地頭蛇能夠抗衡的，或許也能借聯軍之力，一舉剷除殺字旗這種未知的危險；畢竟雲樓老祖能夠出事，難保自己不會成為下一個臨光。

九笙垂眸思忖片刻，驀然張開一雙精靈的眼珠子，上下審視著梅霓，開口道：「近期爾等師門可有發生什麼？」

殺字旗、富貴山莊是明面上的敵人，但殺字旗浮出檯面的舉動著實匪夷所思，與以往低調行事風格不同，且白然君門下三名弟子也巧合的牽扯此事，九笙思來想去，宛如隔了一層紙卻戳不破，心癢難受得很。

梅霓搖了搖頭，回道：「師尊一向恣意張狂，就算有事也不會讓我們牽扯進去，若說有什麼事，就是玄與師尊抓進地牢的人越來愈多了吧。」

「玄？哪個玄？」

梅霓想起那道漆黑身影所交代的事，改口回道：「呃……之後有機會在向你們介紹。」

「與其在這裡琢磨，不如就如九笙說的一樣，我們就直接上富貴山莊要人，看他有什麼陰謀詭計，拆了便是。」隱翼對殺字旗印象不怎麼好，如今聽聞富貴山莊與殺字旗聯手綁了自家師妹，早已暗下決心要是抓到殺字旗的人，必要他後悔出生在這世上。

「怕就怕對方明擺著的請君入甕，我們還滿心歡喜地栽進去。」不明陰謀者暗中綢繆，九笙雖提出以力破局之計，仍是留下了梅霓與秋霜夢焉兩人，言道：「此戰局勢未明，梅霓既掌水苑地牢，此局不如留守水都苑，以應不測。」

「你是怕他們的目標是地牢？」天下諸智之中，秋霜夢焉也可算得上名列前茅之一，一番琢磨即猜中了九笙所擔憂者。

「目前沒有其他情報了，多算者勝嘛。」九笙攤手回道。「更何況，許瑞也不是吃素的，富貴山莊之戰由他布局，未必亞於我等，保留實力，才是上策。」

九笙行策先思退路，是一貫手法，秋霜夢焉明白深意，點頭稱是。

「那你們何時出發？」

「滄玥閣及許瑞已出兵富貴山莊，兵貴神速，就是現在了。」九笙回道，點燃手中引信，一枚信號火訊，在天空綻出絢爛煙花，同時水都苑十里外一陣煙塵躁動。

「看來妳早有準備！」梅霓訝異水都苑周遭暗藏這麼的一支伏兵，竟毫無察覺。

九笙拱手歉回道：「唯恐唐突了城主及先生，所以將人馬安置於十里外。」言罷，獨自向城外行去，一陣風塵拂過，隱翼慣於獨行，定睛望去，哪有隱翼的蹤影，不過九笙相信，會在富貴山莊再見的。

＊　＊　＊

北風金坼鐵甲寒，陰愁獨添一筆恨，須崑崙亡於桓嶽府，須見愁受白然君追殺之後更是行蹤成謎，料想已是凶多吉少，為此，須無盡為報先人之仇已是無所不用其極。

眼瞅九笙私軍浩蕩開拔富貴山莊，占取山勢的身影，臉上勾起一抹微笑，身影遠眺，身後一片黑壓壓的人影，數萬大軍身上盡是毒蟲詭獸，起起伏伏的蠕動。

「主上，他們離開了。」

邪魅身影後方，一人身著黑紗烏罩，周身真氣張狂流動，似乎是經由外力功法強行提升而造成的後遺症，那人單足跪地，兩手交叉於胸前，可以說，身後數萬大軍都是以這種姿勢跪伏於人影身前。

「便先取下水都苑，為我須家先人祭旗！」

一抹陽光穿透層層樹影，為邪魅人影褪去一片陰霾，須無盡一身素衣白裳在一片墨黑軍中，顯得格外耀眼，須無盡玉掌微抬，目標所指。

「水都苑，殺！」

一聲起，萬軍轟動，須家擬定戰略，獨立之「闇風」軍在水都院前凝聚一股銳不可當的鋼鐵洪流，如滔天巨浪襲向水都苑。

「果真如先生所料，來人，放箭！」九笙情報不足，仍布下一道退路，突如其來的箭雨，令須家大軍攻勢一時受阻。

白語缺作為水苑城主，早在水都四周布防，以應不測。

即在闇風軍襲擊水都苑當下，水都四周頓起慢慢桃香酒氣，無數醉客成千上萬與闇風大軍廝殺一片。

梅霓與白語缺獨坐高樓之上，眼觀戰局動向，心下駭然。

須家，竟有此實力。

「須家大軍超出估計，我擔心富貴山莊戰事有變，不如你留守水苑，我率親兵馳援？」白語缺難料對手底蘊如此龐大，欲整軍支援遠處戰場。

梅霓思忖片刻，應答道：「那便勞煩你前往馳援，此處戰局應能控制，我還留著一張底牌呢！」梅霓緩緩將摺扇一格格收起，好整以暇地看著須家大軍中，那名渾身真氣勃發的邪人。

秋霜夢焉褪去斗篷，露出一頭銀灰長髮，眸中寒意織出一片殺機，盡付手中三尺秋水，一步步，向須家邪人走去，劍氣逼開方寸，四周竟無人能近三尺之內。

那人察覺高手突入，勉強收斂因異法強行提漲的功力，瞇起雙眼問道：「如此清冷的劍意，你是誰？」

「你的惡夢。」

「秋陽登遠看四方。」秋霜夢焉闔眼行劍，腦中盡是一生所悟，狀態攀升至巔峰，行雲

流水，毫無阻滯。

「霜落寒天守獨閣。」兩指並於劍上一抹，劍行秋梅詩吟清霜，三尺秋水不沾身，式行偏鋒，直取中宮。

「夢醒梅樹在一旁。」回首半生幸得佳人，思起心中一陣暖意，月雪輪轉無行跡，三寸生門，雷池難越！

「焉知來人正高歌。」詞吟罷，面對掌威滔天勢，人影交錯，一劍風快，寒鋒不沾血。

兩人短暫交鋒，察覺彼此不凡處，秋霜夢焉抖出一串劍花，負劍身後，問道：「不差，你又是何人？」

「須家，憤不平！」

一聲怒吼，憤不平暴起強於自身肉體所能承受的功力，舉掌殺向秋霜夢焉。

另一方面，陰風、闇風大軍分線作戰，須無盡兵分二路，率兵攻向獨立四邦之外的市集近郊，欲壟斷桃源一脈及其相關勢力合流攻向富貴山莊，待對手率軍攻入富貴山莊，恰巧能與米水旺互為犄角之勢。

戰略奏效，雲飄渺受擒之事傳至滄玥閣後，滄玥閣主本欲率軍馳援，無奈桓嶽府成立的玄嶽騎舊部仍在不夜城作亂，滄玥閣分身乏術，只得倉促分兵，由曲洛紘率前軍前往富貴山莊，冬凝子冬柏則領中軍殿後。

須無盡早已布下天羅地網，陰風大軍守株待兔，曲洛紜一時不察失手被擒，冬柏為顧全大局則領滄玥閣殘軍進發，待與聯軍合流。

＊　＊　＊

臨湘城邦多名勝，且地理位置易守難攻，左近帝都，後擁雪山天險，故諸多宗門亦選擇此地開宗立派，雲曦迴雁樓便是立足於此，自老祖臨光重傷後，雲樓封閉山門，不收外客，加之朝廷欽綬官職的誅心之計，雲樓行事越見低調。

昔日「霜月三妖」名震天下，如今一死兩重傷，水中月身亡後還有傳人雨紛飛，臨光此次重傷，雲樓刻意封鎖消息，外人也不知雲樓底蘊如何，也維持著微妙的平衡。在臨光重傷不久後便傳出傲天受伏重傷，其傳人難逃江湖多舛的暗流相繼罹難，若非聖女仍存，命運聖門一脈算是斷絕。

臨光及雲樓沉寂已久，便是怕打草驚蛇，直到許瑞收到殺字旗的信息後，臨光才放下了心頭重擔能夠安心養傷，最起碼，臨光不用面對與摯友敵對的一天，瀟湘七賢的祕密，就是一個不該出現的身分。

但為何那人會以「柳雲策」的面目出現，早年臨光曾得奇遇，「虛長年歲，獨留光陰。」才有如今百年閱歷而仍存於世上，算起來，至今已將達兩百歲，而柳雲策……是他那個年代出現的人物，是百年前的臨湘城主。除非是同為百年前的人才會知道柳雲策的名號，

而干擾臨光心神。

除了自己得了奇遇有這百歲光陰，又有誰能以百年前的祕密來大做文章？

臨光思來想去，一股危機感卻莫名湧上心頭，重傷期間，傲天出事前夕也有這種異樣感，腦中浮現無數名號，一道血染身影卻逐漸清晰，百年前的劍魔傳說，所練劍法陰邪歹毒，以人血煉劍，噬他人精血化為壽元。

「如果是他……確實有可能，但會是他嗎……百年來無影無蹤，他所創立的血劍盟更是一夜之間盡數消失，彷彿沒出現在武林上一樣；那這次他的目的又是什麼？」臨光重傷未癒，焦慮傷神而牽動內傷，於床邊一陣猛咳，直到調息後才漸漸平復，會如此驚懼原因是記憶中的那人，造成了無數的腥風血雨。

邪鋒人屠，血劍魔祖。

臨光擔憂之事果然成真，臨湘城本是雲樓大本營，根據雲樓成員回報，銷跡百年的血劍盟，又出現於江湖上，雖未造成動亂，雲樓仍是極加防範。因此當許瑞收到殺字旗極有可能為暗算老祖的勢力後，臨光推敲柳雲策之事，不難排除血劍盟與殺字旗暗中沆瀣一氣。

血劍魔祖沉寂百年，早已厭倦江湖紛爭，他活得太久，竟有脫胎登仙的癡願，百年來，血劍魔祖做過乞丐、做過富賈、做過山賊、做過俠客，天下無敵卻不顯名跡，以為這個世間沒了敵手的血劍魔祖，竟在百年後，經由殺字旗得知了敵無涯的存在，無論殺字旗背後主使

是誰，是否想復辟黑暗王朝的「前朝餘孽」，只要能為自己尋來對手，就算被算計利用，血劍魔祖也心甘情願。

顯然，殺字旗也意識到江湖上的另一批殺手，那個屬於敵無涯的勢力，便極力為血劍魔祖尋找敵無涯的行蹤，敵無涯成立天武會的起源地，霧淖。

「赤血沉鋒號鬼雄，天下盡囊中……」

血劍魔祖一身青衣，烏髮狂而不亂，不惑之年血魔十三劍大成，吞噬他人精血的元功使得自己容貌維持在不惑之年，血劍魔祖信步踏上霧淖地界，赤血隱於鞘中，劍鞘縫隙處隱隱得見赤血劍丹芒溢散，甚是嚇人。

「古今誰人堪一劍？問蒼路……」

血劍魔祖負劍身後，神意內斂，一雙冷眼緩緩閉上，以格物之法感知霧淖一切，一隊人馬正急速離去，血劍魔祖不明是否為敵無涯勢力，足下運起十成力，就在電閃之間！

赤血出鞘，丹鋒現芒！

「敗盡名鋒！」

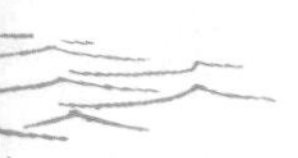

智亂天下（八）

君若不負卿何顧

重雲掩日開曦光，雁迴朱閣，玉劍行詩，碧泉落雲濤，青鋒殘墨，紅袖綠衣，阡陌遠行，芳心暗許，桓嶽府敗亡後，林茗倒是卸下了一身重擔，拜過了空虛禪師的山門，吃了一段時間的齋菜，走過了山幫主的天風浩蕩，聽了一遍又一遍的「山有木兮」。

逛盡了市集的喧囂，看見北辰萱及徐清風仍賣著香菜及吹糖；而數月未入市集，江湖則多了幾名新面孔，當年的武癡月咏煌身影不再，但武癡精神卻被傳承下去，聽聞那傅家小姐便是其中之一，不一會，又與精通佛宗棍法的一念和尚打了起來。傳聞尹滅谷五行五藝，文風大盛，諸多名人皆擁其詩文，而雲鹿書院的三先生更借尹滅谷詩文寫著一手好字，竟產生「市集紙貴」的現象。

翌日，第一棧酒樓內。

「我說小和尚打架還帶飯盒？而且約在酒樓是什麼意思？」傅曉蘭白髮銀絲高束，挑著眉弓疑惑且不滿地看著一念。

「阿彌陀佛，佛曰……呃，那桂花糕我的，佛曰，酒肉穿腸過，佛祖心中坐，小僧便是

道葷菜。

「小和尚你變了，肯定跟文老三及君小鬼學壞了！說好動手不動口呢？」傅曉蘭佯作心痛狀拍著胸前偉物。

一念一口一塊桂花糕，砸吧砸吧吃著發出「呵呵」聲，含糊道：「三先生……嗝，只能逞口舌之利，二先生多遵夫子教誨，也是諸多掣肘，論武，哪有傅姑娘爽快。」

「那你現在下來跟本姑娘打一場！」

「小僧碰傷了姑娘，尹滅谷幾位哥哥可不會放過小僧。」

「他敢？再說，本姑娘也不是紙糊的，來吧！」

不一會，棍刀金鳴聲響，兩道嬌小身影又纏鬥一起。

市集圍觀的人群之中，被敵無涯一刀重傷的白珞兮拖著未復原的身子，跟著人群一同圍觀兩人交戰，自幼鮮少離開彤雪門，即便出門也未曾離開過師父有毒身邊，回不夜城同時恰巧是有毒探訪萍蓮鄉之時，才一個人孤拎來到市集閒晃，興許是敵無涯至極一刀重創未癒，使得白珞兮異常身寒體虛，裹著如棉被厚重般的披風於市集中行走，蜿蜒蠕動宛若一條白蛇般，游移穿梭在人群之中，卻不巧撞到一名帶著眼鏡且儒風雅正的文弱書生。

「這位姑娘無恙否？」

「抱歉……人太多了，沒見著你。」白珞兮歉道。

「無妨，只是觀姑娘氣虛體弱，手腳冰冷，料定身有沉痾未癒，不才依據汕陵傳說中的仙泉，研製一套強身健體，活通氣血的『不老仙拳』姑娘可有興趣一試？」

眼前書生看上文質彬彬卻天花亂墜說著那套「仙拳」的好處，完全沒意識到白珞兮已悄悄離開，穿過人群卻被推擠在圍觀的第一線。

傅曉蘭拳勢猛烈，招式破綻之間則以隨身八斬刀補上，一念步步後退且攻且守，卻無意識已是退無可退，腳步稍一挪動才驚覺身後竟有一條像極「白蛇」的白珞兮，因視線阻擋，傅曉蘭未察覺一念異狀，眼見破綻即鼓起全身功力，右腿高舉宛若刀斧向一念砸下。

「糟了。」

一念修禪，萬物平等，心繫身後受到波及，手中長兵橫舉，一式春回，枯木逢春，棍尖白布飛散，乍見一口銳鋒尖槍。

傅曉蘭一記腿斧，全身勁力爆發，一念悶哼一聲，足下卸力，大地出現三吋裂痕。

「傅姑娘留手，莫要傷及他人。」一念忙道。

傅曉蘭一生追求巔峰，在他眼裡凡入戰局皆為敵，聽到一念即忙喊道，才意識一念身後那道白影。

「這是……什麼？」傅曉蘭疑惑道。

一念回頭觀看，哪是什麼白蛇，就是一名活生生的人，白色毛毯下的白珞兮露出一身粉衣，一頭淡金長髮垂落，恍若未覺的看著眼前的一念。

一念收起兵器戳弄像極了棉被的毛毯喊道：「你是人啊……小僧還以為是哪條不長眼的小白蛇。」

「你才是蛇，本姑娘是人！只是這天太凍了。」白珞兮皺眉回道。

一旁傅曉蘭雙手環胸，不悅問道：「還打不打？不打的話要去找藏雪了。」一念五指併攏道了句佛號，回應道：「我觀這姑娘似乎受了內傷，佛曰緣法，小僧便為小白蛇姑娘好好療傷，傅姑娘替小僧向宇文哥哥問聲好。」

「哼，無趣，果然和文老三學壞了吧！」傅曉蘭戰意不減，口中忿忿怨道，此言一出，人群中的眼鏡書生則無來由的踉蹌一番，推著眼鏡迅速恢復鎮定，書生身子修長，蔥白纖長的手牽著小他半個身子的男孩子，卻一口一聲「學長」的叫著，此兩人便是傅曉蘭口中的「文老三」、「君小鬼」。

「不才正氣行事，何以誤人，傅姑娘慎言。」文浩然推著眼鏡從人群堆中擠出，白珞兮見了直呼道：「你不是剛才那個……」

「然也，姑娘好眼力，不才觀姑娘與一念甚是投緣，不知可否為二位著書……」

傅曉蘭深知文浩然性格又要沒完沒了說下去，急忙喊停：「酸儒，別在念了，趕緊讓一

念出來跟我打！」

「君子六藝，有射為例，以武止戈，非戰非兵，浩然觀這位姑娘清若仙塵，且與一念有過命之交，故……」白珞兮總算知道傅曉蘭一直打斷文浩然的原因，念念叨叨逼得白珞兮運使真氣一把銀針在手上叮噹直響，加上充滿寒意的微笑，文浩然一時語塞。

「呃，學長，夫子似乎要我們採買些年貨，諸位不用送了。」

文浩然察覺殺氣，便牽著比自己矮一半身子的君無佈匆忙離開了人群。

文浩然、君無佈兩人皆出自雲鹿書院，目前暫居任情自在莊中為客卿，任情自在莊自大莊主身亡，二莊主蘇境離離莊求道，於龍虎山承接道統後，莊內大小事一直由雲樓暗部之首「太歲」所掌管，卻也深入簡出，貫徹「該活的，還是會活下來。」信念，臉上的傷疤，時時刻刻提醒自己，不能放下的仇恨，如蟄伏的猛虎，蓄勢待發。

宗門林立，江湖市集仍是不乏新血，如傅曉蘭、一念等人皆是後生可畏之輩，再如欲投五絕上官風雅門下的皇甫殤凜，一日千斬鍛練劍術，為了成為上官風雅的弟子，還真練出了一部「風流三雅」的劍術。

「下一個朔日，接我一掌，便收你為徒。」上官風雅與爻靈緋在霧淖和劍傲蒼穹分開後，為尋找「滑不溜手」的鰻魚，幾乎是走遍大江南北，若非如此，皇甫殤凜也不見得能找到上官風雅，千劍覺悟，朔日之限，皇甫殤凜青絲摻白，更添滄桑。

「這便是你的選擇嗎？即便知道他做過怎樣的事。」

皇甫殤凜日以繼夜的練劍，周遭亂石滿是劍痕，堆石中，滿臉傷疤而戴上赤玉面具的暗影，用極為難聽的聲音彷彿訴說著一段屈辱的歲月。

「前輩，你們之間……有可能是誤會？」

「誤會？哈哈哈哈哈哈，一個誤會將我打入萬丈懸崖，如果是你，你怎麼想？」病態不甘而張狂的笑聲，周遭亂石受到內力牽引，紛紛崩塌落下。

面對暗影無解之仇，皇甫殤凜內心兩難，語氣蕭索：「前輩……」

「不關你的事，你想好便好。」

暗影臨風眺望，自顧說道：「當年將軍城之局，就是我親手為你準備的墳墓，想不到啊……哈哈哈哈，你既親口承認，就莫怪我殺出塞墨！」

「上、官、風、雅！」

＊　＊　＊

前人斯是，後者未至，腥風血雨卻一刻未曾停下，敵無涯坐鎮落魂，早遣親信服部佐介率領東瀛天武會突襲市集，遠在落魂鎮前方的萬人谷，鼠不妙奉敵無涯之命，也領著自己的地頭鼠輩潛入萬人谷中燒殺擄掠藉此吸引正道目光，讓服部佐介能夠順利攻取市集這塊經濟命脈。

前人未逝，後者未長，宗門底蘊豈可小瞧，議論地頭鼠輩這種烏合之眾，鼠不妙之亂迅速鎮壓，遠在市集率領天武會突襲的服部佐介未料鼠不妙敗的如此之快，一時進退失據，東瀛天武會的前鋒軍，盡數覆滅。

但此舉也逼得敵無涯不得不親自出手，敵無涯功力超絕，穿過數大州郡竟無一人察覺，適逢須家、水苑、富貴山莊、殺字旗等四大勢力鬥爭，市集一時竟無高手坐鎮，敵無涯潛入市集，猶如狼入羊群，御武血祭，逢人便殺。不單是殺人，還要立威，無數市集百姓皆被天武會之人脅回落魂鎮訓練，用以補充天武會前鋒軍的損失。

先有敵無涯之亂，後有殺字旗從中牟利，六大殺手輪番製造江湖血案，逼得人人自危，風聲鶴唳，所見草木皆兵，流傳著一句話「殺字旗未必是最厲害的，卻可能埋伏在身邊！」殺字第一人「三星劍煞，羽化猶玄。」其人面目真偽難辨，行兇多以草帽掩首，旋狀面具掩面，出招後皆會留下一道三星印記，又因其逃脫手段堪稱平生僅見，世人多戲稱「油旋」。

年節將近，有些人就是過不了這個年關，趁著諸多勢力大戰，殺字旗也趁勢崛起，搶在正道還未來得及反應前獲取最大的利益，而諸多宗門先人功力深絕，殺字其難以撼動，但宗門後人，那些天才絕豔之輩，才是一個宗門的根基，殺字旗針對此處下手，好一點的還就是重傷一兩名弟子，只要命保住了，未必沒有成就，但就怕像那「浮嵐暖翠莊」下至弟子，上至莊主，都經歷了油旋那三星劍煞的威力，就只差沒封山隱居了。

「木秀於林，風必摧之，一個存活不了的天才，那是比碌碌庸才之輩還要沒價值，死人，是做不了任何事的，朝廷特立江湖市集，目的是為了更方便選才，因此諸多宗門才會在此設立分部，爾等記住了，活下來，比什麼都重要。」

一位狀似高人，留著鬍子的老者在市集侃侃而談，倪子翔就是那諸多聽眾的其中一名。

「其中你們要注意，『雷掌生，沙管死，暗渡邪醫，志罰幃否，小丑戲人間，鬼途劍煞星猶玄』這是殺字旗流傳開來的一句話，詩中囊括了殺字旗六大殺手，你們最該注意的便是詩中的最後一位『鬼途劍煞星猶玄』此人狡猾非常，常暗伏在你我身邊伺機而作，就像……欸？」

老者瞪大了眼珠子，雖不認得倪子翔，但兩個一模一樣的面孔出現在眼前，任誰都會感到驚訝，在場眾人還沒來得及反應，老者當機立斷，運氣於掌，這種情況只有一種解釋……

殺字旗，來了！

兩名倪子翔，伴隨諸多闖入市集的死士，長鬚老者警戒四周，而在市集的香菜攤位上，替雲樓募員的北辰萱早已招呼眾人逃離，轉頭則見兩名倪子翔僵持不下，白鬚老者見情況不妙，也丟下難辨真偽的兩人，匆忙喊道：「小子，你撐著，老夫現在就報官去！」

倪子翔還沒來得及反應已被另一名神似自己模樣的人擊重傷當場，死士、易容者先後而至，一眾死士殺至現場，也是一頭霧水。

「老大，啥情況？」

「該不會提早收到消息，故意找個替死鬼易容吧？」

「咱可不能壞了殺手樓的商譽，寧殺錯，勿放過，動手！」

眾死士一擁而上，易容者正欲拔劍，才意識到自身面目仍在，不願曝露身分，且戰且退，死士投自各地，武功駁雜不一，易容者為防曝露身分，斂勢三分，卻也被死士逼得節節敗退，眼露一剎凶光，無盡劍煞吞噬一眾死士。

本欲抽身退離，豈料眾人死意甚堅，即便死也要啃下一塊肉，易容者右肩頓受重擊，奔逃當場，一眾死士迅速清理同伴屍體後也倉皇離去，倒是姍姍來遲的官差還沒來得及分辨真相，只看見被重擊倒地不起的倪子翔，為了盡速交差了事，便將倪子翔抓回衙門，反倒讓殺字旗的易容者逃之夭夭。

易容者負傷奔逃，據各大宗門探子所言，易容者逐漸從倪子翔面容化作一張旋渦狀面具，與傳聞中三星劍煞所述相同，再然後，螳螂捕蟬，黃雀在後，穗落堂本針對那些官差，暗中潛伏市集附近，不料竟撞見油旋真面目，穗落堂人馬隨即動手擒捉。

畢竟在官府眼皮底下將人捉走，穗落堂一眾行事犀利果決，風馳電掣，不過數刻間，已將人擒回穗落堂大牢之內。一眾穗落堂分立兩旁，讓出一條走道，一名少女從兩道之間緩步走向牢門前。

有別於外出執行任務的黑紗罩面，木瑾緩舉「青碧雙木」穿過牢門抵在油旋頸前，這也是木瑾隨身兵器，外型則是三稜刺，雖是木製但是硬度與寒鐵相仿，平日常以人血來溫養，木璟稍加施力，青碧雙木劃開油旋一道口子，鮮紅的熱血緩緩流下。

而這一切竟是一名未及二八年華的少女所為，木璟在堂內穿的隨意，麥色的肌膚在薄紗衣料下顯得特為明顯，伸手將橘褐色的短髮撥至耳後，開朗笑道：「我們來談談怎麼處置你吧。」

「殺手先生。」木璟一字一句，說得出玄也不禁打了個寒顫。

「給你錢，放我走。」油旋重傷在身，不予硬拚，當下態度稍軟，拿出一疊銀票，遞給穗落堂等人。

「錢給你，一路好走！」豈料穗落堂家大業大，木璟根本不吃這套，一疊銀票直接被甩回油旋臉上。

「一萬，倪子翔與你們毫無干係，何必為難？」

「十萬，否則免談。」九笙與穗落堂關係非同於一般，而眾人潛移默化下也養成穗落堂唯利是圖的性子，遑論木璟本就與九笙並稱「穗落雙秀」，難纏程度更非一般。

「兩萬，抓了我對你們有什麼好處，不如銀票分給弟兄們找點樂子？」

「九萬，你說我這麼辛苦蹲了半天，就為了來抓你這個蔥油餅？帶著什麼鬼面具，

呸。」

見事有可為，油旋牙一咬，伸出三根手指：「三萬，不能再高了。」

「八萬，不能再低了。」

「五萬。」

「那還是殺了吧！」

「且慢！」油旋伸手喊停，清了清嗓子道：「這件事的確讓幾位兄弟吃虧了……」說至此處，油旋都不經愣了一下，他們吃什麼虧，不就在一旁看好戲等著抓人嗎……

偏偏現在人家拳頭比自己的大，油旋心中屈辱，語氣蕭索道：「六萬，我全部家當。」

「你搞清楚，現在定條件的是我們，你沒資格還價。」木璟冷聲道，是油旋此生感受最冷的殺機。

身後眾人面面相覷，有的人點頭表示同意，有的人擺手表示毫不在意，看著油旋遞出一疊豐厚的銀票，木璟環胸走過油旋身邊，示意穗落堂收取贖金，看見手下帶走那疊銀票後說道：「我也非是不講情面之人，只是看你身受重傷，估計醫好了也得殘廢半生，倒是怕旁人說我穗落堂欺凌一個殘廢。」木璟用青木刺，從銀票裡頭刺出一張遞還油旋回道：「趕緊去看大夫吧，或許還有得救。」

見油旋老實了，木璟收起青木雙刺，擺手離開：「這人生性狡猾的很，好生監督著，探

子回報看見沈令巡的蹤跡，我先前往一觀，你們給我注意點。」

木璟離開不久，眾人解開油旋鐐銬當下，油旋翻身上瓦，指著眾人憤道：「勒索還能如此大義凜然，真教我開了眼界，從未見過如此厚顏無恥之人！」

「你們，就永遠活在恐懼之中吧！」

油旋離開，卻讓江湖再度因殺字旗陷入草木皆兵的狀態之中，事後在雲曦迴雁樓，雨紛飛因繼承「妖瞳攝魂術」與臨光、傲天功體同脈相承，恰逢傲天身亡、臨光重傷，一身功力也萎靡不少。

而後傳出凌雲雁於湘河畔失蹤、曲無異執法觸怒聖顏而被下獄，許瑞一肩扛起重責與彤雪門貫武堂號召，聯繫諸多宗門，舉辦「八宗會武」推選盟主，共抗殺字旗與敵無涯聯盟所帶來的災禍。

＊＊＊

自在疏狂，道心自然，任情恣意，卻不過道法天地，自辭去自在莊二莊主之位的蘇境離，先於龍虎山承接道統，後復興龍泉劍脈，重現龍泉「五姓三幫」繁榮昌景，宣揚道門精義，自撰道典經綸等數十餘篇，一時論道講堂人滿為患，學子門生三千，而在三千道生之中，蘇境離卻只收了一名「蘊海」擇為親傳，蘊海本信佛法，卻在蘇境離道場之下頓悟「道法自然」萬法同源，殊途同歸，蘊海悟性之高，讓有龍泉四俊之稱的蘇境離也不禁側目，因

此才決定收蘊海為徒。

自夏文青暗藏殺字旗的消息釋出後，殺字旗成員受武林正道所追殺，殺字旗一夜爆起，欲拚個魚死網破，即便為名門高徒，蘊海終究難逃江湖風波，所幸在蘊海臨死之際，其好友人稱「一卜未中」的華山卦師有一隨身侍童，名為沄泱，沄泱自小便喜歡拿著卦師卜卦的龜殼玩耍，最後更取西海華池千年龜殼為護具。

蘊海受殺字旗埋伏重傷，恐一身本領無人可得，有負師恩，見沄泱天生道緣，在短短數日間，便將道壇所得精要盡數傳授與沄泱。

沄泱年僅十三，便得蘊海無上道典經綸，此椿奇遇則是在未來開啟了沄泱注定不平凡的一生。

另一方面，太歲雖不以莊主自居，但自在莊上下皆以太歲為尊，除卻太歲之外，就是其後被奉為二莊主的霽雪主理。

當日朝廷敕封雲樓綬督之時，霽雪便是代表自在莊前往，卻因其姊素芳蓮蒙不白之冤遭人追襲導致下落不明後，整日失魂落魄，以酒為伴，直到遇見了……他。

「為什麼，姊姊竟是殺字旗的人？」

「甘靜！與殺字旗之人結拜，肯定也是殺字旗的人，抓起來！」

「不，我不是，我沒有與殺字旗勾結！」

殺字旗之事流傳之後，武林風聲鶴唳，水苑地牢更是名捕盡出，邪君白然君寧殺錯一百，不放過一人。一時之間，江湖惡人聞風喪膽，各大宗門也是山門深鎖，怕門下弟子誤被水苑地牢當作疑犯，水苑地牢頓時人滿為患。

甘靜本為良民，無憂無慮與世無爭，卻因其結義人姊凱西為殺字旗成員之一，被所謂的武林正道質疑，因為反抗而遭追殺。

「束手就擒，甘靜！你受擒，我等定盡力周全，若是反抗，休怪我等無情！」水苑大戰，地牢名捕也趁機掃蕩殺字旗有關勢力，諸多捕快團團圍住，甘靜退無可退。

「看到了嗎？所謂的正道，可笑至極。」

一道白衣身影，一塵不染，周身內元蠢蠢躁動，卻是有別不染的白，特別的汙穢不堪，駁雜的真氣與一身白衣形成強烈對比，白衣人手中長劍還未出鞘，幾名捕快便遭無數黑蟲吞噬。

「你是……誰？」甘靜慌不擇路，一頭撞上了白衣人，驚恐問道。

「須家現任家主，須無盡。」

「為何要救我？」

「無盡想救誰便救誰，不需要理由。」

那日，須家趁水苑虛耗兵力時，秣馬厲兵，整軍待發，對須無盡來說，針對水苑不過舉

手之勞，但對甘靜來說，卻是因此改變了他的一生。

被正道所排擠，又不受外道接受，摻和殺字旗與須家的甘靜為世人所不待見，卻又不停向著命運反抗說著無聲的控訴，淒風冷雨，寒了身，也寒了心。

夜闌人靜獨倚樓，隨眠無盡豈甘休。

常思故人，倚樓獨飲，夜未央，不眠人，琵琶織怨，寒蟬未休，冷雨夜，紙傘下，霽雪持傘初遇不被世人待見的甘靜，在他身上，他看見了那個向世道控訴不甘的倩影，銷蹤匿跡的素芳蓮。

縱飲千觴欲忘憂，與誰同銷萬古愁？

千杯欲醉，千杯難醉，千夫所指，千夫所罪，兩個不同的人，卻又如此相似的境遇，陰錯陽差之下，為彼此的人生譜上屬於自己的篇幅。

＊　＊　＊

欲問凝意何物醒？萍蓮黑茶最提神，萍蓮鄉便是傳聞江湖三大聖地之一芷郁蘭幽谷，初代谷主有「藥涼空」之稱的涼空立宗之地，當年一樁訛傳，「找到秋霜夢焉，便能找到仙泉的源頭。」因此秋霜夢焉躲進幽谷便是數年，涼空居士素有名望，仙宗十二氏朝思暮想就是開啟仙泉，重現祖上榮耀，卻也得賣涼空數分薄面，因此多年來得以相安無事也是原因之一。

若尋得秋霜夢焉便能尋得仙泉源頭的消息不是訛傳呢？

昀泉小宗主墨冰，要擺脫十二氏掣肘，最好的方法就是尋回真正的仙泉，做一個名符其實的「宗主」十二金鑰、南梵天書乃至九泉祕徑皆是昀泉先人為保護仙泉而留下混淆視聽的手段之一，三分真、三分偽、三分半信半疑，昀泉先人深諳人性，諸多手段留下了層層線索，令人保有希望，卻將真正的祕密口耳相傳於歷代宗主。

天有北斗，七星註死，而仙泉竭盡，正應「置死而後生」生死之間的覺悟，以螯邯為首，仙宗宗門所在處的汕陵，沿下而行途經「禧城」、「衍悰」、「蕪芯門」、「芫梵」此六處於地圖上恰巧形成「北斗七星」之狀，卻獨缺對應「搖光」星宿的地名，搖光於北斗七星中最為隱晦，而這正是仙宗日夜尋找秋霜夢焉的真正原因，仙泉的最後一處，也就是所謂「仙泉」的源頭。

本該舉全宗之力尋找這最後一處，仙宗卻傳出噩耗，小宗主墨冰途經衍悰欲探查「天璣」之祕，卻受項天仇暗中突襲，後經全宗極力救治，勉強撿回一條性命，但仙宗卻讓一名宵小輕易伏擊宗主，此事傳出，十二氏長老震怒，連忙召回仙宗在外的高手，就是那燁離也不例外，而進入一段低調的行動期。

為查黑茶之祕，化毒聖手孤身前往泙蓮鄉探查，十二羽體內邪龍壓制已久一向無爆發異狀，是怎樣的緣由才讓血醫閣有機可趁，讓邪龍意志反客為主，有毒與羽家軍雖無交集，但

對罕見疑症有毒呈現滿滿的興趣，也因此才即刻動身至萍蓮鄉。

有毒一心探查，殊不知危機已暗中伺伏，忽爾陰風大作，濃霧襲來，數名黑兵擺駕開道，兵士扛著一座八人轎，但聞幽幽鬼唱詩，轎上一人烏紗官帽，丹墨官袍，手中玉堂劍凌厲未出，便感寒芒，一聲清幽道：「殘兵吞鋒夜行舟，影朧幻月令真龍。」

所謂黑兵是指原本朝廷編制內的正規軍人，但因為受到利益誘惑而願意接受投入暗皇軍隊，所以正規軍三不五時就會有一些士兵莫名失蹤或是名義上死亡而消失，其實是暗中轉往被編制至暗皇軍團內，這些就稱為所謂的「黑兵」。楊蒼如今受朝廷處處掣肘，沈令巡奉楊蒼之命為暗皇甲子軍先鋒，行楊蒼所不能行之事。

沈令巡身有淨癖，手持白絹不斷擦拭玉堂劍，一聲停轎，沈令巡手中白絹飄飛，察覺來者不善，有毒緊盯沈令巡一舉一動，袖中銀針緊捉，腳步挪移。

「劍吟神恘玉堂怨，章開鬼驚萬古愁。」詩吟罷，沈令巡玉堂劍冷鋒出鞘。

「你可知朝廷九督統隊勢力龐大，因何連幾名欽犯都捉不下？」

第一招，劍鋒銀針擦出萬點金芒，銀針亂如箭陣，仍受制於玉堂劍料敵機先的氣機。

「楊大人暗中扶植暗皇軍，爾等所殺的欽犯，未來都有可能是暗皇軍的將軍，爾等怎麼能殺？爾等怎麼敢殺？」

「朝聽欽犯為禍百姓，沈大人不思造福百姓，反倒殘害忠良？本毒怎麼能放？怎麼敢

放！」有毒心知沈令巡非庸手，起手落式皆萬分小心，聽聞沈令巡一聲尖嘯，玉堂劍影紛紛，身影擴及整片戰場。

「放肆，本官行事，爾等賤民竟敢置喙，試我殘影劍章！」沈令巡成名絕技，劍出殘影，無跡可尋，有毒銀針紛紛落空，一時不察，玉堂劍穿身而過！

「此人劍術如此詭異，不宜硬鬥……」受招同時，有毒一掌印去，沈令巡順勢拔劍，在空中噴出一道血泓，有毒醫術已至化境，一手截脈術連點諸身要穴，取得萍蓮異草後，虛晃一招，抽身離去。

當夜，化毒聖手負傷離去，但沈令巡卻是永遠被留在萍蓮鄉了。

沈令巡接過白絹擦拭沾染血跡的玉堂劍，對著捧劍的那名黑兵說道：「逆冥，帶人掃蕩四周，追擊。」

被稱作沈逆冥的黑兵近期可是沈令巡手下的紅人，因此才有「捧劍侍者」的待遇，如今沈令巡更直接令其帶兵掃蕩，足見其信任。

沈逆冥低頭應是，沈令巡慵懶踏回轎上，撐著下巴瞇眼說道：「順便將那自稱六神的遊俠及宮家的冉星殿清理乾淨，省得楊大人及本官還得分神處理這些小事。」

「是。」

「去吧。」沈令巡擺手，一眾黑兵魚貫退去。

沈令巡行轎入林，八名黑兵四人扛轎，四人護衛，單就行軍排陣上，暗皇軍確實做的不錯，而知地形不利，八人一轎迅速穿梭竹林，卻未察覺竹林落下非是竹葉，而是片片的璟花，林中輕柔又堅毅聲音說道：「把人支開，是怕太多手下看見你的敗亡嗎？」

沈令巡眼前竹林有如四季變換，春殘、夏烈、秋寂、冬寒，這種功法，沈令巡看過一次，在秦公公的屍身上看過的。而沈令巡也不禁想起那名專門針對朝廷要員的武林宗門，穗落堂。

「是你，木璟！」

「還能是誰？」

轎內沈令巡欲拔劍，木璟伴隨片片璟花，宛如四季變換的身法眩惑八名黑兵，欺身入轎，近身短打，沈令巡手中劍出鞘三分，被木璟壓回劍鞘，不得已，拳掌交接，不過三十回合，沈令巡拔劍十三次，木璟便退回十三次，最終結果，沈令巡一劍未出，即被木璟格殺當場。

沈令巡亡，楊蒼再斷一臂，卻仍無法阻止暗皇軍欲奪皇權之心。九督統隊早已有暗皇軍滲入，如同卓心邪一般，雖占據大漠周遭獨霸一方，不過是楊蒼有意為之，不與卓心邪計較，一封密函過去，卓心邪還是得乖乖配合，隨即率領拜邪團攻占邊關附近的櫻花鄔，櫻花鄔並無多少守軍也能抵擋半月有餘，而拜邪團攻占櫻花鄔短短三天卻被東督統隊輕易拿下，

可見暗皇軍勢力所及已深植黑白二道。

＊　＊　＊

林茗離開了喧鬧的市集，走進了不夜城看到新賭坊「不夜星河」，掌櫃鳳梧歌又因對當朝律法憤其檄文而下獄。也看見了熱血的青年在賭坊中本欲大殺四方，卻在一次又一次的擲骰中開出了「三點」而押注恰巧都是「大」，青年正是在賭坊中闖出了「三泰子」名號的泰然。

鳳顏絕色，明豔傾城，一簑煙雨任平生，回首江湖，有幸得鳳顏掌櫃收留，又得煙雨策士親傳，只是天下雖大，林茗卻仍感無處容身，一路南下東行，竟不覺走到數月前與凌雲雁分離的湘河，河水清澈，倒映一彎明月，思起雲樓外揮劍斬盡流言蜚語以及那抹情深義重的青衫。

「茗兒，在這呢？」心有靈犀，凌雲雁行舟至湘河畔，看著林茗漫無目的遊蕩湘河，揮手朝林茗喊了聲。

林茗出身林氏茶莊，所學教育皆從名門，除了父母外豈被人如此親密喊過，當下怒視嗔道：「樓主請自重，誰是你茗兒！」

凌雲雁沒料到林茗如此回應，話被堵在嗓子，臉上比吃了黃蓮還難受。

怪了，上回不還好好的……

林茗獨身一人習慣了，也養成了口是心非的性子，嘴上回絕的快，心中早將這道青衫身影視作依託一生的對象，終究還是上了凌雲雁的船，有許瑞、雨紛飛及復原的臨光，雲樓封山，凌雲雁難得暫卸官務，正巧與林茗同遊山水之間。

「瞧妳脾氣這麼大，想去哪妳決定吧。」凌雲雁撐著一葉孤舟，撫摸臉上十字刀疤不經心說道。

孤舟雖小，一應具全，舟內茶案橫置，林茗出身林氏茶莊，自有一手絕世茶藝，挽起紅袖露出三寸雪肌，將茶湯分於兩只茶碗內，薄飲一口茶湯，淡道：「既是一樓之主還是朝廷綬督，好大的面子呢！這種事還是交給你決定吧。」

凌雲雁略為挑眉，總覺得此間有詐，卻又道不出所以然，試探問道：「去向陽看星星？」

「太熱了。」

「去北海看初雪？」

「太冷了。」

「去塞墨看死士？」

「太閒了！」

「那妳想去哪？」凌雲雁捧過茶碗，如飲酒豪邁的一飲而盡。

林茗瞇起雙眼，笑起來連眉毛都彎成了月牙狀，笑回道：「都可以啊，聽你的。」

凌雲雁狐疑的看了眼林茗，咽了口口水，決定再試探問道：「去天道？」

「太喧鬧。」

「古佛寺拜佛？」

「太無聊。」

「去歸燕谷看大夫？」

「凌雲雁！現在學會拐著彎罵人了是吧？」

扁舟行遠，湘川上拉出一道船痕，舟上喧鬧，互訴情衷，孤舟夜燈明滅，玉茗細雨，碧落斜陽，二人相忘江湖，難得逍遙，而後數月間，山水悠閒，遍覽名勝，相忘江湖而繫於江湖，在無數地方留下「林間留雁、雁影名茗」這對碧雁劍侶的俠名。

＊　＊　＊

奪命毀法妄仙道，血吞銀月染松濤，邪鋒人屠為尋武道巔峰再度踏上霧淖，赤血劍再出，霧淖四周濃霧已成腥風血霧，血劍魔祖，百年傳說，久得讓人忘卻了真名，後人只道其名為「魔祖」，龐大壓力籠罩整片戰場。

自離開流雲飄蹤葬禮後，因應雲樓受朝廷敕封，畢竟親傳三妖，夏宸創立「莫廳」組織，所為就是替雲樓擋下諸多流言蜚語，可惜莫廳創立不久後便逢雲樓封山，夏宸將疾風鏢

局資產盡數轉入莫廳內，卻不料，荒道遇死關，名刀銀月逆鋒交接。

「古今誰人堪一劍，接余一劍未死，不差。」血劍魔祖手中赤血透映邪芒，揮劍沉吟，血月當空，冷笑道：「但血魔十三劍，君能接余幾招？」

血劍魔祖一身朱衣白髮，高冠而束，赤血劍鋒所向，無物不摧，無物不毀，百年元功加摧，銀月刀縱為不凡器，不過十息之間，夏宸已露敗相，險象環生。

「君，還能戰嗎？」

「戰你先人！你們先走。」生死關頭，夏宸全力應戰也被強大內勁震的五內翻騰，銀月刀捲起血霧，欲趁血霧擾目之間脫身，只來得及送走神疾風，血劍魔祖提劍凌空再斬。

夏宸及時吞下官府出售神丹，其味雜陳，消耗壽元轉元功，夏宸一身血氣充盈，橫起銀月，全力一擋，兩相交擊，金鐵鏘然，名刀銀月難承夏宸暴起的元功，血劍魔祖魔威赫赫，赤血交擊之下，銀月應聲而斷！

「你！」

聲未絕，劍已至，血劍當空，血灑荒途，赤血狂暴又陰邪的劍氣再夏宸體內反覆肆虐，鏢局一眾鏢師看血劍魔祖還沉浸在戰鬥的回憶中，擊忙拖走夏宸，以免血劍魔祖趕盡殺絕。

「武道寂寞，又有誰能懂？逃吧。」

血劍魔祖閉眼沉吟，沉浸在與夏宸交戰的回憶之中，望向迷霧深處，那落魂鎮方向的敵

無涯恰巧也盯著遠處霧淖中的層層血霧。

「老夫縱橫東瀛數十載，從未見過如此浩大的真氣，看來中原，果真臥虎藏龍！」敵無涯雙手環胸，盯視霧淖，落魂鎮底下盡是被敵無涯擒捉回來補充天武會的百姓，慘無人道的訓練時時刻刻有同伴死去。

落魂鎮、霧淖交界之處，還有一錢家莊，影中天子，軍神楊蒼親率暗皇軍壓境，楊蒼赤甲戰袍，炎戟橫負，霸眉虎視，殺氣凜然看著不遠處的血霧，收到沈令巡身亡的戰報後，楊蒼隨即與敵無涯那方斷了聯繫，欲作壁上觀，待敵無涯與這不知名的高手決戰後，再率暗皇全軍壓境，配合卓心邪裡應外合，坐收漁翁之利。

智亂天下（九）

揮兵若定千秋骨

水苑桃花映紅火，金柝鐵衣盡干戈，須家闇風軍、白然君門下桃源一脈會師水苑地牢，須無盡率陰風軍分兵而行。

憒不平、秋霜夢焉，短暫交接後探得彼此實力，兩人同時抬手，闇風軍、桃源一脈各自罷戰，戰場涇渭分明，凌空俯瞰而下，宛如陰陽對壘，正邪兩立

秋霜夢焉長劍反握，灰髮凌風拂亂，湛藍如海的眸子，冷若清霜的殺意，上下掃視著眼前魔功爆竄的邪人。

秋霜夢焉因感受對手邪功，沉眉厭惡道：「你，入魔了？」

憒不平全身魔威張狂，一身真氣遊走，超出屬於自身的力量，心中只有一字。

「殺！」

昔日，神君道崛起，一爐爐「仙丹」相繼問世，進而衍生出「百輪轉」這種異人藥效導致的狀況，神君道仙丹危禍之時，就有部分「突變仙丹」轉化為「魔丹」，不巧，須家正巧就掌握了部分魔丹資源，憒不平武學並不突出，之所以能與秋霜夢焉戰的不分高下，就是借

助須家魔丹之力。

可魔丹雖能短時間提升一個人的功力，但其危害卻更甚當初百輪轉服用仙丹的副作用，魔丹乃透支一個人的壽命轉化為內力使用，由於不是一點一滴修來的內力，強行灌注的力量讓服用魔丹的憤不平也無法完全掌握這股容易失衡的力量。

「就此退去，可保長生。」秋霜萝焉眯眼看起戰局，須家這次也是下了重本，兩軍差距雖不多，真要打起來必定是死傷慘重。

黑紗烏罩覆面，遮住了憤不平表情，像是聽見了天大笑話一般，憤不平掀開蓋在臉上的黑紗，露出一張猙獰的臉孔：「不惜自損壽元服下魔丹，你短短幾句就要我退兵，當真滑天下之大稽！」

秋霜萝焉手一抖，長劍橫舉，問道：「這麼說，沒得談了？」

「談個鬼，接我陰風愁慘！」

再度交手，雙方大軍各有默契的文風不動，主帥交戰卻是另一層面的怵目驚心，憤不平服用魔丹大幅提升功力，秋霜萝焉不敢大意，面對陰風愁慘數以萬計的黑蟲襲來，長劍緊守中宮，數道劍花舞的密不透風，別說一隻黑蟲，就是一根頭髮也分寸不進。

梅霓獨坐高樓之上，手中摺扇指著一個個的傳令兵，一道道的命令也被陸續從水都城主府傳出：「闇風軍攻勢緩慢，尤其白語缺分兵猶能制衡戰局，憤不平極有可能為疑軍，如此

一來……」梅霓落下一滴冷汗，隨者一道道命令傳出，與闍風軍對峙的桃源軍也依樣畫葫蘆逐漸退去，僅留守足夠應付的人數，著急道：「迅速追回白語缺。」

須家若要攻占水苑地牢，絕不可能僅靠一支疑兵，若是另有所圖，那數支軍隊開拔的富貴山莊，那處戰場，怕不知是誰的墳場，先前看見闍風軍戰況能夠控制而分兵的白語缺，正中須家下懷。

城上心急如焚，城下戰況卻將近尾聲，憤不平奮力運使須家鎮宗祕式「陰風愁慘」，足見憤不平在須家的分量，鋪天蓋地的黑蟲襲捲而來，仍是受制於秋霜夢焉方寸不讓的綿密劍網。

梅霓眼瞅城下戰況，雖是擔憂白語缺，也只能盡人事聽天命了，瞧出秋霜夢焉戰術，摺扇拍掌讚道：「善兵者，先立不敗之地，再予雷霆一擊！」

秋霜夢焉劍立身前，並指抹劍，一連凍寒劍氣凝實了欲侵襲自身的無數黑蟲，凍氣凝結黑蟲瞬間，憤不平就知道自己麻煩大了，那凍氣凝結之強，雙方高下立判，雷霆一劍穿過層層冰花，不偏不倚刺進憤不平左胸之中，凜冽凍人的劍氣瞬間阻滯憤不平真氣運行，本因魔功強提的功體一時進退失據，運行陰風愁慘的內力無法控制，一口黏稠心血噴出。

「可惡……退兵。」

秋霜一劍盡封奇經八脈，憤不平已無可戰之力，一聲退兵，闍風軍有條不紊退軍，主帥

負傷，臨危不亂，可見須家治軍之嚴謹。

「哪裡走！」秋霜夢焉持劍追殺如虎入羊群，闇風軍無人是一合之敵，電轉之間亡於秋霜劍下之人已達三十人，僅僅是劍氣餘波導致，秋霜身後桃源大軍亂箭襲擊，闇風軍轉眼再損失一成兵力。

憒不平看出秋霜所圖，打算以自身作為誘餌，高喊一聲：「眾軍依計撤退，莫要管我。」憒不平強忍傷痛與闇風軍分道而行，片刻間闇風軍已撤出水都苑射程範圍，如憒不平所料，秋霜夢焉不再追擊闇風軍，卻一路向南逼殺憒不平。

憒不平緩緩停下腳步，懸崖邊，憒不平眼中閃過一絲決絕，回身面對秋霜夢焉笑道：「你果然如老爺所說一樣難纏，梅霓的最後手段便是你吧？」

「你家老爺，如何識得我？」

「桃源一脈，水苑新任主人既是梅霓，根基尚淺面對闇風大軍方能如此從容，加之頻繁出入武林三大聖地的芷郁蘭幽谷，老爺要推敲梅霓的底牌，不是難事。」

「追擊我，你的判斷沒錯，只是你們仍然算錯了一件事。」憒不平臉色因為凍氣侵襲逐漸變的鐵青。

「將錯就錯，也無不可。」秋霜夢焉長劍抵住憒不平脖子上。

「猜看看，須家的計畫？」

「我活了很長的一段時間，大概……這麼長。」秋霜夢焉放下長劍，用手比劃了一個距離的長度，隨後眼神一凜，反手一劍削去憒不平一臂，接著道：「所以我也知道不少讓人寧願去死的手段。」

不料秋霜夢焉如此殺伐果決，憒不平咬緊牙關，原本鐵青的臉龐更失三分血色，嘲諷道：「如果我說，闇風軍不是疑兵呢？」

「那你們也太菜了。」秋霜夢焉冷道。

憒不平墜崖前，留下一道令人難解的怪笑。

「老爺應該要出手了……」

＊　＊　＊

「須家無盡，候君多時了。」

陰風軍駐紮富貴山莊進兵要道，放任許瑞、九笙等勢力以及冬柏所率之玄陰軍通過後，陰風軍將要道封了個嚴嚴實實，地勢正與富貴山莊互為犄角之勢，須無盡一身白衣，獨立陰風大軍之前，面對的是滄玥閣欲趕往富貴山莊的援軍，曲洛紘身負武林五大絕學之「九玄鎮天歌」自然也有與須家叫板的底氣。

那夜激戰至天明，九玄鎮天歌不愧五大絕學之一，東方魚白一現，須無盡劍舞青霜，一抹烈陽折射，恰巧干擾曲洛紘視線，高手過招，一瞬差之毫釐，冷鋒已靠在曲洛紘白頸之

上，須無盡抹去嘴邊血笑道：「宋夫人巾幗英風，不下儒俠本身，無盡無意冒犯，事關大局，只得請宋夫人暫留數日。」

文載八斗、武冠中原，儒俠夫婦雖有各自遭遇，俠名依舊在各地流傳，宋白雖已鮮少涉入江湖，然而四、五年來閣下的名頭仍舊被許多俠士記在心中，宋白如是，曲洛紜亦如是。

周身要穴盡被封鎖，曲洛紜也不再反抗，沉眉問道：「滄玥閣與須家井水不犯河水，須家主這般陣仗，不智也。」

「勞宋大人擔憂，時勢所趨，無盡不得已出此下策，只要無盡等的那隻兔子進來了，自然會放了宋夫人這隻『兔子』。」曲洛紜武學靈動詭變，身手動如脫兔，步趨迷離，江湖人稱「雪兔」，須無盡屯兵富貴山莊附近「守株待兔」等的就是白語缺這隻狡兔。

「須家主好大口氣，崑崙、見愁二位須家耆老，下場歷歷在目，還望須家主三思。」曲洛紜言辭犀利，桃源一脈與須家之仇也是多少耳聞，當然也知道如何才能從心理上打擊須無盡。

「呵呵呵……」須無盡一身白衣，手中名劍則是通體漆黑，須無盡收起青鋒，一道劍指點了曲洛紜昏睡穴，曲洛紜雖逞口舌之利，須無盡心似明鏡，在須家血海深仇面前，這點毫無價值的羞辱又算得了什麼，手一揮，陰風軍列陣，裡三層、外三層，條分條合，正奇並用，正反三角在地圖上形成一個巨大的六芒星陣圖。

曲洛紜身懷九玄鎮天歌如此曠世奇功，之所以如此輕易被須家所擒，是為了掩藏滄玥閣所派出援兵行跡，甘願作為誘餌，才將自己陷入危境，昔日桓嶽三鋒之冬凝子，率領滄玥閣精銳「玄陰衛」穿越須家陰風軍的層層防線，悄悄來到富貴山莊戰圍。

冬柏率軍潛入富貴山莊，玄陰衛這支不在任何人計畫中的軍隊，將會是左右戰局的一支奇兵，曲洛紜出發前信誓旦旦說自己不會出事，冬柏也知曲洛紜逞強性格，不免擔憂看了眼後方須家屯兵戰況，不禁喃道：「須無盡用兵竟如此虛實難測，且占處高地與富貴山莊互為犄角，若不破陣，只怕許瑞、九笙等人退路被截，將陷敗局。」

玄陰衛即是昔日桓嶽府三閣中菁英部隊，桓嶽府孤江夜雨熟讀兵書，冬柏既為尹玄胤親傳弟子，孤江夜雨自不會吝嗇，一身所學傾囊相授，故桓嶽三鋒中，或多或少也習得用兵之道，也因如此，須無盡布陣時才能一眼看出，冬柏大局觀意識稍佳，明白目前富貴山莊之戰已非兵力能解決，玄陰衛五人一隊，全數散開在富貴山莊周圍形成巨大包圍網。

不在計畫之中的軍隊，突如其來的延伸防線，須無盡略感驚訝，看了眼昏睡一旁的曲洛紜，笑道：「原以為妳是隻雪兔，想不到是隻狡狐，竟然犧牲自己讓玄陰衛越過我軍防線。」玄陰衛的大名須無盡也是了解的，看了一眼玄陰衛特意拉長的戰線，須無盡沉吟：「看這用兵手法，孤江教出來的吧？」手中軍旗一揮，六芒星陣也只能隨著戰線延長而變得薄弱。

富貴山莊戰局未開，山莊外兵陣交鋒已格外凶險，須無盡占盡先機，先取何止一子，冬柏即便亡羊補牢也只能聽天由命，將所能做的一切布置完畢後，冬柏令玄陰衛固守防線，隻身跳入富貴山莊戰局。

山莊內，米水旺、眾多無名殺手等人早已布好天羅地網，許瑞、九笙、桃源一脈，一為朝廷敕封判官，挾正義之師討逆，一為江湖傳承宗門，一氏之少主，率九蛇精銳排除異己，一為桃源一脈，或為須家之仇、或為剪除潛藏危機，無論是何原因，隱翼都有留下一戰的理由。

「殺字旗，來得如此詭譎莫名，既有翻天覆地的本事，何以數年來毫無蹤跡？米老爺如此行徑無異與虎謀皮，許某勸你一句，現在還未鑄下大錯，繳械投降吧。」雲樓七判之中，蒼羽夜立法不輟，許瑞善於策畫，攻心為上，一句話先亂了富貴山莊戰力。

米水旺身邊一個個的無名殺手，顯然與富貴山莊衣飾金光燦爛的食客非是同路人，各個蒙面的情況下，一雙陰鷙的眼，看著許瑞縝密的思維，環環相扣的目的，讓他不禁想起記憶中的那人，二十餘年前，黑暗時代中少數讓他棘手的人物。

現今只知「天下諸智，唯九獨秀。」而不知在二十餘年前對應現今這句話的乃是「霜獄玄陣，舉世無雙。」不過在場眾人無人知曉蒙面人心思，更不會有人將殺字旗與黑暗王朝聯想到一塊，蒙面人很巧妙地創造了一個新的事實，掩蓋那令朝廷忌憚不已的名子。

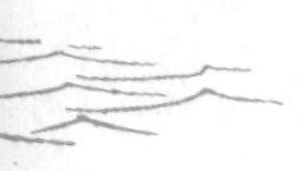

可面對許瑞縝密的心思與九笙算盡一切的情報掌握力，還是不免讓蒙面人想起一些往事、一些討厭的人。

「老子費盡心思把人抓過來，為的就是引君入甕，真以為一個雛妓會讓老子下這麼重的本嗎？今日的富貴山莊就是你們的墳場，只要王朝復辟，我就是開國功臣，富甲天下！」米水旺雖是一方富賈，畢竟是個粗人，不擅心計，這一番話透漏的信息遠超出許瑞所想。

許瑞不及思考，無名殺手紛紛有了動作，原來為首那名蒙面人聽完米水旺說完，便知不妙，大手一揮，所有殺手即刻動作，蓋特軍、九蛇私兵正面迎戰，富貴山莊之戰正式展開。

兵對兵，將對將，米水旺獨挑九蛇少主、許瑞迎上蒙面刀客，隱翼、冬柏各自遊戰四方，見虛並擊，拾遺補缺。

米水旺臨掌無懼，九笙金銀雙鈴叮噹清脆，內力一收一放，初窺穹蒼之祕的九笙實力今非昔比，金銀雙鈴配合忽高忽低的內力，逐漸奏出一陣迷魂殺音，九笙笑如銀鈴般說道：「米老爺，我一向唯利是圖，若米老爺能開個讓我開心的價碼，或許我九蛇一脈可袖手旁觀喔。」

「要不要整座山莊送給妳？」

「可以談談。」九笙點頭道。

「談妳去死！」

米水旺身形肥大寬碩，卻靈活地像隻猴，那圓滾的肚皮不但沒有影響米水旺的行動，反而成為米水旺最好的防具，一身橫練的硬氣功，刀劍不傷，九笙一掌拍在米水旺肚皮上就像拍在了人皮鼓上，力道回彈震的手疼。

「可以啊，還以為米老爺只是個坐吃等死的胖子，沒想到只是個胖子而已。」

「別看貓沒點，接掌！」

米水旺全神應戰，九笙游刃有餘，雖有絕對優勢，卻不正面應戰，拖戰之意明確，只因主戰場非在此處，早在方才米水旺無意間透漏出前朝餘孽時，富貴山莊之戰的格局就非是江湖人能一力解決的事了。

另一方的許瑞從黑金盾牌中緩緩抽出水晶劍，盾劍為組合的兵器在武林上實屬罕見，蒙面刀客持刀不動，無形殺意每分每秒侵襲著許瑞意志，除了此戰勝負之外，更不能讓許瑞有這份可以思考的空間，否則以他的邏輯縝密程度，擔心會壞了大局。

二十二年前，十一幫動亂，地門平叛有功，卻甘願成為當今朝廷的基石，地門解散，無心門天下五絕誕生，只因前朝餘孽仍存，隨著黑暗王朝的影響逐漸降低，唯恐功高震主，朝廷以一計「五絕欲反」欲行鳥盡弓藏之事，史稱「五絕案」。

隨後霜嶽大典上，先皇於霜嶽登基祭天，在諸多武林名宿聯手之下，成功製造了一樁不該出現的「事實」，先皇對前朝餘孽猶存顧忌，心知只要前朝餘孽不除，這天下林鳥就不

算射盡，而武林宗門這把良弓自然也不能收，才有了一樁「朝廷承認的謊言」史稱「霜嶽案」。

兩案息息相關，其幕後皆脫不開一人，前朝餘孽中最為當今朝廷忌憚的一人，擁有黑暗王朝純正血統的「独孤客」。

「原以為殺字旗是武林中人暗中施行手段的名目，如果是為了復辟王朝，那倒也說的的通。」許瑞黑金大盾橫亙身前，不給蒙面刀客有一絲下手的機會。

「哦？」蒙面刀客發出了一句有興趣的沉吟。

「當世人無法解決的動亂，人心因為各自的利益算計而使動亂作大，卻有一人橫空出世解決一切難題。」

許瑞藏在盾後，水晶劍卻指在身前，彷彿直接面對著蒙面刀客一般。

「你說，那人是不是英雄？」

「這不過是你的推測。」

「是合理的假設，嗯……大膽的推測。」許瑞一邊推測，心下卻沒有放下對蒙面刀客的警戒。

「那我問你，這樣的人既能稱作英雄，天下歸心，若世上再無紛爭，那他做錯了嗎？」

許瑞搖了搖頭：「世上沒有對錯，只有立場，很不巧，你站在幾乎是所有人的對立

面。」

「即便立意再好，即便願景如何宏偉，對我們來說，你就是敵人，就是邪惡，所以今日，我們才能揮正義之師，將這份邪惡剪除當下！」

盾飛、劍舞，攻防一體，刀起、刀落，虎嘯龍吟，水晶劍與蒙面刀客的長刀緊緊對扣，展開一場角力比拚。

「那也很不巧，黑暗王朝，從來也只奉行一件事……」

許瑞以將蒙面刀客身分猜個七七八八，更訝異此人多年未出，功力不見絲毫遜色，自身已有力頹之態。

「那就是力量！」

蒙面刀客手中被白布緊裹的長刀發出懾人刀氣，震碎刀上白布，刀身顯露之時，身分呼之欲出，當年天下五絕的宿敵。

「果然是你，独孤……」

水晶劍與鬼面刀再度糾纏，跨越十數年的恩怨，延續前朝的怨火，一方藉著富貴山莊與殺字旗的力量欲重建世界，一方則代表正義之師，誓要將邪惡在此剪除，此時的許瑞拋卻了思考，當不再思考的自己，一心一意的將心思放在武力上之時，澎湃的內力及精湛的戰鬥技巧完全展現，戰況逆轉，許瑞力壓對手，頓占上風，卻也同時正中了對手下懷。

畢竟你的思考更勝你武力十倍啊……

独孤客心中打著算盤，這一戰，將自己算進了棄子，為了下人生這最後一盤大棋。

「如果我說，我的目標不是你們，而是你們拚死守護的『種子』呢？」

簡單一句話，令許瑞心頭警覺叢生，環視一眼四周，殺字旗無一不是被殺的倒戈卸甲，只有抵抗之功，毫無招架之力，殺字旗六大高手也不見所蹤。

「想不到卑劣如你，竟也會將自己視為棄子，我很好奇是怎樣的人值得你這樣做。」許瑞迅速恢復冷靜，剖析戰況。

「哈哈哈哈，你們的處處防著我，無非就是防止黑暗王朝的逆襲，但論血統純正，又豈止我一人？」

許瑞訝異黑暗王朝的王室除独孤客外還有活口，言道：「你們找到了王脈遺孤？不可能，他們都死絕了。」

「自小就熟習的易容術，讓他巧避你們所謂江湖正道的追殺，即便當年自稱易容術舉世無雙的『鰻魚』也沒識破他的易容。」

許瑞意識到独孤客攻勢漸緩，卻饒有興致的與自己閒話家常，他應該知道隨著時間推移，對自己的戰局越不利，殺字旗兵眾節節敗退，名符其實的砲灰，連帶影響蓋特與私兵會合，富貴山莊的食客也逐漸敗陣。

「你想拖住我？」

「你說呢？」

鬼頭刀迎面再度攻來。

九笙、許瑞兩人各自對捉，隱翼憑藉過人輕功拾遺補缺，四處遊走，富貴山莊戰況混亂，冬柏闖入戰局暗凝真元，以待不時之需，只見冬柏雙手背後，一身真氣遊走八脈，當年無始劍仙之絕學，劍舞紅塵流落民間之後，幾大宗門幾乎都保留了這一樣絕學。

冬柏出自桓嶽府，自然也習得了這門絕學，急運劍舞紅塵乃因一道微不可察卻又強悍的殺氣突然釋出，幾大高手各自酣戰或許無察覺，而冬柏既然能察覺異樣，隱翼自然也開始警戒周遭，江湖十大高手隱翼雖排不上號，但十大高手之外，隱翼說第二，無人稱第一，也就是這份十人之下的底蘊，隱翼雖是警戒，卻無太大的危機感。

直到蒙面人真正出手！

眼見蒙面殺手運足真氣，衣袂飄飛隱含風雷之勢，運招手法卻是昔日合歡宗的獨有法門，隱翼笑道：「還真的有人想要我的命啊。」嘴上說的輕鬆，掌下刻不容緩，匆匆一接掌，隱翼只感對手掌力如洪濤怒流，一波強過一波，排山倒海襲來，初交手，便知勁敵。

莫非十大高手易主？十人之下，隱翼第一，這十人皆沒有與隱翼死戰的理由，如今富貴山莊內竟有此等高手，隱翼驚詫間已落入下風，其餘人見狀回頭欲出手支援，各自面對的對

手卻是緊纏不放。

因為他們心知敗局已定，就是死戰，也得啃下你們一塊肉來。

不得已，隱翼以柔克剛，欲消彌殺勢，進入最兇惡的內力拚搏，對手內力絲毫不亞於自己，甚至高過一籌，「剛不可久，柔不可守，安心上路。」蒙面人大喝一聲，剛猛掌力衝破隱翼防禦，將其重傷當場。

「前輩！」

現場一片混亂，冬柏恰好看見隱翼被一掌重傷的畫面，蒙面人欲再下殺手了結隱翼性命，冬柏卻跳出戰圈，劍舞紅塵八劍連發，但冬柏不擅劍藝，如劍舞紅塵這般精妙劍式只得七成精隨，紅塵八劍襲擾，蒙面人被這一耽擱，已思退抽身，虛晃一招，借劍舞紅塵餘勁而退。

九笙那端一掌擒下了米水旺，富貴山莊大局底定，殺字旗殘員雖多，卻是烏合之眾，場面看似混亂實則已入九笙掌握之中，隱翼重傷當下，九笙已無心思戀戰，命人將米水旺押下並釋放先前被擒住的雲飄渺兩人後，急切為隱翼輸送真元療傷。

独孤客察覺到老對手的成名招式，一時分神，被許瑞水晶劍劃傷了手臂，其實許瑞沒有什麼精妙的戰技，但貴在基礎紮實，一招一式是最純粹的砍、劈、刺等動作，就是這樣的純粹，令独孤客頭疼不已。

劍舞紅塵的波動，讓独孤客明瞭無始劍仙終究還是心繫江湖，嘲諷道：「自黑暗王朝隱於歷史，為了讓朝廷與五絕反目，我也下了不少苦心呢，總算是逼得五絕消蹤匿跡，但竟也沒想到他留了這麼的一手……」

「劍舞紅塵的真相。」

「這便是你的選擇嗎？即使知道他做過怎樣的事。」

＊　＊　＊

皇甫殤凜兩鬢略沾風霜，周圍石壁上刻下一道又一道的劍痕，想起那道暗影的尋問，皇甫殤凜仍是感到無比的壓力。

欲成五絕之徒，上官風雅的考驗本是皇甫殤凜的心魔，如今又想起太歲那番話，心思紊亂之時最易走火入魔，所幸天外一道清風及清亮詩號鎮住皇甫殤凜的心魔，那人風塵中緩步而來，吟道：「玄岫藏罡吹勁松，袠居翠穀慣哉風。」

天下五絕之中，人稱玄袠銀鉤，詩劍雙絕的上官風雅吟詞信步赴約而來，詞吟靜心，皇甫殤凜一瞬的靈台清明，避免了走火入魔的危局，當即抱拳道謝。

「期限已到，上官風雅特來驗收你練劍成果，不過……」上官風雅心下覺得奇怪，皇甫殤凜不像是衝動莽撞之人，出劍卻是毫無章法，略有瘋魔之相，雖不明何以如此輕易走火入魔，但看著眼前滿頭大汗的少年，周圍石壁上已說明了這段時間的努力。

「你有心事？」上官風雅心思敏銳，看到皇甫殤凜心緒變化，拍向皇甫殤凜肩頭：「入我門下，修為如何看個人造化，心性才是我的擇徒條件，你可準備好了？」

殤痕劍鋒佇地，皇甫殤凜雙眼緊閉，回想此生經歷，往事歷歷在目，為了成為上官風雅的弟子夜以繼日練劍，身旁好友還給了一個「劍癡」的稱號，面對上官風雅的詢問，皇甫殤凜用行動證明了自己。

想起初入江湖的徬徨，想起了受人追殺的迷惘，想起了伊人守護的身旁，殤痕劍為了自己而出，為了守護而出，也為了對抗殺字旗乃至未來不可預知的邪惡而出。

「風流三雅，殤痕雪飄零。」

風快、劍快，殤痕劍出，周遭景物宛如一滯，乃因劍速極快而欺騙視覺所造成的假象，然而任皇甫殤凜劍疾速捷，仍受制於眼前青衣微不可查的隨意動作。

上官風雅成名已久，相較於其他同列的五絕當中，悟能的大道至簡、鰻魚的千變萬化、無始劍仙的浩氣沛然、暗滅沁殤的以勢破敵，上官風雅追求更為極致，極簡的極致，可說是融匯其他四人之長，至簡而至繁，至道而至極，一招一式，那怕隨意揮袖格去劍鋒，其中力道運化極為巧妙。

「這便是你的最強一招嗎？如果是這樣，那恐怕……」

上官風雅劍指微拈，整個人猶如一柄利劍，絕逸名鋒未出，已感沛然莫御的劍意，上官

風雅曾對皇甫殤凜言道，接下一劍，便收其為徒的約定，如今皇甫殤凜面對逐漸拔升的劍意仍然面不改色，殤痕劍鋒一轉，風流三雅第二式將出。

相較第一式極速的劍，風流三雅第二式顯得更為繽紛燦爛，皇甫殤凜逆施數派劍法，或截長補短，或拼湊而成的散落劍招，當反差極大的武學合併一起之時，成了風流三雅第二式，皇甫殤凜撩亂劍式亂影，上官風雅眼前宛若數名皇甫殤凜同時出招。

「風流三雅，雪祀灼桃華。」

「首招以快制敵，此招以廣博劍術困敵，確實不簡單，但……招繁則難精，招廣則勢弱，破！」上官風雅劍指舉天，一道無形劍氣破空襲來，穿過皇甫殤凜數道以劍術擾亂心神的分身，腳步不停，劍指直逼皇甫殤凜，人未至，皇甫殤凜壓力莫名，生死之間無有大恐怖，皇甫殤凜下意識揮劍欲擋下上官風雅襲來的劍指，卻也明顯感受到除了自己與上官風雅之外的另一道殺氣。

這道氣息！

心中警覺，上官風雅卻是再也熟悉不過，當年醉南懷雲計殺太歲之事，太歲後來的復仇曾弄得江湖上滿城風雨，未免江湖生靈塗炭，上官風雅當年索性於無心門閉關，後來聽聞鰻魚以死相勸才得以消除太歲怒火。

只是如今太歲再出，是為了什麼？上官風雅內心疑問，手中劍意卻失三分銳意，皇甫殤

凜福至心靈的一劍，堪稱修練至今的完美一劍，此消彼長之下，竟讓皇甫殤凜過了上官風雅的考驗。

「哦？」上官風雅訝異的發出了一個讚嘆的聲音，雖說自己那劍未竟全功，但人家終究是接下了自己的一劍，皇甫殤凜本就有著不錯的天賦，上官風雅自然不會去計較，滿意的拍了拍皇甫殤凜的肩頭表示讚許，但方才一瞬的殺氣，卻吸引了上官風雅大多數的心神，當年還有鰻魚以死相勸，如今天下五絕各個行蹤杳渺，若太歲直意復仇可真能是有心算「無心」將我們各個擊破。

皇甫殤凜還傻愣在原地，不敢置信自己真的接下了上官風雅的一劍，上官風雅搖頭笑道：「呆著呢，還不叫師父。」被上官風雅喚回的皇甫殤凜才意識到自己通過了考驗，當下單足跪地抱拳道：「徒兒殤凜，拜見師尊。」

「行了，這就算拜師禮吧，我一向不太在意那些禮節。」上官風雅扶起皇甫殤凜道。

皇甫殤凜回想方才的經過，問道：「師尊，徒兒有一事不明。」

「我知道你想問什麼，這件事情為師會處裡，這段時間你低調練功，切莫打探那人的消息。」連皇甫殤凜都感受到的殺氣，上官風雅自然不會沒注意到，自從劍傲蒼穹霧淖一別，兩方分頭找尋「鰻魚」下落皆未果，如今太歲又不知發了什麼毛病在這個時候找上門。

上官風雅心累，但一代宗師的氣度仍不許自己再徒弟面前表現出來，仔細指點了皇甫殤

凜劍法上的破綻後便匆忙離開，因為誰也不知太歲又將掀起怎樣的風雲。

＊　＊　＊

市集一如往昔人聲鼎沸，即便殺字旗陰影籠罩，仍是不少宗門求賢若渴，於市集蒐羅人才，相較於幾家老牌宗門，因應殺字旗而創立的冉星殿亦如新星般橫空出世！

軍神楊蒼一手扶植的暗皇軍勢力，其中之「暗」與黑暗王朝密不可分，沈令巡亡於木璟之手，只可惜沈令巡敗得太快，木璟並未套出任何有用的情報，但沈令巡生前給沈逆冥下達的追殺令，使得六神遊俠與冉星殿頭疼不已。

六神遊俠如同冉星殿一樣的新興組織，但在有心人逼殺之下，日子卻是一日比一日艱辛，六神之中的琨詡、陳仁相繼遭到逼殺，陳仁當初為了躲避追殺甚至將名子拆做「耳東人二」隱姓埋名，仍免不了被襲殺的命運，如今六神之中僅於君無憂、孫無道較常出現於江湖之中，兩人各自投入其他宗門之中發展，暗中鋤強扶弱，對抗逼殺。

孫無道受不夜星河大掌櫃任命，竟也混了一個「總教」的名頭，至今仍不少人稱呼為「孫總」，而君無憂則轉投任情自在莊，並拜入雲鹿書院夫子雲鹿君門下，成為了雲鹿君的大弟子後，時常協助師弟們以及冉星殿的各項事務。

任情自在莊與冉星殿關係密不可分，主因還是在於自二莊主離莊求道後，太歲可說是將自在莊完全切斷與外界的聯繫，但隨著太歲行蹤逐漸隱密，任情自在莊大權由霽雪一人獨

攬，巧妙的是，霽雪半生為情所苦，好不容易找到了一個能相伴一生的對象，甘靜卻被世間所謂的正義逼上了絕境。

所謂福禍相倚，甘靜身亡後，霽雪自毀氣海，逆衝真元逼迫潛能的情況下成了一方高手，卻也知命數已定，自在莊事務逐漸放權於君無憂、君無佈兩名師兄弟共同打理，另外又私下訓練了一名門生「元釲」居中調度，在做好了一切的準備後，又發生了些許變數。

冉星殿是由各大世家共同組成，悅霖宮家、時家等幾家出資出力，為了共建一個對抗殺字旗並安身立命而存在的組織，時家大小姐當年受霽雪恩惠，之後亡於殺字旗手中，時家二小姐為查弒姊兇手，協助創立了冉星殿，能想到的幫手也只有這名當年幫過親姊的霽雪。

但霽雪心知自身命不久矣，遂讓元釲前往冉星殿打理一切，而任情自在莊則是完全放權於君無憂兩名師兄弟共同打理了，兩人看了同樣出身雲鹿書院的師弟，文浩然於燕前別館辦學雲鹿分院後，君無憂也想將雲鹿書院在禧城也開一間分院，霽雪本就好文好學，此事對於禧城學子更有著莫大意義，自然舉雙手贊成。

當這一切塵埃落定之時，沈令巡生前那道追殺令基本上無法在對六神以及冉星殿造成任何傷害了，所謂惡人自有天收，甘為朝廷鷹犬的沈逆冥最終也死於非命，至此，楊蒼屯兵錢家莊，與血劍魔祖、敵無涯三雄對峙，暗皇軍動作稍減，換得江湖片刻喘息之機。

隨著冉星殿的發展，逐漸攏聚人心，成為當世名士才俊的優先之選，此外還商請諸多名

士進駐，如出身彤雪名門的打雜工、命運聖女，甚至連常年替雲樓募員的北辰萱也受冉星殿的宏願影響，各自為了江湖的未來努力著。

即便將一切做到了最好，殺字旗的易容術仍然防不勝防，市集廣場之中，一念、白珞兮等人離去後，一名白髮少年，眸中赤瞳散出異芒，低著頭讓人看不清表情，一身卻是莫名的顫抖。

「兄弟，你幹啥呢？」傅曉蘭方與一念過招，不巧一念離去，正覺得意興闌珊，就看見白髮少年兀自一人在廣場發癲，好奇之下拍了拍這位少年的肩頭。

「嗨！」

少年抬頭，一抹怪異邪笑，劍氣襲殺四方！

智亂天下（十）

蒼生尋跡形兩忘

「死到臨頭，還不忘挑撥嗎？」許瑞盾立身前，水晶劍尖微微向地，銳減的戰意，有意讓独孤客繼續說下去。

「一劍仙魔，無始無終，可從聽說過？」独孤客倏然停下攻勢，覺得荒誕的說道。

「世人只知無始劍仙，卻不知他體內也是流著前朝血脈，那時刻壓抑的『無終劍魔』。」

名列天下五絕，其身分竟是前朝餘孽？此等駭人聽聞之事，許瑞腦中開始飛速思考，憶起十多年前的霜嶽、五絕二案。

「即便如此，又與劍舞紅塵有何干係？」

「若非我告知朝廷前朝血脈之事，居功至偉的五絕又豈會被朝廷處處針對，最終，我的宿敵獨自一人走向滅亡，但也斷絕了喚醒無終劍魔的契機……」独孤客面露婉惜神色又勾起一抹邪笑：「我本也以為王朝復辟無望，直到我看見了他臨終遺書的三十餘處，我明白，無終劍魔在他赴向死亡的前一刻仍然起了決定性的作用。」

独孤客難得看見許瑞苦思神情，眼見大局底定，放下手中鬼頭刀，席地盤坐，侃侃而道：「你們只看到劍舞紅塵這部通神劍術，難道沒察覺到，無始劍仙遺書置落之處藏有更大的玄機嗎？」

「若劍仙前輩真如你所說，受無終劍魔所制，而留下復辟王朝的線索，又何需流出劍舞紅塵？以劍舞紅塵這部武學當作遮掩，待江湖人人習得之時，又豈能讓黑暗王朝得逞？」

不愧是許瑞，独孤客心中暗自讚許，不過片刻之間看出問題癥結點，對於此點，独孤客也說不準，自己這一番言論是事後諸多探查加以推敲得知，而劍舞紅塵當作幌子，独孤客只能認為是最後一刻，無始劍仙人格互相左右，導致事後做出如此令人矛盾之行為。

不過眼下計畫難以為繼，他也必須將這個消息透露，只要有人去探查，復辟王朝的計畫才有延續的可能，閉眼長呼一口氣，面容故意顯得有些頹敗說道：「如今事已至此，我也認栽了，念及劍魔乃王朝血脈，當我收到劍仙遺書後，幾經探查之下，發現了幾處遺書有相似之處。」

看了一眼同在現場的九笙，意味深長的說道：「找到了十餘處遺書的下落，而其中便有六處緊密相連，說來也巧，此六處以蠶邶為首，昀泉仙宗所在之汕陵，沿下而行途經『禧城』、『衍悰』、『蕪芯門』、『芫梵』，天下四邦五十七郡之中，巧妙連成北斗七星。」

「江湖傳聞劍舞紅塵三十餘招，準確來說，劍舞紅塵乃無始劍仙綜其畢生所閱而得悟之

招，一招一式不脫世俗紅塵，盡付劍舞之中，長年悉心研究下，劍舞紅塵整部共三十六式，仙宗六郡各得一式，巧的是，我修練劍舞紅塵時發現一招一式，不脫三十六天罡星宿，若仙宗六郡為天罡斗柄，那其餘三十處串聯起來便是一幅天罡星圖。」

此番見解當真聞所未聞，都說最了解自己的不是朋友，而是敵人，独孤客無愧無始劍仙宿敵之名，九笙、許瑞皆是才思敏捷之輩，独孤客既然刻意提到仙宗六郡，就代表劍舞紅塵的真相與仙泉之祕脫不了干係。

準確來說，劍舞紅塵是一場無始劍仙為江湖抵禦無形威脅的一種手段，但因為「無終劍魔」之故，這個手段反成為他人利用的破綻及威脅之一。

独孤客如今勢單力薄，欲成計畫只能另闢蹊徑，相信以九笙、許瑞之明敏，面對這樣的香餌，由不得他們不上鉤，對九笙來說，以九蛇主身分找出仙泉之祕，無非是最大的利益，劍舞紅塵涉及的層面如此廣泛，独孤客不相信九笙真會安分守己，對許瑞來說，劍舞紅塵涉及的層面遠超他所能掌握，也不相信許瑞能夠袖手旁觀。

這是一場陽謀，令兩人不得旁觀的一場陽謀。

「哈哈哈哈哈，你們聊得很開心嘛！」

渾圓帶有沙啞的聲音兀自響起，扭頭看去，米水旺一身狼狽，卻掙脫了押解他的兵士，米水旺氣息浮動紊亂，不減張狂神姿，張狂之外，更多的卻是憤怒，難以言喻的憤怒，苦心

經營富貴山莊多年，暗中徵召前朝殘部，雖事事不如独孤客，卻也是独孤客之外的第二把交椅了。

對內徵召殘部，對外尋得外援，對著独孤客卻有難以言明的瑜亮情節，認為自己才是復辟王朝後的第一大功臣，豈料萬日備軍一朝窮，半生心血付諸流水，米水旺如何不怒，怎能不怒，但米水旺肥碩癡呆的皮囊底下，藏著一顆比誰都還要冷靜的思維。

米水旺雖怒，卻分的出孰輕孰重，一聲怒吼，直言「独孤客」三字，一聲怒喊，旁人不知還以為兩人有何血海深仇，然而下一刻，米水旺的舉動使得眾人膽戰心驚。

米水旺肥碩的身軀，帶著陣陣怒吼疾步奔馳而來，一身精元外放，氣血蒸騰成一片血霧，十數步的距離宛若地獄血途，儿笙等人見米水旺氣勢陡升，不攖其鋒，紛紛讓道，米水旺衝向独孤客一路上竟毫無阻滯。

此情此景，即便是身經百戰的独孤客也不免愕然，米水旺一路衝來，有意替独孤客開出一條生路，米水旺語氣決絕且不甘的在独孤客身旁密道：「活下去，只有你活下去，王朝的計畫才能延續！」

這番話說的極其隱密，甚至連陰冷狡詐的独孤客看著米水旺的眼神都夾雜了極大的愕然，本以為是有勇無謀的莽夫，豈料在危急關頭看的比誰都還要透徹。

此刻独孤客都不免自嘲。

想不到啊……

独孤客與米水旺交流不過數息，九笙、許瑞兩人已有了動作，銀鈴、盾劍，一左一右呼嘯而來，無須言談，默契自生，朝各自的對手襲去。

米水旺本就是負傷之軀，交手瞬間，敗相盡現，順勢送了独孤客一程，只要出了富貴山莊，須家大軍在外嚴陣以待，還有一搏生死的機會。

「沒機會了！」

米水旺愕然之舉，著實在許瑞意料之外，手中盾劍守得更加嚴實，蓋特軍團五人一隊，散如星子，片刻成陣，閃轉騰挪，攻防一體，独孤客左衝右突，仍被困在蓋特陣中，情勢如此，独孤客頹然的放下手中數處崩口碎痕滿布的鬼頭刀。

「認栽了。」

「嗯？」許瑞眉頭一挑，滿臉狐疑的看著独孤客。

「我看起來很好騙？你現在放下兵器，緩緩走過來。」許瑞躲在黑金巨盾後，時刻堤防独孤客發難。

「你蓋特軍團圍的水洩不通，我能去哪？」

一旁被九笙擒捉的米水旺看到独孤客引頸就戮，米水旺兩眼一翻，一口心血差點沒吐出來，神色怨懟的看著独孤客走向許瑞。

只見独孤客將滿是碎痕的鬼頭刀插在原地，一步步，向許瑞走去，算計的心思，半分未滅，警惕的盾劍，寸步不讓，原本頹首徐行的独孤客，抬頭看向許瑞卻是一抹自信的張狂。

不好！

不待許瑞反應，独孤客足踝上極其隱密的絲線牽引插在原地的鬼頭刀，這一腳，可說是用了独孤客的餘力了；不是沒料到独孤客會發難，許瑞黑盾格在身前，鬼頭刀帶著独孤客足上勁力，慣性牽引，一聲鏘然，黑盾與鬼頭刀劇烈碰撞，鬼頭刀龜裂，碎片如利刃激盪十方，盡朝蓋特軍團方向襲去。

許瑞黑盾在前，欲出聲提醒已是太遲，独孤客蓋特軍團陣勢大亂，一腳踩在黑盾之上，借反彈之力衝入人群，混亂中只聞独孤客猖狂又卑劣的笑道：「你聰明一世，怎麼被我騙了呢？哈哈哈哈」。

片刻後，蓋特軍團幾名小隊長請纓追擊独孤客，許瑞一擺手，目光深遠的看著金烏西下的天空，沉眉嘆道：「無妨，且讓他去吧，他今日透露的事，可有得忙了……」

富貴山莊戰事底定，聽聞冬柏告知的須家大軍，九笙、許瑞稍整齊鼓後，妥善將隱翼傷勢穩定，準備向外撤軍，面對須家的螳螂捕蟬之局。

富貴山莊人去樓空，有道人影緩緩自莊內走出，那人血衣罩身，其貌不揚，手中硃砂劃去冊子上代表黑暗王朝的一頁，那硃砂將「独孤客，鬼頭刀」六字劃去，闔上血冊，撕下黑

暗王朝這一頁，隨風飄落在鬼頭刀碎片之上，落款處寫著四字。

「血兵抄錄」。

＊　＊　＊

富貴山莊烽煙漸熄，山莊外，一人白衣玄劍，抱胸昂立山頭，鷹視戰團列陣，須家六星戰陣，雖因玄陰衛而被迫拉長戰線，仍不失陣勢之玄妙，須無盡好整以暇，從容備戰，當初米水旺尋上自己，須無盡一直為了今日之戰養精蓄銳，擊殺桃源一脈、擊潰正道群俠，以祭須家先人在天之靈。

「來了嗎？」

料定山莊戰事，正道人馬疲弊，尚不足為患，須無盡望向大軍後方煙塵直撲而來，手中玄劍倒轉，陰風軍變陣，俯視而下，六芒星陣化成兩座鋒矢陣，陣形如兩道劍鋒，一對富貴山莊內部，一對即將來馳援的桃源一脈。

白語缺一馬當先，抄起隨身鐵棍，氣勢洶洶而來，知道須無盡心計深沉，根本不給須無盡開口的機會，一手臨江仙棍，掄開天之勢，斧劈而來。

同樣的兵將對捉，陰風軍雖一分為二，兵力優勢仍大於白語缺帶來的兵馬，須無盡稍微判斷了下戰勢，或許是因為勝券在握，少了三分謹慎，不採取消耗戰術，玄劍青霜舞動，未出鞘，一聲錚鏘兵響，白語缺瞇起了眼睛。

「這狗東西原來還有這種實力。」探不出須無盡底線，白語缺不敢托大，棍轉七分守勢，卻仍然大開大闔，盡量吸引須無盡的目光，好掩藏自己帶來的大殺器。

「哼，不知所謂。」須無盡欲速戰速決，起手落式不再保留，青霜出鞘，正奇並使，玄劍如蛇纏繞棍上，輔以剛猛掌力，白語缺應招不暇，頻頻受創。

即便受創，白語缺仍不讓分寸，死戰意圖明確，不禁讓須無盡心中起疑，須無盡長劍背抵，劍守周天，狼顧方圓。

白語缺有反常態，但現場毫無異狀，那心中這份異樣感是從何而來……

須無盡心中疑問，盡付手中寒鋒，飛身旋劍，白語缺格擋一劍，必中一掌，每閃一掌，必受一創，心中一陣惱火，不經意看向桃源人馬中的黑影。

此劍內力堪比宗主，須無盡這是吃了欒？柳小鬼還再不出手，小生就要撤了。白語缺心中一陣叫罵，手中長棍仍是舞的密不透風，只為給這個大殺器博一瞬之機。

當日從水都苑率軍馳援富貴山莊後，梅霓派出的人馬帶來了九笙從仙宗留下的後手，若說梅霓的底牌是秋霜夢焉，按照九笙算無遺策的性子，這種親身赴往戰場的局面，自然也留下了一個底牌，一個在昀泉十二氏之外，另一個外姓高手。

此人孤傲獨行，被仙宗墨宗主所相中帶回，並雪藏至今，若非殺字旗詭譎難測，九笙打死也不會向仙宗要人，不過十二氏之間彼此芥蒂仍存，墨宗主雪藏的這名高手，自然是九笙

心中最佳的不二人選。

「敗亡之局，何必苦撐？納命來。」須無盡長袖一揮，鞘斂青霜，劍指九地，白衣翻袂中，無數黑蟲吞天襲地而來，正是須家名招。

「陰風愁慘！」

面對桃源一脈，出手無需顧慮，須無盡挾帶黑蟲奔來，黑蟲洪流吞噬瞬間，只聞白語缺一陣叫罵。

「小兄弟再不出手，我就得問候你祖宗了。」白語缺溫文爾雅，說話極少不文，當此危急關頭，已是使出了渾身解數；此話一出，桃源援軍中的灰色人影，動手了。

「嗯？」須無盡挑眉看向白語缺所言之方向，果真有道灰影從人群中竄出。

飛鴻踏雪泥，劍虹不現蹤，須無盡聽音辨位，瞳仁瞬間放大數倍，青霜轉動，亙立身前，那無形無跡的一劍輕描淡寫刺來，恰好擋住襲來的劍鋒，須無盡導氣於足下，卸下萬鈞勁力，連退七八步方才停止，反觀出招之人卻是文風不動，整個人宛如一口藏鋒砥礪的利劍，內斂又凌厲的逼著須無盡。

須無盡看似狼狽，實則一是有輕敵之因，二是使用陰風愁慘有七成力道全打在白語缺身上，此消彼漲之下，須無盡自然就落入了下風，不過如今修練陰風愁慘的神功在前，又不惜利用魔丹提升功力的這副功體，那道劍虹竟能占了上風，須無盡對那道灰影又多了三分警

惕。

「桃源一脈還有高手？」為報須家之仇，須無盡針對桃源一脈可是下足了功夫，面對未知的高手，須無盡瞇起雙眼，審視眼前這道毫無感情的身影。

就在桃源援軍到來之前，富貴山莊內的玄陰衛及正道殘軍也開始向外突圍，須無盡早前布下的兩道鋒矢陣開始發揮作用，足見須無盡用兵正符「料敵機先」四字，雙方交戰正酣，須無盡卻只能無視當前戰況，只因眼前之人牽制自己大部分的心神。

「嚴格來說，桃源一脈才是我宗的高手。」灰影寬鬆的衣物罩面，只見得流瀑墨髮垂落及腰，加之戰場上的沙塵揚起，須無盡無法辨別來人面容，單從聲音判斷，約莫二十出頭的少年。

此話一出，須無盡腦海浮起了九笙那張人畜無害的笑容，那行策先安排退路的智者，最令人討厭。

「都說九蛇氏智多近妖，仙宗出了妳 個九笙，實乃仙宗之幸。」九笙智多近妖，須無盡也是才思敏捷之輩，面對眼前不知名的高手幾句話的信息，便已推敲出這一手段是誰所排布，當面不禁誇讚了九笙幾句。

「或許吧，但她對我而言，是不幸。」少年想起了被支配不悅。

哦？看來有戲。須無盡看事有可為，正想要搧風點火一番，以探虛實，開口道：「須家

未曾冒犯仙宗，且如今仙宗內部局勢未穩，不如各退一步，日後也有合作之機會？」

瞅著白語缺受陰風愁慘而重傷，這下不死也得廢了半數功體，這口氣算是報了，那多一事不如少一事，提出各自退去的提議，也好摸清來人的立場。

「提議不錯，告辭。」少年拱手一拜，身形爆退十餘丈，拉著白語缺傷軀，向桃源眾甩去，長劍無情出鞘。

面對須無盡這等算計之輩，少年這一舉動讓須無盡一時未及反應，只見少年長劍甩動，輕描淡寫，毫無多於動作，所過之處，摧枯拉朽，無人是其一合之敵，須無盡從原先的謹慎應對，逐漸轉化成憤怒。

青霜劍出，並地波瀾，須無盡功體雖高，輕功卻無少年修得精深，少年行招踏雪無痕，殺人往往只需一抹寒光即屍首分離，須無盡劍式雖妙，卻是屢次落空，幾百招下來，陰風軍最少死了百人。

少年這般無賴，不禁把須無盡氣笑了，即便與棋逢敵手的九笙鬥智，與桃源一脈高手鬥招，都沒眼前少年這般無賴打法來得難受，少年自恃輕功卓絕，專殺兵員，不與硬鬥，須無盡氣惱之下喊道：「站住！可敢與我一戰？」

「不敢。」

我問候你家人！

須無盡心裡罵了少年底朝天，少年的戰術確實奏效，須無盡用兵如神，若不將陣勢打亂，己方要啃下須家並定要付出不少代價，因此少年一番砍殺，傷亡全是陰風軍中軍之處，陰風軍軍紀嚴謹，為了維持陣勢運作，勢必會縮小陣局，牽一髮動全身，一陣動則大陣動，這也是九笙臨行前的叮囑，所謂慧極必傷，九蛇氏在仙宗一向不被待見，但對於九笙提出的計畫，一般來說都是仙宗最好的選擇，因此少年想都沒想就執行了。

上行下效的結果開始看見成效，不單只是少年，桃源一脈全軍基本上都在效仿少年的戰鬥模式，戰局則緩緩向外移動，正迫殘軍及玄陰衛即將突破富貴山莊的封鎖範圍，一旦失去地利，須家倒會成為被夾擊的目標，須無盡恢復三分冷靜，重重的嘆了一大口氣。

「撤軍。」

心中雖是不甘，但戰局若再拖延，恐怕富貴山莊就是陰風軍的墳場了。

「這樣就撤軍？你甘心嗎？」少年停下動作，同時，也看向停下動作的須無盡。

對於用兵造詣，須無盡極有自信，哪怕是昔日叱吒風雲的羽家軍，也未必高出自己多少，收劍負手傲道：「陰風軍依照地利狙擊甫經大戰的殘兵才有優勢，失去地利、失去補給及資源，陰風軍只會成為孤軍。」

少年還劍入鞘，似懂非懂地看著須家撤軍路線，眼神斜看天際思考道：「九笙要我轉達一句話。」

「何話？」

「棋逢敵手，平生罕見，再開新局，請君，呃……入甕。」少年思考答道，末了還拿出隨身錦囊一看囊中內容。

「殘局未竟，何來新局？」須無盡笑道。

「喏，看看後方。」少年用拇指向身後比劃了幾下，一支軍容壯闊的軍隊，各個手持流星雙錘嚴陣以待。

「忘了告訴你，這支雷虓軍，才是真正的後手，真正的底牌，試想失去陰風軍的你，又能翻起什麼風浪呢？」

一陣詭異的靜默與沉思後，又是另一番血戰，真正的生死搏殺，須家全軍背水一戰，狼煙再起，天地愁慘，傳聞陰風軍此戰後僅十餘騎隨須無盡衝殺而出，陰風軍此役將近全滅，須無盡血戰三軍夾擊，下落不明，單就戰場留下的青霜斷劍，可想而知必是慘敗而回。

＊　＊　＊

先有朝廷九督統隊給予江湖宗門施壓，後有殺字旗、敵無涯等魔頭禍世，又傳出朝廷與敵無涯等人之聯盟暗中勾結，以敵無涯等人名義強占宗門領地，隨後派遣九督統隊收復國土，朝廷暗中作手，欲效當年五絕欲反一案，壓制江湖諸多宗門。

朝廷手段頻頻，為因應此事，許瑞早在召集聯軍進攻富貴山莊前，便與彤雪門合作聯繫

穗落堂、雲樓、桃鄉客棧、天風浩蕩、昀泉仙宗、任情自在莊等六大宗門，還另外找回有對付九督統隊經驗的桓嶽府舊部，還有現存五絕之一的上官風雅所居的「恬逸松居」前來。

江湖正道絕大多數的菁英力量皆匯集於此，相較二十幾年前叱吒江湖的眾多宗門，如今的凝聚八宗會武，可見朝廷對於江湖宗門的發展限制及壓制。

作為發起人的許瑞，原先對於八宗會武的態度本來只是抱持觀望的態度，但經過富貴山莊一戰，許瑞班師之後，決意孤注一擲，八宗會武勢必得推出一名盟主，唯有匯聚正道的所有力量，才能應對如今越發險惡的成長環境。

江湖雖有智計卓絕、統籌大局之輩，但一般來說，江湖人解決問題的方式還是離不開一個字，那就是「打」。

八宗會武之局仍然依照江湖的規矩辦理，令人意外的是，雖江湖傳聞九笙與穗落堂私交甚篤，但本次八宗會武九笙竟然直接代表穗落堂出戰，尷尬的是，八宗會武之中，同樣有代表仙宗的隊伍參賽，仙宗內部局勢之詭譎，由此可見一斑。

而早前於湘河失蹤的雲樓樓主，在八宗會武之刻回歸，此次回歸雲樓有別以往獨來獨往，反倒與林氏茶莊的二小姐形影不離，八宗會武，宗門匯集，此情此景見之，江湖人士議論紛紛，凌雲雁倒是豪氣，直接牽著林名的手代表雲樓參戰了。

凌雲雁豪氣歸豪氣，向來對感情麻木不仁的他，如今這番舉動，連隨著許瑞一同主持的

雲樓老祖都不免瞪大了那雙骨碌碌的貓眼。

有江湖人士帶著眾人滿腹的疑問正要開口問道，凌雲雁頂著那刀疤臉搶在那人開口之前答道：「沒什麼好問的，就是你們見到的那樣。」說罷，眼神看向與林茗交扣右手。

凌雲雁不擅表達感情，能做到如此地步，眾人已是備感驚奇了，還是許瑞及時將話題導回正軌，眾人才沒繼續追問下去。

眾人匯集雲樓，如今雲樓之主亦回歸，此時的凌雲雁在七大宗門面前，將朝廷授與凌雲雁的那套官府呈於眾人面前，對於早前朝廷驅虎吞狼之計，許瑞及臨光等人商討早有應對之策，凌雲雁回歸的第一時間，許瑞早將講稿塞給凌雲雁，講稿上寫的蕩氣迴腸，萬分煽動。

凌雲雁揣著講稿看了一眼，拉著那身華美官服，豪氣喝道：「朝廷欲使江湖宗門不睦，而驅本宗為虎，行吞併他宗孤立之計，誠然……」

這都寫些什麼……

凌雲雁眼神一凜，劍意勃發，將手上那套華美官服碎綢毀縷，兩手拍了拍，誠懇地看向其餘七宗說道：「這也沒什麼好說的，這就是我的立場。」

許瑞看向老祖，投以一個徵詢的眼神。

「也是雲樓的立場。」

臨光百年歲月，沉著內斂，什麼大風大浪沒見過，面對如此情況，當下站起表態又補充

了一句。

雲樓表態，其餘七宗縱使心有疑慮，人家直接行動表明了立場，也不好多說什麼，但八宗菁英齊聚，那是誰也不服誰，許瑞早有應對之策，江湖事，就有江湖的解決方式，而「以武為尊」正是最快的解決方式之一。

不過三日，八宗各推派代表出戰，八宗會武是由許瑞及彤雪打雜工所策劃，除了八宗會武之外，打雜工退居幕後，暗中組織「孤鴻燈」用以對抗武林潛藏暗流，如此「明有八宗，暗有孤鴻」，此計也是與許瑞商討許久而得，打雜工為了不讓計畫曝露，便早早退出八宗會武的舞台。

雖然此次在雲樓匯聚，許瑞做為號召者，自然也代替凌雲雁主持大局，接下來一個月，八宗高手於霧淖決戰，八宗各領風騷，奇招妙式紛現於世，除了上官風雅、九笙等江湖名宿參戰之外，梅霓、冬柏等後起之輩也參與其中。

而後數月，為了奪得頭籌，宗門之間甚至起了聯手奪帥的算盤，一番捉對廝殺之後，八宗勝負逐漸明朗，決賽當日，還在擂台上堅持的六人，各自分立戰局，風沙吹盡，看清台上六人面貌，左側三人，一人橫劍當空，負手而立，那人劍上竟還有一人足尖輕點其上，可見輕功之卓絕，赫然是雲樓翹楚，凌雲雁、臨光二人。

「樓主劍藝蓋天，老祖寶刀未老，在下總算見識了。」一站在左側的第三人，正是上官風

雅，自上回與皇甫殤凜分離之後，上官風雅一路尋找太歲行蹤，一查之下竟追蹤到了霽雪身上，此番與會除了代表恬逸松居參戰，正巧藉霽雪一探太歲虛實。

「你我俱在，可惜……流雲已隨風去，三逸始終缺一。」凌雲雁看向同樣橫劍的上官風雅，心中不由得一番感慨，豪氣笑道：「不知風雅兄可有意聯手，咱們之後再分勝負。」

「正有此意，樓主的縱橫劍法，上官風雅早就想見識。」上官風雅腳步挪移與凌雲雁同一戰線。

「風雅兄的紅塵五劍與四訣劍意，在下也有意一會。」

「既然如此，那便先奪下這局，你們再另分勝負吧。」臨光老祖戰意昂揚，很大一部分原因是因為殺字旗之事讓自己都栽了，此次參戰，臨光全力以赴，也順利到了最後的決賽。

左方三人已達成共識，右方三人都憋著不說話，大眼瞪小眼的模樣竟噗哧笑了出來，一名少年身著青衣，長髮垂腰，以青冠束起略添皓白的黑髮，還帶著笑意看向剛才在擂台上大吼大叫的漢子問道：「喂，鬼吼鬼叫的，你叫什麼名子？」

那大吼大叫的漢子正是當年與一心宗戰得難分難解，有「無影半形」之稱的泰然，泰然當年與一心宗交手後一戰成名，卻甘於平凡，獨自於將軍城內開了間飯館，其中更是發揚了幾道將軍城名菜如「生死油煙燻雞」、「驕傲雪凝糕」、「悠然自得西米露」等菜，此次泰然用黑紗蒙面而來，那少年自然是認不出的，但方才三人相視一笑，彼此身分猜了個

七七八八，泰然索性拉下黑紗。

「果然是你，泰然！」這名青衣少年恰巧就是白然君座下六弟子，賭仙染霏之胞弟，雪寒凜，由於其姊在不夜城賭場有賭仙之名，自然與同在賭場闖下「三泰子」名號的泰然有一定的交情。

「是我是我，別這麼大驚小怪，八宗會武這種盛事，我當然要來替飯館招攬生意，誰知被人一陣推擠，就不知不覺待在這了。」泰然沙啞的聲音說的莫名其妙，完全沒意識到他處於「決賽」的擂台之上，聽的雪寒凜眉頭頻挑，狐疑的看著泰然。

就在泰然大吹牛皮的時候，一隻蔥白玉手從泰然身後伸出，纖細又指節分明的五指卻是狠狠捏在泰然的耳垂上，雪寒凜順著方向看去，女子身著西域薄紗，長直黑髮披肩在後，一雙水眸裡彷彿有著星辰大海，雪寒凜方才一眼就認出了來者的身分。

按照輩分來說，悠希算是自己的師叔，也算是自己的師娘，但雪寒凜自微末之時便與悠希結識於將軍城，就沒有去在意這個身分上的隔閡，看到悠希熟練的欺負泰然的模樣，雪寒凜甚至以為現在不是八宗會武，而是在將軍城的泰然飯館。

面對凌雲雁、上官風雅等江湖前輩，雪寒凜三人不待言，默契自生，泰然笑咧咧的向凌雲雁說道：「樓主，這次咱們各憑本事，別手下留情啊。」

泰然雖於將軍城外自立門楣，但畢竟出身雲樓，因此才向凌雲雁打個照面；未待凌雲雁

回覆，上官風雅見勢取機，憑虛御風，凌空借力，滄海紅塵凌厲出鞘，直取速攻之法。

上官風雅劍藝成名已久，其好友無始劍仙的劍舞紅塵如今更是遍布天下，雪寒凜也不例外，劍法中或多或少融匯了兩位前輩的影子，手持雪家的六出白舞劍，橫空擋下上官風雅的劍勢。

「曾有不少人稱我為仙人，可知這仙字從何而來？」

上官風雅、雪寒凜雙劍相抵，上官風雅看似自問自答，實則攻心之舉，自顧答道：「除了詩劍雙絕之外，還有一五行八卦之學，出發前曾給自己算了一卦……」上官風雅意味深長笑道：「若敵無涯此刻前來，只怕咱們的比鬥片刻就能結束了。」

想到敵無涯在霧淖的種種事蹟，雪寒凜心中簡直要蒙上一層陰影，卻也在內外交逼中催發潛能，一劍劃開了上官風雅的袍子，搶了一先。

「上官老雅，都多大歲數的人了在那嚇小孩子，當真臭不要臉。」人群中一陣細微的誹腹，仍然逃不過上官風雅敏銳的五感。

鰻魚？

上官風雅扭頭一看，險些又要中了雪寒凜的劍招，對方資歷雖淺，劍法卻出奇不意，上官風雅只得全神應對。

泰然出自雲樓，這數月期間林茗自然也與泰然混了一個臉熟，林茗見與凌雲雁先被人奪

去一先，心中一陣緊張，連手中茶杯都給捏碎了，茶杯碎裂的聲音過於明顯，擂台上的泰然看了一眼林茗笑道：「這麼氣啊？」林茗自然沒有好臉色給泰然，一不注意，凌雲雁長劍急攻而來，險些被凌雲雁削了眉毛。

「第一次看見你們取了上風還會生氣的！」泰然雙拳急擋凌雲雁縱橫劍法凌厲攻勢，格擋之間，還不忘逞口舌之利。

「說的我都想上擂台揍你了。」林茗臉上仍掛著微笑，但撩起袖子嶄露的殺氣，絲毫不遜台上龍爭虎鬥，泰然見狀脖子一縮，恰巧閃過凌雲雁襲來一劍，兩人戰至擂台對角，又聽泰然遙聲說道：「單挑可以啊，我的單挑規則就是骰出三點的無條件勝利！」泰然這是暗道自己在賭場上「三泰子」的名號要唬林茗。

「還有這種事？那你豈不是穩贏了？」凌雲雁笑的越狂，手中細雨斜陽舞的越狂，泰然收斂心神，雙拳虎虎生風，重現當年獨對一心宗的雄景。

「怕你不成！」林茗以雙劍削在石子上，不一會竟讓她刻出三顆六面石骰，還真有一搏的架勢，但隨著凌雲雁使出更上一層的縱橫劍法，泰然表情逐漸凝重，轉攻為守，力求不失。

最終之戰七招為勝，泰然、雪寒凛皆取得戰果，反觀悠希與臨光之戰，一為風雨名門之後，一為霜嶽三妖之一，兩人交接試探，保留七分，臨光緹帶抛擲，挾帶真氣寄物之巧，悠

希一時不慎被緄帶震退三步，雙方交掌退開，悠希輸了半招，臨光暫取一先。

本欲乘勝追擊，但悠希畢竟名門之後，豈是庸手，精妙身法瞬間退開，臨光斜睨緄帶，幽怨道：「實在太令人難過了。」七招勝負，本以為己方聯手，此局唾手可得，戰至如今己方不過勝了一招，也怪不得臨光心累。

轉頭看向另外兩處喊道：「給點力，你們一人再勝個三招，咱們就勝了。」臨光嘴上說的輕巧，心中自然知曉此戰難就難在「分寸」二字，面對這些後生晚輩，全力以赴被說以大欺小，留力留手則造就如今進退兩難窘境。

凌雲雁回道：「沒問題，若真有問題，剩下六招全看老祖了！」語罷，縱橫劍法捭闔十方，封去泰然上下退路，打的泰然狼狽的在地上翻了三圈脫出縱橫劍網。

臨光心思一橫，緄帶彌天旋起，罩住悠希周身，悠希慣著薄紗，一時之間竟見緄帶將自己包了一個嚴實，柳眉微顰，伸手取下繫尾髮簪，只聞得楚楚幽聲，如吐蘭芳，悠希柔道：「老祖緄帶包了這麼緊，不嫌太擠嗎？」蔥白玉手輕拈瑰赤髮簪，如蝶舞蜂旋，一劃破困局，扳回一城，勝了一招。

僥倖勝得一招，終究未脫少女心性，自豪挑眉看向泰然與雪寒凜，但一人與上官風雅鬥劍無法分神，一人被凌雲雁追的上天入地，顯然無法共享悠希的喜悅。而在悠希分神瞬間，臨光瞬間調整態勢，緄帶纏攻而上，又勝了悠希一招。

泰然心知不敵凌雲雁，以拖為主，不與硬碰，哪知凌雲雁見臨光取勝，戰意越發兇猛，飛劍脫手，正有凌雲飛雁之勢，還是泰然眼疾手快，細雨斜陽削去泰然衣角，凌雲雁勝了一招，不忘向臨光讚道：「果然給力，看來今日全看老祖了。」

泰然心中簡直鬱悶，這才不過與林茗拌嘴一會，樓主整場窮追猛打是幾個意思，還未及思考，凌雲雁蕩劍疾攻而來，泰然只得滿場狂奔，本想向雪寒凜求援，轉頭一看，卻見六出凋敝，霜花盡馳，雪寒凜顯露敗相，上官風雅連取兩招皆勝

眼見上官風雅連勝兩式，凌雲雁揶揄道：「終於醒來了是吧？」七招取勝，只差最後一招，三人鬥志昂揚，加元倍功，全力以赴。

泰然方三人也是堅持不懈，雖然被凌雲雁滿場追擊，泰然仍是靜待反擊時機，奔走之間無奈道：「這樣都能給你們逆轉。」

「沒錯，你識相點，趕緊停下來讓一切都結束吧！」凌雲雁在泰然身後緊追不捨，表面上是窮追猛打，心中也只能暗暗與泰然道歉，誰讓你沒事與林茗拌嘴呢！

一瞬失神，反倒讓泰然有機可趁，一記重拳打在凌雲雁斜陽劍身之上，其力道之重震的凌雲雁虎口發麻，又使了步陰招，使得凌雲雁連退數步方止，兩招下來，泰然方又取下兩招，雙方皆各取六招，皆待最終關鍵一式。

兩方卻是極有默契的停下了動作，片刻的時間各自調整了氣息之後，雙方六人交手，盡

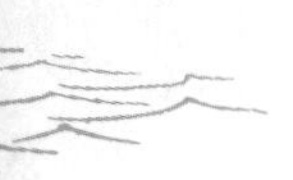

是目不暇給的速攻，誰也沒料到泰然三人竟能戰至如斯地步，誰也料不到，凌雲雁三人功法招式還能精妙如此，八宗圍觀之人無不屏息觀戰。

最後又經歷長達一個時辰的內功搏鬥，終在金烏西下之刻分出勝負，但這八宗主事之選，竟跌破眾人眼鏡，悠希瀕臨敗陣之際，髮簪疾射最終一擊，凌雲雁因高強度戰鬥略顯疲憊，隨意將髮簪格去，豈料悠希與臨光對戰之時，現學現賣真氣寄物之能，髮簪上的氣勁，劃開臨光緄帶；臨光還算躲得及時，但站在臨光身後的上官風雅就沒這麼幸運，正面挨下了髮簪上的氣勁，至此，七招勝負明瞭。

場上六人非是首次交手，猶記八宗初戰時，凌雲雁、上官風雅便聯手劍傲蒼穹以迅雷之勢大破泰然、悠希等人，時至今日，江湖代有才人出，見雪寒凜等後生晚輩青出於藍，凌雲雁等人雖敗猶榮，因為這也證明了，將有人能夠代替他們繼續守護這片江湖。

這場嘆為觀止之散終將落幕，許瑞心中暗自計較，悠希雖為名門之後，但交集卻遍布正邪二道，加上背後宗門資源，某方面來說更能有效打擊殺字旗以及……独孤客留下的隱患。

根據独孤客留下的線索，無始劍仙……應說是無終劍魔留下劍譜之處，皆為水脈匯集要處，當年西山決堤，只怕也是黑暗王朝暗中作手之一，為查明真相，許瑞離開富貴山莊後，重兵把守江湖市集之口，以防殺字旗藉八宗菁英離開時趁虛而入。

所幸如今已匯聚八宗力量，亡羊補牢，猶未晚矣。

許瑞走上主持台，正要說明戰況時及未來策畫時，空中突兀的闖入一名蒙面人，那人支吾不言，又一身真氣勃然，將發未發，當此殺字旗橫行殘虐的敏感時刻，眾人紛紛抽出兵器指向該名蒙面人。

「站住，別再靠近了。」

蒙面人本就負傷，有口難言，慌亂之下只得用行動表示，艱難的發出沙啞的聲音。

「我……我不是……。」

智亂天下（十一）

勁拔擎嶽九州藏

話說回冉星殿創立，霽雪因服魔丹，後應天命自縊而逝後，閉門弟子元鈩遵循先師遺願，尋上悅霖宮家與時家等世族大家，而後幾大世家共創冉星殿，因霽雪對諸家當家有教育之恩，遂以宮家無殤為首，創立冉星殿，因閉關參悟君仙劍法，任命元鈩為冉星殿司簿，暫與長老穆落明共理殿中大小事務。

悅霖宮家以茶商貿易聞名，宮無殤為悅霖宮家不世出的少年高手，有「烏髮血瞳、墨袍仙劍」之稱，一手君仙長劍出神入化，自然也成為冉星殿立足之本的一項因素；冉星殿的成立是由幾大世家共同組成，除了奉師命而來的元鈩、悅霖宮家之外，就屬當地頗有名望的穆家及時家，穆家耆老穆落明受宮無殤之延請而出，身居冉星殿五星閣主之一。

除了宮無殤、穆落明、元鈩之外，冉星殿中不可或缺的一支世家力量，就屬時家為最，時樂蘋一襲青衣棕髮，柔若凝脂的素手上掛著一條祈求平安的紅繩，粉黛酡顏，朱紅唇染，這位時家二小姐也被任命為五星閣主之一，因大姊時樂愉身亡之謎，對殺字旗可謂深惡痛絕，早前更拜碧血潛川院之主劍青魂為師，位居「九魂」之一，而後獨自追查大姊時樂愉身

亡之因，這才與宮無殤一同創建冉星殿，欲正面對抗殺字旗之威脅，

面對未知威脅，不但八宗先輩共商對策，冉星殿也不遺餘力，可說開創一個臨時庇護之所，江山代有才人出，一念、玄塵、文浩然、皇甫殤凜四人各有機遇，義結金蘭成「潛淵四傑」再說回市集當日，一名白髮少年，眸中赤瞳散出異芒，俯首沉笑，透漏著一股詭異妖紛。

傅曉蘭與一念分道揚鑣之後，看見白髮少年詭異舉動，心中一奇，便上前觀視，白髮少年抬頭雙眼突露凶光，兇殘劍氣爆射，傅曉蘭武感敏銳，雙足穩立，二字鉗羊紮馬，向後彎去半個腰身，劍氣曲折迴繞不定，傅曉蘭心有警覺而躲去突襲死劫，迴繞不定而凝聚的劍氣，卻是殺向一旁無辜之人。

「墨嵐！」

上官墨嵐出自上官氏旁支的世家弟子，初入江湖，未知世道險惡，傅曉蘭避過致命劍氣，劍氣卻聚合殺向上官墨嵐，僅僅交接一瞬，傅曉蘭已知來者身分，白衣少年抬眼望去，赫然是潛淵四傑之一，槐序仙，玄塵。

無辜之人莫名被眼前邪人殺害，傅曉蘭怒視而去，玄塵天生一雙赤瞳，此時竟顯七分狂邪，不見名招九霄熾炎，倒是手中無名軟劍勢走偏邪，一挑一掠，傅曉蘭自腰間抽出一對八斬刀，瞬間貼身奪橋，緊捉對手中線。

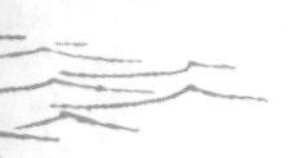

「你不是玄塵！」

劍氣曲迴如邪，陰狠毒辣，一如傳聞尤玄邪劍，眼前少年，雖仍是玄衣玉顏，已有人猜出其真實身分，殺字旗六大高手之一「鬼途劍煞星猶玄」，玄塵面上冷峻，更顯三分怒容，要報前回刺殺倪子翔失手被擒之怨。

八斬刀法「膀攤枕耕、滾斬割剒」，八字刀訣環環相扣，雖遜油旋一籌不止，一腔碧血、一身熱腸，豈能袖手旁觀，豈能坐視不管，傅曉蘭雙刀劃圓，已是盡己所能，盡力將狂亂爆射的劍氣擋下，仍無法避免無辜傷亡，八宗主力皆離開主城，油旋頂著玄塵那副冠玉俊顏，來回衝殺，不知殺傷多少無辜俠士，留下猖狂笑聲，翻簷踏瓦離去。

傅曉蘭勉力擋下所有狂亂爆射的劍氣，見油旋翻身逃脫，嬌叱一句：「賊人休走！」反握兩口八斬刀三兩步便踏牆追上，而油旋奔逃之際仍有意放緩腳步，對傅曉蘭投以詭異且挑釁的笑容。

傅曉蘭一路追擊，油旋欲擒故縱且戰且退，石灰、毒針等損招層出不窮，傅曉蘭扯下一塊衣角掩面以避石灰，無論傅曉蘭提速多快，兩人距離始終保持不變，這樣的追擊持續將近一日，油旋仍是遊刃有餘，反觀傅曉蘭倒是有些氣力難支，地形從主城至闊野，從闊野至密林，密林古樹高可參天，蒼綠疊翠，傅曉蘭追至密林卻是失去了油旋行蹤。

密林不遠處一座山頭，層巒疊嶂，曲迴盤繞，心中雖是忌憚油旋暗施黑手，但想起這段

時間無數慘亡於他手中之人，傅曉蘭憑藉這股怒意，硬是跟了上去，卻不曾想，當獵人反成獵物，那將面對可不止死亡如此簡單。

「窮追不捨，意欲何為？」油旋此時仍是頂著玄塵那張俊秀的面容，高辮束起的白髮，一雙赤瞳易容的唯妙唯肖，傅曉蘭有膽識追擊自己至此處，油旋讚賞之餘，同時也暗中策劃另一樁陰謀。

「殺字旗邪殘濫殺，人人得而誅之，除你，需要理由嗎？」傅曉蘭武功雖非上乘，卻也有一身俠肝義膽、也有一腔豪情壯志，殺字旗禍世，但凡有志之士，無不視之寇讎，右手八斬刀在手腕上繞了一圈，刀尖指向油旋怒視。

「可笑，可笑，世上何來正邪？不過成王敗寇罷了。」

油旋背倚山口，皓月清輝透過洞口直射，墨袍迎風吹拂，令人看不清此時情緒，似是而非的回答，聽似悖論，卻也抨擊傅曉蘭一直深植的信念。

「若邪非邪，何來分說？」

「這也不是你們達成私慾的理由！」

悖論邪說，妖言惑眾，傅曉蘭一聲怒喝，兩口八斬刀「咻！咻！」兩道清脆銳利的破風聲，迅疾射向油旋而來，於油旋接話之既、借雙方地勢的高地差距突襲，時機、角度、刀道皆恰到好處，油旋手中利劍未出，劍柄左右一拍，框啷兩聲，八斬刀應聲落地，兩道刀光卻

江湖 三部曲

是虛晃之招，傅曉蘭知道自身優劣，根基、招式皆遜於對手，貼身短打，一搏勝機！

「呵呵呵，有趣。」

一道喑啞聲線變得陰陽莫測，油旋臉上掛著那張玄塵的面龐，一口裂嘴齜笑，眼中一抹戲謔眼神，兩人四手互相纏鬥，山壁之後，人聲鼎沸，月光拂照之下，八宗旌旗獵獵；山峰之上，廣寒清秋肅寂，一者短橋貼身，聽勁卸力，奈何邪人功深氣沉，縱借卸力之巧，仍頻添傷勢，一者指爪殘狠，攻即必殺，五指倏張，指上骨節分明，兩人一來一往，交手已過四十招，一攻一卸，攻防轉力之間，高下已判。

「剛不可久，柔不可守，你卸的了幾招？」油旋故露空門，傅曉蘭癡於武，崇尚武德，焉知江湖險惡，一見賊人空門大露，不假思索便舉掌攻去；豈料身形早已被對手掌握，故露的空門，頓成箝制的死門，油旋五指反扣，傅曉蘭右手被制，傳來的痛感撕心裂肺，油旋加重五指施力，扭曲的右臂更加嚴重，硬生生卸掉了傅曉蘭右臂。

「啊！你……」傅曉蘭心下一驚，忍著疼痛，左掌反擊之勢已臨，油旋雙掌靈活多變，同樣的路數，傅曉蘭左臂瞬間又被五指扣住。

「噓。」

油旋將食指悄悄伸在唇前，眼中一抹凶光，油旋五指併攏成刀，一抹利勁劃過傅曉蘭咽喉，頓時血花飄散，濺如瑰詠，在對方驚恐又不甘的眼神中，油旋感受十足的愉悅，一點傳

曉蘭周身大穴，使其動彈不能，又能精準控制血流速度。

油旋將自己夜行衣強行套在傅曉蘭身上，包覆的嚴嚴實實，伸手撫摸順著對方前額說道：「我啊，最厭惡有人鬼吼鬼叫。」油旋將傅曉蘭一路拖行至山壁洞口，臨風眺望八宗齊聚之地，清涼夜風撲面，油旋擦著額前熱汗，看著一路拖行留下的血跡，被拖行的傅曉蘭奄奄一息，拍頭安慰道：「這樣安靜多了。」

「現在我們就來看看，你口中的正邪之分。」

油旋將傅曉蘭置於山洞口，雙手環胸，神情彷彿飽覽群麓，夜遊山景，叮嚀道：「你的穴道再一刻後便會自動解開，而你將會順著山勢，一路……滾落至八宗之中。」油旋將接下來會發生的事，說得言情並茂，生動活潑，右手兩指還在左手手臂跳動表示軌跡，示意傅曉蘭滑落至會武的場景。

見傅曉蘭毫無反應，油旋頓感乏味，先一步離開了山洞，而等待著傅曉蘭的命運，可想而知……

＊　＊　＊

做好一切準備之後，油旋好整以暇返回主城之中，進行接下來的計畫，富貴山莊戰事之後，須家大敗、独孤客等人所暗藏之後手盡毀，殺字旗同時自然也接到相應情報，正道已得劍舞紅塵所留下的線索，如此一來九泉祕徑遲早會曝光，殺字旗不得不提早動手。

早在一年前，独孤客為復辟之事尋上殺字旗，彼時朝廷與江湖之爭擴大，殺字旗、黑暗王朝各有在朝廷與掌握仙泉資訊最為龐大的昀泉仙宗派遣內應，這也是仙宗近年不斷整肅內部原因之一。

仙宗雖有防備，而「龍泉」之稱的龍虎山一脈卻逐漸式微，這也給了殺字旗趁機而入的機會，龍虎山張恆之雖掌握玄通真經卻不問世事，而潛心修道蘇境離也逐漸淡出江湖風波，於紅塵世間傳道說法，其弟子蘊海英年早逝，又傳法沄泱，身負龍泉之祕的可能，卻無守護祕密的功力，不免成為被殺字旗盯上的目標。

回到密室之內，油旋熟練的抽出組織交付情報的那只木箱，不乏許多武林大事，敵無涯、楊蒼、血劍魔祖三梟鼎立，至今仍未分出高下，無論哪方對組織來說都是燙手山芋，此刻他們願意消耗彼此勢力，殺字旗自然不願意招惹他們，畢竟對組織來說，當前正道八宗已察覺計畫，失了先手優勢，又失独孤客那方助力，殺字旗可謂孤掌難鳴。

提著油燈又在卷宗上翻閱下一頁，「潛淵四傑」斗大四字顯現卷上，卷宗上寫著四人詳細資料，一念、玄塵、文浩然、皇甫殤凜，四人師承何處，出身經歷，盡皆被詳細記錄，這也是油旋易容玄塵原因之一。

自富貴山莊戰事結束後，隨著須家大軍敗亡，曲洛紜亦於此役後下落不明，江湖上卻是多了名氣形相似的女俠紀洛瑤，以北斗瑤光為號，手持名劍「相柳」，除了不少相似之處，

甚至修練五大神功之「九玄鎮天歌」，遠聞早年被曲洛紜帶入桓嶽府中暗中栽培，性格颯爽愛恨分明，醉心於劍藝之上，而四傑之一，春韶君一念也拜入此女俠門下，滄玥閣半年來志於掃蕩桓嶽府殘軍，一念投於滄玥閣倒不影響組織計畫，油旋便也沒去注意。

翻過了一念的卷宗，玄塵投於白然君桃源一脈，桃源一脈行事亦正亦邪，自然是油旋利用的對象，故有了主城內易容屠殺之事。

卷宗再翻，出身雲鹿君門下的文浩然，投身有朝廷不管、武林不管、掌櫃不管，三不管之稱的「燕前別館」，此龍蛇混雜之地，館主若水先生收文浩然為徒，本應逍遙世外的燕前別館，卻因文浩然發現水脈異樣，欲合縱連橫諸家宗門共組「運河計畫」而涉入紅塵之中；文浩然作為一介士儒，又聯合諸多俠士凝聚力量，「儒以文亂法，俠以武犯禁。」文浩然犯此二條當朝大忌，殺字旗略施小技，朝廷中即有內應應和計畫，諸家宗門難以同心，運河計畫不攻自破，自然也省去殺字旗一大麻煩。

四傑中最後一人，皇甫殤凜投身天下五絕上官風雅座下，雖得上官風雅親自指點劍藝，終究火候不足，經組織探查，皇甫殤凜醉心於劍、寄心於情、放情於詩，對於局勢影響雖未有文浩然那般來得有威脅，卻也非如同一念那般毋須注意，組織對其描述資訊多於劍法上的資料，畢竟為上官風雅親傳，殺字旗應對自然小心謹慎，傳聞太歲對當年醉南懷雲之事仍心存芥蒂，對付上官風雅一事上，殺字旗免不得要借助這位宿敵之手牽制。

將油燈放至一旁木桌之上，油旋又仔細將剩餘卷宗一一翻過，心中已有計畫，密室之內機關重重，轉動了一旁的燭台，密室機關之中赫然看見一座精緻熔爐，爐中一張張鐵具，盡是人面倒模，殺字旗六大高手精通易容術，有很大一部分歸功於此熔爐煉製的面具。油旋將溶液澆灌在倒模之上，清冷寒泉立即灌入冷卻，一陣滾燙嘶聲，隨著白煙裊裊，一張人皮面具即成。

此張面具倒不是江湖成名人物的任何一人，不過是尋常僧者罷了，油旋將仍有高溫的人皮面具帶上，承受因高溫帶來的刺痛，換來的卻是將近完美的易容，此刻的油旋雖是戴著一張慈祥且平凡的臉皮，卻掩藏不住眼神中的三分凶光。

對著銅鏡一番調整，總算是將與這張臉孔極為不協調的橫肉給掩藏了去，抄起組織給自己配賦的藥箱，箱內五顏六色的藥粉，有穿腸毒藥、靈藥仙丹，自然免不了配合易容術的胭脂水粉及能夠變更聲音的特殊藥粉，油旋和著水服下藥粉後，輕咳了數聲，聲音變得木訥老實，拾起木箱內的剃刀及鈿筆，開始為這張臉孔增添數分顏色。

最後油旋則在密室內挑選了件月白僧袍，僧袍不大不小，穿著輕鬆簡便，配上一顆圓潤的大光頭，油旋給自己起了個法號。

晤杳步高。

＊　＊　＊

八宗會武已近尾聲，許瑞主持大會欲說明未來方針，不遠處山壁之上，三刻之限已至，因追擊油旋而行動受制的傅曉蘭，穴道解開的立即從山壁上跌落，油旋自然在傅曉蘭身上動了些手腳，眼下傅曉蘭咽喉之創也因穴道解開而血湧如柱，一身真氣狂洩無法收斂，眾人紛紛抽出兵器指向傅曉蘭。

「站住，別再靠近了。」

八宗匯聚，弟子何其之多，殺字旗易容術冠絕當世，堪比五絕之中的鰻魚，面對眼前未知威脅，眾人無不謹慎對待，傅曉蘭身負重傷，有口難言，喉中流淌溫熱的鮮血，艱難的發出沙啞的聲音。

「我……我不是。」

欲辯解，奈何現場弟子眾多，你一言，我一句，傅曉蘭的辯解細如蚊聲，一身散亂的真氣倒成了自身的催命符，還未來得及解釋，在場已有不少高手暗自凝聚內力以應不測，這是殺字旗慣用的手法，為了殺戮，無所不用其極，更何況眼前蒙面人支吾不言，行為舉止豈止怪異二字可形容。

眼見辯解無用，八宗弟子群情激憤，傅曉蘭虛晃一招欲奪路逃生，現場眾人親友或多或少都遭遇殺字旗毒手，不過片刻已將此處圍的水洩不通，豈容蒙面人逃生餘地，最終仍是未逃出包圍，當眾人知曉黑布掩藏下的面容是傅曉蘭之時，皆是一陣震驚。眾人議論紛紛，還

是有幾位與殺字旗交手之人馬上意會。

「他不是殺字旗的人？」幾名參與圍殺的弟子不解問道。

如今江湖上風聲鶴唳，傅曉蘭之死雖是惋惜，卻也沒太多時間悲春傷秋，許瑞幽嘆一聲：「怕是被殺字旗利用的可憐人，好生收埋吧。」自與独孤客富貴山莊一役，總算知道這些年來他們圖謀的是什麼，當年西山決堤、百輪轉禍世，所謀就是利用九泉祕徑，掌握真正的穹蒼來源。

穹蒼之力既能將人一生之功盡數保存，又是以何法能將其留下？僅僅是因為那巧奪天工的鳳霞金冠？聰慧如九笙、巧智如許瑞皆百思不得其解，而當眾人認為是江湖不解之謎之時，暗中蟄伏的敵人已經給他們帶來了線索。

許瑞、九笙及臨光等人看出了殺字旗聲東擊西的手段，各自招呼人手循線追查，果不其然，殺字旗已然開始動作，八宗、孤鴻燈兩大組織一明一暗聯手，以迅雷之勢找到殺字旗出沒之地。

八宗勢力作為江湖中堅力量，有絕對的力量能與之抗衡，但說起機動性，打雜工創立孤鴻燈之運作卻是快上不少，探查殺字旗行蹤不過三、四日之功，打雜工已經掌握殺手行蹤。

帝都，朝廷重地，江湖勢力之中也屬「帝都凌家」在帝都還說得上話，殺字旗選在此地動手，不難猜想朝廷當中已有殺字旗之爪牙，當孤鴻燈尋得線索之時，打雜工第一時間動身

前往。

關於孤鴻燈之建立，其中也不乏冉星殿的痕跡，宮家、時家、穆家等世家共組冉星殿後，霽雪遣門生元鈩協理冉星殿，同時延請打雜工進駐為長老，故孤鴻燈之建立，同時也是冉星殿中的菁英。

打雜工雖想逍遙於紅塵之外，終究是心繫江湖，兼善天下，殺字旗如此猖狂，豈能少了他這口正義之劍。八宗、孤鴻各得情報，得許瑞分剖利害後，臨光與九笙倒是喊住眾人前往討伐的步伐。

「老祖因何阻攔？」幾名俠士正義憤填膺，被眼前緄帶阻攔，不解而問道。

九笙從人群走出，笑吟吟的找了張椅子坐下，撐著臉頰，肆意玩弄手中銀鈴，徐緩道：「此番殺字旗與黑暗王朝餘孽聯手可說是始料未及，即便有許瑞出謀劃策欲亡羊補牢，仍是慢了對方數先，已知對方目標在於水脈，昀泉仙宗傳承如此多年，皆未探得仙泉奧妙，殺字旗又有何驚天手段能夠找出？」

「況且殺字旗之人一向神出鬼沒，何以此次如此輕易便能找出行蹤？」臨光補充道。

江湖自有排名譜，自江湖高手排名，智者風雲皆有所撰，天下首智，鋒芒耀眼，而雲樓老祖沉著睿智，韜光養晦，相較於九笙，外人自然較少關注，如今兩人一語，令眾人恍然大悟，以殺字旗手段，行蹤若是如此輕易被人找出，何以如今才發現，單憑八宗底蘊，要滅一

個憑藉易容手段惹是生非的殺手組織還不是手到擒來之事？

九笙抬眼望向眾人，見臨光胸有成竹，料是已有籌謀，開口問道：「老祖以為如何？」自夏宸協助創立「莫廳」之後，朝廷給予雲曦迴雁樓的壓力頓減，夏宸平日除了壓制血劍魔祖遺留之創，便是明查暗訪為自己三名徒兒解決目前遭遇的麻煩，臨光也不負師恩，對付油旋一事，早有應對之策，眼下八宗齊聚，正是行策之時。

只見臨光眼露悲憤，曲無異從雲樓人群之中走了出來。曲無異語氣冰冷，隱含殺機，淡道：「為查油旋行蹤，三生他也慘遭毒手……」三生與曲無異同出北海，同生共死這麼長歲月，卻也避不開這次的殺劫，不過三生仍是從油旋身上找到了蛛絲馬跡。

「你們自己看看罷。」

只見曲無異從懷中拋出一塊白布，布中是油旋與三生交手時，身上所留下的一塊殘渣，黑色粉末暗暗透出異香，明眼人見狀即知，乃出自萍蓮鄉的黑茶。

「萍蓮鄉？莫不是懷疑萍蓮居士乃暗中黑手？」

曲無異兩眼一翻，暗自佩服這位俠士天馬行空的想像力，九笙望向黑茶殘渣，綜合水脈資訊立即明白殺字旗的計畫，當下也不賣關子，開口說道：「此物我已見過，當初司徒小子呈來之時，就已懷疑仙宗外部或有細作，如今看來，是殺字旗的傑作啊。」

眾人聽得雲裡霧裡，九笙笑吟道：「南北雙泉、西山決堤、萍蓮亦水，發現了嗎？」九

笙所述，恰巧是圍繞神州大地的水脈，當年西山決堤，不難聯想他們早有圖謀，經九笙一番點撥，眾人恍然大悟，紛紛直道原來如此云云。

「那他們如何確定掌握水脈便能掌握穹蒼？」群俠之中又有人不解問道。

「誰知道呢？仙宗十二氏，傳承淵遠尚且只有傳說，龍泉五脈也僅有蘇境離所著之『天檄文』可考，或許真讓前朝參透了些什麼也說不定。」九笙縱然智冠天下，總有未知之事，面對此人的疑問，九笙在椅子上翹著腿，說出自己的看法。

「軾泊的守軍還護持著水脈嗎？」臨光忽然想起什麼，向許瑞詢問道。

自富貴山莊一戰得知前朝陰謀之後，許瑞、臨光皆響應文浩然提出的運河計畫，因朝廷從中作梗，為大局著想，不得已只能讓運河計畫胎死腹中，惟許瑞所率的私軍還守著前往主城，亦是中原水脈的咽喉「軾泊」，也因如此，陰謀家無不將其視為眼中釘。

「我明白了，待宵禁時會開放入山，你們趁機行事。」許瑞一點就通，知道臨光這是要釣大魚啊。

聰明人之間毋須多言，既知敵人目標在於水脈，西山已然下手，昀泉傳聞要尋得秋霜夢焉才能得知仙泉下落，姑且不說殺字旗是否有這份能耐能勝得秋霜夢焉，仙宗幾年來也就找到了一個影子，行蹤飄忽的比那擁有不毀金身的太歲還要神出鬼沒，思及此處，臨光大可判斷殺字旗的下一個目標便是龍泉。

「那這次誰去？誰留？」臨光疑問道。

「不管你們誰去誰留，三生的仇我報定了！」曲無異從原本的冷言冷語，變得異常暴躁。

「肯定少不了你，那咱們雲樓還有誰去？」臨光掃了一圈，之所以將範圍侷限在雲樓也是避免他宗以為雲樓擅權專制。

而八宗會武勝出的一方也曉得輕重緩急，即便倒持太阿，授人以柄，倒也甘之如飴，凌雲雁身為一宗之主，面對此等禍世奸梟亦是責無旁貸，提起細雨斜陽，一言不發默默踱入出戰的那一圈，林茗一直跟著凌雲雁行動，凌雲雁恪守君子之儀，兩人之間總是留了方寸之距，卻也是形影不離。臨光環視雲樓人手一圈，還未開口，眾人之間已有默契。

「嗯，就這麼定了。」

雲樓擇人自有默契，其餘七宗則是各自散去，九笙因常年脫離仙宗，居於穗落堂內，恰巧對於殺字旗掌握的水脈之祕很是好奇，木璟則是要報油旋背信之仇一番商議後與木璟一同出戰。

除此之外，昔日無心三劍也是雙鋒現芒，對於此次斬首計畫，深表認同，雖知太歲仍潛伏暗中伺機而為，然而上官風雅仍與劍傲蒼穹這段時間找尋鰻魚下落無果，只將爻靈緋送回爻家之後，再來處理太歲之事，眼下大患，只願一戰畢功，永除邪禍。

「幾位前輩都已出手，我們這些後生就去替前輩們彎一彎這枚魚鉤。」不過多時，八宗商議已定，雪寒凜抱劍請纓，便帶著一隊人前往帝都馳援。

＊　＊　＊

天下四邦各有其秀，朝廷占據西南　方，帝都背倚邊關，東望臨湘，有天子守國之氣概，自前朝滅亡之後，朝廷二十年來亦是兢兢業業周旋於江湖宗門之間。殊不知黑暗之手早已深植其中，如今帝都除了凌家劍衛，更多是藏污納垢之地。

黃沙孤煙，落日長風僕僕而過，斜陽映照黃沙的人影筆直如劍，殺氣瀰漫空中，長辮隨風揚動，鳳眼金眸之中，是一股燃燒的正義，打雜工闔起雙目凝思，神遊八方，迎風而立卻是心如止水，橫舉手中木劍，不禁回首一生，遙遙邊關即在不遠處，當年蒙流雲飄蹤所招攬，賜號「機巧藏拙」，是讚譽打雜工的劍術，同時也是讚譽打雜工深不可測的功底，至今還無人能探得打雜工的底線。

但凡有人問起這名金影劍客，他都只是回答自己不過是名打雜的，久而久之，人們逐漸忘了他的本名，一直以來孤身獨來獨往、形單影隻，也許是因如此，才以「孤鴻」為名，而無名劍客終究也找到了自己的歸屬，但為了守護這份得來不易的歸屬，此刻的打雜工不介意讓殺字旗一探自己的底線。

劍鋒於鞘，木劍出鋒似神兵。

平凡樸實掃帚之中，打雜工緩緩抽出掃帚之內的鋒芒，木劍慧星，藏拙百世，一朝現芒！

「今日的帝都，將再現訣塵之名。」

孤鴻燈的情報網沒有出錯，又有殺星闖入，帝都之內朝廷護軍巧合撤離，空中瀰漫血腥味，伴隨金鐵交鳴及劍詩唱吟傳出，朝廷護軍雖離開，帝都凌家所訓練之劍衛卻在此刻挺身而出，只聞聲聲詩吟：「金縷繫銀鉤，青羅錦冠衾。訴情衷，快意方休！」一眾凌家劍衛雖是死傷慘重，卻是以生命拖到援軍前來。

凌家劍衛的犧牲沒有白費，遠處已有一隊人馬浩蕩趕來，為首者湛藍的眸子深邃，相貌清冷，背上三尺青鋒正是雪家家傳之劍「六出，白舞」，雪寒凜得八宗計畫，率眾趕往帝都，九笙配合臨光等人行動，留下一部分私兵交予雪寒凜，一聲令下，雪寒凜率領的隊伍有目的性的將帝都圍住，姑且不論此次情報真假，但凡有一絲可能，斷不能放過任何一個讓殺字旗逃脫的機會，包圍網即刻將成，雪寒凜卻見靠近帝都之處，一名金影劍客橫劍而立。

訣塵金眸倏張，眼神已鎖定不遠處與凌家劍衛纏鬥不休的蒙面人，不待言，彗星已然出鞘，中路劍法凌厲非常，打雜工此劍還未運上內力，這一劍揮出，可說是讓人得對打雜工的實力重新評估，毫無內力加成的一劍，僅僅只是因為劍術，便有先發制人的窒息感。

此時的無論蒙面者是否為油旋，光憑惡傷無辜，殘殺忠良此兩罪，打雜工都有了出手的

理由，彗星一劍不偏不倚，逼命而來，油旋足尖離塵，身子向後斜飛，欲卸直逼面門的彗星一劍。

倏然腳步一停，蒙面人雙手一張，劃開陰陽二勢，動靜無分，驟然雙手一合，宛若一炁匯陰陽，慧星磅礴劍勢停在胸前，雙掌中空之處驚見內力浮動態樣，劍勢前進的速度極緩。

「剛則易折，勢盡則衰，劍術如你這般化境，豈會犯下如此錯誤？」蒙面人內力深沉，以守代攻、以拖待變，十成內力化為九成守勢，心中暗自盤算，全神守勢之下，彗星凌厲一劍竟也寸進不得。

黑暗王朝暗中聯合殺字旗、須家、富貴山莊等勢力合作，雖是各取所需，情報互通的情況下，對於各自遭遇的對手也有幾分了解，眼前打雜工之劍術，與闇風軍於水都苑遭遇秋霜夢焉劍路擁有同樣的凌厲迅捷，而與秋霜夢焉那般冷冽清霜不同的是，打雜工劍路之中多了數分凜然正氣，讓蒙面人一身邪功隱隱受制。

彗星在手，藏鋒千秋，一朝鋒芒盡露，打雜工勢走極盡，劍行極端，而「剛則易折，勢盡則衰。」蒙面人說得在理，打雜工久經戰陣又豈會不知，面對蒙面人全神守勢，彗星劍勢已老，驀地金眸之中乍現寒光，右持彗星之劍向空一拋，剛猛一掌擊退蒙面人雙掌守勢。

打雜工臨陣變招，劍掌變式，與蒙面人兩掌相對，未竟全功之下，打雜工竟也退了小半步，而聚力未及的一掌，蒙面人所受到的傷害甚至可以忽略不計，但身形失衡的當下，打雜

工左手反握彗星劍，一展截然不同的左手劍法，削、格、掏、掠，有反劍理之劍，讓蒙面人應招不暇，而自從打雜工使出了左手劍法之後，讓蒙面人更加重視的是藏在身後那不斷蓄力的一掌。

蒙面人此番帝都之行刻意顯露行蹤，主要為聲東擊西之計，尋找龍泉傳人泫泱之下落，打雜工蓄力一掌納陰陽動靜，炁化乾坤無極，猶似龍虎山道統，張恆之所創之玄通真經，讓蒙面人不得不重視這掌。

全神應對，蒙面人亦是功催極限，無論如何也得守住這招，這是險中求勝，也是殺字旗進行計畫的反撲之策，黑暗王朝與殺字旗串聯一氣，西山已潰，水脈已得掌握，豈肯半途而廢！

雖然傳言找到秋霜夢焉便能找到仙泉之源，然而昔日有須家助陣皆無法得手，如今單憑殺字旗一己之力遑論擒捉秋霜夢焉，只能退而求其次，藉由龍泉泉脈下手，黑暗王朝經年累月的研究，隱約參透水脈根源，同樣發現此點的還有燕前別館的文浩然，遂而發起運河計畫以維護水脈，故當雲樓老祖與許瑞響應運河計畫之時，殺字旗才將矛頭轉向文浩然，借朝廷之手除之。

此計果然奏效，運河計畫不攻自破，蒙面人為讓組織計畫順利進行，才有了如今帝都之戰，心知此戰之凶險，蒙面人只求拖住對手更多時間，雖知久守必失，卻是當前不得不為之

戰術，打雜工左手劍法劍路刁鑽，詭譎難測，與方才交戰的正統劍路截然相反，使得蒙面人一時無法適應。

時過數刻，即便孤鴻燈之情報網先於眾人，八宗援軍也不至於拖的如此緩慢，蒙面人心中雖是起疑，但打雜工攻勢一波強過一波，絲毫不讓蒙面人有思考的機會，左手劍法逆、削、轉、刺，異於對普遍劍法的認知，蒙面人雖採取守式，耗力更劇，

見蒙面人守勢難破，彗星異劍變招，左手轉劍凌空橫劈而下，蒙面人雙足穩立，二字鉗羊欲卸破天一劍，蒙面人雙掌虛引聽勁化力，周遭青石崩裂無數，雙掌真力沛然，再向打雜工拍去。

只見打雜工棄劍向空，雙掌一併，體內自成宇宙，道法天地，返璞自然，正是龍虎山道統真傳，一隻大手看似緩慢卻讓人感覺這掌無法躲避，聞得打雜工口誦道訣：「川濤靜心內觀精神，自虛無蘊一炁，得造化之源，蘊其形……」蘊含天道至理的一掌，是當世武學巔峰，同時也是展示世間萬物衍化的過程。

玄通造化妙無窮，一炁陰陽盡蒼茫。

「玄通真經!?」

蒙面人心中擔憂果然成真，玄通真經冠絕天下，即便全力一守，也沒有十足的把握能擋下這招，玄通真經炁化萬物，蒙面人一身內力盡擋身前，雖採十成守勢，但內力亦是炁衍萬

物範疇之一，身前本欲擋抗玄通真經的內力，如受玄通真經指引一般抽絲剝繭，內力被一絲絲同化，任蒙面人功深基築，終也難逃這奪命一掌。

眼見守勢將破，心思電轉，當機立斷，置之死地而後生，暗中散盡護身氣罩，藉散功充盈自身未足之真氣，轉而攻向一旁凌家劍衛，欲衝出一條血路。

「癡心妄想，受死吧！」

蒙面人散功的膽魄是打雜工所始料未及，但打雜工豈是庸手，當蒙面人放棄抵抗，轉而攻向凌家劍衛之時，打雜工便已窺破蒙面人心思，當下功催頂峰，玄通真經那一掌青光熾盛，大手伏貼於蒙面人胸前之時，時間萬物彷若靜止，天地陰陽、宇宙洪荒，皆由道而生，龍虎山承接天命，張恆之創玄通真經正是初窺「道」之境界，頓時，世間僅留打雜工與蒙面人兩者輕重不一的呼吸聲。

帝都臨崖，飽覽九州，有氣吞天下之勢，而今日卻是一代奸梟葬身之處，玄通真經一掌剛柔並重，柔勁消彌萬物，剛勁無堅不摧，打雜工伏貼於蒙面人身上的右掌微抬，寸勁發力，玄通真經內力盡數衝入蒙面人四肢百骸、五臟六腑之中，只聽得「劈啪」數響，眼前蒙面者全身骨裂，步步向崖邊退去。

「你以為殺了我，事情就結束了嗎？哈哈哈哈哈。」蒙面人喉口一甜，內傷爆發，一大口鮮血滲透蒙面黑布滲透而出，其中還夾雜內臟血塊，可見玄通真經一掌令其受創不小。

千丈深崖，不見谷底，蒙面人彷彿早有預謀，褪下臉上遮掩的黑布，露出那張令人髮指的面容，赫然是殺字旗六大高手之一「鬼述劍煞星猶玄」。

「九泉之祕，我們勢在必得。」泏旋一聲冷笑，雙手一張，向身後深崖倒去，黃沙擾目，高崖雲深，受玄通真經一掌，又墜千丈高崖，即便不見屍身，打雜工有自信此掌必將賊人斃於掌下，以彰天道。

八宗在明，孤鴻在暗，打雜工未參與八宗商討，自然不知臨光等人的計畫，打雜工收劍回鞘，斂去一身殺氣，千丈深淵，崖上一望無盡，崖下急墜的身軀卻是早有圖謀，預先埋藏的機關讓油旋徐緩降落，眼下傷勢雖重，終究是擋下玄通真經絕倫一掌，此番金蟬脫殼之計，可謂易子取勢，最少此役過後油旋消失在眾人面前，殺字旗正可對龍泉傳人徐徐圖之。

「雲浪奔，任風濤怒吞。如砥狂瀾浩蕩，蒼龍騰。」金眸微斂，劍沒藏拙，訣別紅塵，孤影吟詞，一泓碧血寂寥，看手刃惡邪的壯志豪情。

當雪寒凜一行人趕至帝都之時，只見打雜工橫劍賦詩，好不狀愾，此情此景，還有誰真的會以為眼前橫劍瀟灑姿態是一名打雜的平凡人？

「千丈烽煙未滅，夢牽魂。萬里江湖步，醉浮生。」

劍謂藏拙，人喚訣塵，憶流雲飄蹤當年賜號，打雜工重拾過往，孤鴻獨影，燈照江湖。

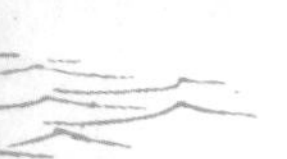

智亂天下（十二）

衍若昊劍乾坤鎮

大道五十，天衍四九，人遁其一，天機冥冥難測，這其一，便是人力窺探之機，伏羲創八卦，用以推衍天機，後人雖定其數成冊，仍不脫「道」之本源，諸多道經傳世，龍虎山一脈正有道統傳承。

話說回蘇境離自卸任情自在莊二莊主一職後，便回歸龍虎山之中，一度中興龍泉五脈，帶來空前盛景，彼時空虛禪師以為當朝國師，國教自然崇尚禪門，又有米亞神君所信奉之「神君道」、極樂密法傳承「合歡宗」，乃至淵遠流長「命運聖門」，諸教信仰各有興衰，而蘇境離便於眾多信仰之中獨樹一幟，統龍泉五脈，於龍虎山重建道門道統。

道門中興的盛景沒有讓蘇境離衝昏了頭腦，他知道一個信仰的建立，絕非僅靠自己這一代人之功，即便龍泉五脈逐漸式微，蘇境離也未曾放棄尋找傳承之人。得張恆之傳玄通真經之後，蘇境離遠離紅塵喧囂，開始了講經說法之路，尋覓良久還真讓蘇境離覓得傳人。

國教尚崇禪風，蘊海求道之路即以禪法漸悟，禪宗分頓悟、漸悟之說，而蘊海悟性極高，禪心初窺即見「菩提本無樹，明鏡亦非臺」禪心大破之境，於龍虎山聽蘇境離說法數

日，結合道經之中天道冥引，自然無為之說，又悟得「時時勤拂拭，莫使惹塵埃」兩者境界一破、一立，蘇境離見之大喜，一身精義傾囊相授。

造化弄人，一切盡在設想之外，蘇境離半生問情尋道，傳法蘊海之後，蘊海佛道雙修，結合了自己的「道」，本該遊歷紅塵，布道說法，如今這份希冀也毀在殺字旗陰謀之中，蘊海身死道消，臨終之際，於西海華池處尋上一神童「沄泱」，將綜合龍虎山道統及一身禪學盡數教與沄泱，但恐怕連蘊海也未察覺，蘇境離傳法之時，早將龍泉之祕，暗中編入經文道義之中。算者有心，傳者無意，殺字旗憑藉神出鬼沒的手段，循線打聽到蘇境離傳人下落。

讓殺字旗尋上龍虎山的麻煩，給他們一百條命都不夠死，在外針對蘇境離的傳人，這才是殺字旗的長處，沄泱長居華池，年雖十三，卻天生道心，心如明鏡，蘊海臨終之前，尋上華山卦師，便將一身本事傳給了沄泱，得蘊海傳成後，沄泱雖是悟性極高，面對龍虎山百年傳承精要，也非一時半刻能融會貫通，告別了華山卦師，取華池千年龜獸之殼為防具，持蘊海所贈之重鎚「鴻武」踏上了闖蕩江湖，歷練道心的旅程。

臨別之際，號稱一卜未中的華山卦師為沄泱算了一卦，命中定數豈能一卜未中，華山卦師一卜未中，其實也是說明了自己「每算必中」之能，只因規避天險，方成一卜未中。

只聽聞卦師口中念念有詞吟道：「一物從來有一身，一身還有一乾坤……」

易數綱領，銅錢卜算，伴隨「枉啷」一聲，得卦三十六，凶顯地火，卜算明夷，看著離

開華池逐漸遠去的身影，華山卦師本欲開口說些什麼，看向遠方天際悶雷陣陣，只是幽幽嘆了口氣，放下舉起欲喚回沄泱的右手。

＊　＊　＊

沄泱亦不負神童之名，相較同時留名的潛淵四傑、虎踞一隅的冉星殿諸多世家、尹滅谷宇文一族亦不惶多讓，逐漸參透道、禪二法的情況下，也歸納出了些許心得，世間除了蘇境離於龍虎山傳道說法之外，沄泱亦布道紅塵，雲遊四方，終歸涉世未深、處世青稚，沄泱尚未察覺江湖風浪之險，殺字旗一雙狼顧貪視已尋上了沄泱。

帝都一戰，雪寒凜率眾圍堵，打雜工一劍訣塵，油旋墜崖伏誅的消息，火速傳遍天下各宗各郡，其消息傳播速度之快，使得八宗主事也感到莫名，明面上看似能稍作喘息之機，但彼此心知肚明，此時此刻誰也不能掉以輕心。

昔日在朝廷有意分化江湖力量的情況之下，雲曦迴雁樓、龍泉劍脈兩宗之間雖暗中交鋒，且有過數次摩擦，如今為了江湖大局，眾人雖未說盡釋前嫌，至少彼此還能精誠合作，昔日威震江湖十三幫，時序推衍之下僅於八宗，長江後浪推前浪，在這波後浪還沒成長前，正是要靠八宗這股「前浪」去維護。

水脈之事牽涉甚廣，西山、東水、南北雙泉皆納入其中，涼空居士雖居萍蓮，與雨紛飛轄東水一地，近年來行蹤成謎，憑藉當地修行者排外情況看來，應是多少參透水脈之祕，只

是因何失蹤？不得而知的情況下，不免令人聯想是否也暗中遭殺字旗所針對。

臨光等人的猜想不錯，殺字旗的目標已放在這名龍泉傳人的身上，沄泱一如往常於主城內布道說法，市集人潮逐漸匯聚，一株桑樹築起一座七尺木台，沄泱盤膝論道，台下蒲團落分布，沄泱於台上侃侃而談，從禪宗初祖傳法慧可，至未來可能出現佛敵的末法時代，從天地陰陽炁化萬物，至天道有常，損有餘而補不足的平衡自然，沄泱不負這聰穎悟性，一番論道之下，道禪二法竟能說得毫無違和，令眾人一窺道之真諦。

聚集的人潮逐漸增多，下至平民百姓，上至當地官員紛紛入座聽道，其中「雷生沙死」、「小丑戲人間」殺字旗六大高手出動二名，已是隱藏人群之中，伺機而動，欲擒回龍泉傳人，三人皆是殺字旗箇中好手，易容的本事更是出神入化，三人易容成一對老翁老嫗帶著孫子聽道，宛若尋常百姓，旁人無一生疑。

許瑞掌軾泊要道，暗中放行，臨光等人亦是悄悄來至主城之內，殺字旗根據油旋回傳情報，甚至還未察覺八宗之人已悄然來至。

主城布道人滿為患，尋常百姓家戶暗房之內，中年人滿身黑袍，烏紗掩面，聲調陰陽怪氣，時而低沉如夜叉惡鬼，時而尖銳似鬼唱妖旦，令人一眼望去就知道不是什麼好人。

屋內一口金爐，邪火青焰時刻翻騰，內中魔丹飽含深紅懾人的顏色，中年人掀開爐蓋又往內中澆灌腥紅液體，赫然是生人的精血，以血煉丹這種邪術，殺字旗內不做他想，六大高

手除了責掌賞罰的志幃不直接參與戰鬥行動之外，就是「暗醫」為組織整體提供後援，眼下爐中邪術赫然是這名暗醫的手筆。

傳聞此種血祭煉丹之術由萬魔殿與血醫閣共同研製，但兩者恪守醫德，從未用人血煉丹，也就殺字旗這般草菅人命之輩的卑劣手段，此「血祭煉丹法」血醫閣當年以此術為引，使丹藥藥性催發千百倍，雖略有旁門淫巧，但總歸為濟世之道，雖遭人詬病，卻也沒有太大反彈，甚至憑此技術與化毒聖手、燕谷神醫分庭抗禮。

如今暗醫以萬物之靈血為引，藥性增強何止百倍，活死人、肉白骨都不在話下，這一切除了血醫閣帶來的血祭之法，也得歸功於當年神君道遺留的魔丹配方，暗醫伸出隱藏於袍下那隻乾癟的手掌催動內力，一時青焰丹火如蛇吐信，妖豔非常，一聲功成，爐中異丹飛出，落於暗醫掌上。

轉頭看向被志幃安排人手救回的狼狽身影，油旋奄奄一息得模樣，暗醫甚至都有一股想直接了斷油旋拿來當藥引實驗的想法，但思及組織最終目的要掌握仙泉之祕，用以大量製造高手，暗醫電瞬打消了這個黑吃黑的念頭，陰邪說道：「想清楚，服下之後，先不說你受不受得住藥性，就是承受住了，日後你也必死無疑，大羅神仙也救不回你。」

暗醫並非危言聳聽，無論是人血祭丹還是神君道的魔丹流傳，憑藉八宗深厚底蘊，這些技術絕不可能只有殺字旗掌握，只是八宗不願用，也不屑用，他們是名門正派，此等旁門左

道豈能在檯面上出現，也就殺字旗冒天下之大不諱才敢使用，而暗醫更將兩者結合，血祭煉丹本就是催發藥性，魔丹配方更是激發潛能，看那霽雪自氣海逼迫潛能，服下魔丹後更是將潛能發揮至極限，直竄第一流高手之列便知。

雖然殺字旗成員皆因利而聚，依照油旋目前的利用價值，暗醫有必要告知服用此丹的後果。

「別廢話了，拿來吧。」

油旋話說得乾淨俐落，彷彿這顆在世人眼中邪惡非常的魔丹，在自己眼裡就跟糖葫蘆一樣，油旋從暗醫手中接過魔丹，看著丹紋上流動暗紅，油旋想也不想就一口吞下，魔丹入口即化作無數邪液流淌四肢百骸，體內潛能瞬間被完全激發；帝都一戰之後，油旋身上多處患處皆是藥石罔效之傷，玄通真經不愧當世第一武學，至玄至道一掌奧妙至極，油旋硬接一掌，餘勁震斷五臟六腑，奇經八脈要穴之處盡被震斷，簡單一句話稱之就是，廢人。

魔丹激發油旋體內潛能，經脈斷裂處生出新筋重續，臟腑受損處以肉眼可見之速度生長，而此刻的油旋卻是忍受非人之痛，陣又一陣沉重低鳴的嘶吼，油旋全身蜷縮成一個圓狀，魔丹血煉這種極端煉丹之法，代價可想而知，除了傷勢的復原，丹田之中一股新生力量，正源源不絕流竄全身，此時的油旋五官扭曲，頭生異角、面似虎煞，已然面目全非，像極那傳聞的凶獸窮奇。

如此驚人變化，除了油旋親身感受之外，暗醫在一旁興奮的兩眼發光，油旋發出好一陣子的痛苦嘶鳴聲，粗重的喘息逐漸穩定，上半身衣衫已然碎裂，充盈全身的真氣，露出胸膛及後背上一條兇惡的黑龍，暴起充漲的肌肉令身上這條惡龍栩栩如生。

「看來是撐過去了。」暗醫心中滴咕著，才走近油旋身邊，就被油旋一手拎起領子，整個人半身懸空。

「你很高興？」油旋冷聲問道，新生的力量，他還需要適應的時間，又問道：「我的東西呢？」暗醫雖同列殺字旗六大高手之一，單論戰鬥力那是八宗任何一名普通弟子都能拿捏的對象，何況如今面對的是獲得魔丹功體的油旋。

「讓你橫也橫不了多久，姑且配合你。」暗醫心中腹誹著，雖不滿油旋如今態度，總歸是將死之人，如今捋他虎鬚，非是明智之舉，殺字旗本身就是一個聚集黑暗的群體，恃強凌弱也是司空見慣，油旋將暗醫甩開後，很是滿意一身的力量，暗醫將組織內的包袱從暗格中提出。

內中赫然是一身鮮紅的袈裟，以及一張人畜無害的臉皮。

* * *

人間煙火，道韻雋永，簷前裊裊爐香，落花坐禪，閱盡眾生相，如世尊說法，如大音希聲，道可頓悟，法需漸修，百姓眾生或明或悟，普世開化之功，歸於木檯上說法的少年，霎

時「活菩薩、活佛」之稱不絕於耳。

殺字旗易容掩飾的老翁老嫗，也隨著百姓的動作頂禮膜拜，伺機欲劫走泫泱，三人前行的步伐徐緩，殺字旗易容的精妙手段，一如尋常百姓，八宗高手縱使混入人群，也未必得知三人異狀。

此時一名紅衣僧者在八宗高手的眼皮子底下，越過頂禮膜拜的百姓，悄無聲息的竄入木檯上，紅衣僧者面容白淨卻毫無一絲血氣，面上微笑僵直虛假，一對上吊的狐狸眼狡黠非常，此刻正雙手合十，向著泫泱虛心求教。

面對突來異客，不僅八宗等人心內驚異，更在殺字旗三人意料之外，只見那紅衣僧問道：「小僧晤杳步高，閣下落花坐禪，小僧便借花問道，不知能否一解世間善惡？」泫泱參透佛理又通曉道經，面對如此答辯理當輕而易舉，可此時泫泱面上侷促神情，哪見方才侃侃而談的宗師風範，這紅衣僧來得莫名，眾人都始料未及，臺下八宗高手是救還不救？誰心中也沒個準。

說救吧，那此次通過軾泊潛入打的埋伏勢必打草驚邪，說不救吧，木檯上的泫泱是誰扮演，八宗高手心知肚明，他懂個狗腿子道經佛理，能與蘇境離那廝好好說上一句話就已實屬難得，還指望他當龍虎山傳人？

臺下八宗隱藏的高手心中直呼荒唐。

但沄泱應答些許遲疑，晤杏步高已然發現異樣，眼瞅四方，慈悲面容露出一絲陰狠殺機，身懷魔功淬體，有了與八宗叫板的底氣，化身晤杏步高的油旋一雙冷眼欲找出真正的沄泱擒下。

「善惡由心，惡法亦法，端看造化。」

佛前有執，眾生存苦，亦不過天道有常，自然循環，真正的沄泱在百姓上前膜拜之時，被八宗高手「替換」而保護著，雖然明白自己身負龍泉傳承，貿然現身極有可能造成危險，但天生對於「道」的領悟，沄泱認為自己需要回答這個問題，否則便是違背了本心，違背了自己的道。

晤杏步高闔起雙眼，聽到這個答案，勾起了一抹笑容，對著聲音的方向，意義不明的點了點頭，自己追尋的問題彷彿有了一絲曖昧不明的答案，自己是正是邪重要嗎？

有光必有影，佛曰正法永存，又何有末法之說？正義之永存，背後的惡法亦將如影隨形，而正邪論評，唯有力量斷定，能工巧匠匯集「穹蒼」於金冠之內，掌握了九泉祕徑、穹蒼源頭，誰正誰邪，乾綱我斷！

朝廷、武林，必將一統，世間迎來真正的無爭無欲，那才是真正的禪、真正的法、唯一的「道」，而現在，這樣的機會就在眼前，處心積慮，布策至此，即便知曉目前處境重山險阻，也值得自己拼命一試。

晤杳步高雙眼一張，掠過木檯上說法解道的沄泱，足下滑步欺身而上，乍見一隻蒼白大手直往聲音來源而去，瞬息之間，臺下殺字旗三人本欲配合，八宗暗伏的高手卻是快了一步，各宗人馬在片刻間已將主城團團包圍，但八宗高手只將目標放在了晤杳步高身上，殺字旗三人則是暗中煽動百姓製造混亂，一時之間八宗人馬竟是難以控制局面。

晤杳步高邪功沛然，一身赤光熾烈，真正的沄泱雖有神童之稱，終究只是名十三歲的孩子，此刻龜縮角落，緊握手中鴻武重錐，警惕的盯著晤杳步高的一舉一動。

「你……你你，你別過來啊！」沄泱足下步步向後退去，因晤杳步高貼身奪橋，已占得地利，加之殺字旗暗中配合製造混亂，八宗高手一時竟難以支援。

「隨我回去，不為難你。」

先占地利，組織又為自己搶得人和，晤杳步高沒有太多時間，光憑官兵與宗門弟子的陣勢，料得八宗早有部屬，晤杳步高正要與八宗之人搶得天時，此刻自然希望沄泱能主動配合，晤杳步高不想在這局沒有退路的計畫中浪費太多時間。

顯然八宗高手是不打算給晤杳步高這個機會的，錚鏦一聲響，倏開戰局篇章，晤杳步高暴起發難，不待言，袖中詭劍繞腸千迴，「鬼途劍煞星猶玄」之稱由此得名，若早在半年前，或許未有人得知此凶名，無奈殺字旗危害甚深，對於殺字旗情報，八宗不可謂不用心。

「詭煞劍，眾人注意。」八宗設伏已占先機，有人認出了此劍來歷，一聲提醒，一道劍

氣疾射而去，那名俠士欲接突來劍氣，凝出真氣護於身前，豈料詭煞劍氣竄至眼前，竟爾消散，繞過護身氣罩凝聚於那俠士後心，一聲慘嚎，仰天一口血霧，更添詭煞凶威。

真正的沄泱龜縮角落，憑藉西海華池的千年龜殼，不斷抵禦晤杳步高那般狂風暴雨的攻勢，雖是提前設局，此時晤杳步高功力之卓絕，遠超眾人料想，人群中潛伏的殺字旗成員正一步步擴大混亂，而本應控制局面的官府卻在此時袖手旁觀，任由城內混亂，草菅人命，彷彿如今之局面已在意料之內。

李捕頭為城內衙役捕頭，素來嫉惡如仇，平日頗受百姓愛待，眼看百姓傷亡逐漸擴大，而官兵卻遲遲不動手，心中雖憤怒，礙於官職只得出言勸道：「大人，在不出制止，傳回朝廷恐怕……」

「朝廷？如今的朝廷你怕什麼？看清楚局勢吧，楊大人要我們按兵不動，兩不相幫，記住自己的身分，做自己該做的事，懂嗎？」城主一臉腦滿腸肥，頂上烏紗恰巧只能罩住城主頂上一方之地，就是這樣的人，此刻威脅李捕頭的語氣中透出一股令人如墜深淵的冰涼。

官兵隔岸觀火，隱藏在人群中的殺字旗更來了底氣，一時之間整個主城宛若人間煉獄，八宗提前布置的人手，在敵我未明的百姓人群開始出現了傷亡，龍泉傳人，殺字旗勢在必得，一陣霹靂轟響，煙塵瀰漫，晤杳步高手中那口利劍停下了攻勢，眼下得暗醫相助，功體非同日而與，但八宗高手在側，晤杳步高不敢小瞧，只想速擒沄泱，抽身離去。

勁風吹拂散去擾目狼煙，詭煞劍鋒卻失了方向，大道有數，一為數元，九承天極，眼前沄泱竟是一人九化，饒是晤杏步高功力今非昔比，也能感知面臨極大的危險。

「看來是個死局啊。」

八宗人手借道軾泊潛入主城之前，眾人已分析殺字旗擒捉沄泱的目的，如今雲樓、穗落堂、仙宗、松居，八宗四地九大高手，紛紛化作沄泱模樣，晤杏步高難以分辨，當下已有思退之心，足尖輕點欲退，一直袖手旁觀的官府，本是殺字旗最大的倚仗，此刻卻是晤杏步高的催命符，官兵裡三層、外三層，層層疊疊將主城圍了一個水洩不通。

眼見李捕頭率眾圍起戰圈，晤杏步高退路受阻，沉言威脅道：「李大人，與殺字旗作對，這樣的後果要考慮清楚才是。」晤杏步高有這樣的倚仗，乃因殺字旗的暗樁早已潛伏進入朝廷，朝廷有意削減江湖諸宗的企圖，殺字旗願作槍使，朝廷自然樂意推波助瀾，但自富貴山莊之戰後，得知殺字旗涉及前朝餘孽的消息，雙方合作的態度開始變得曖昧不明。

甚至在殺字旗此次動作，主城官兵袖手旁觀，殺字旗都認為雙方仍保持著合作的關係，直至李捕頭現在率領官兵圍住晤杏步高時，殺字旗幡然醒悟，朝廷不只是要他們打擊八宗，更要鳥盡弓藏、過河拆橋，將殺字旗主力扼殺此城之中。

早前城主按兵不動，李捕頭眼見百姓無辜慘亡，早已是一腔怒火，得城主下令圍殺賊人的命令後，李捕頭第一時間就衝了出去，面對晤杏步高的威脅，李捕頭冷哼一聲：「如今殺

字旗有傾覆之危，在此城之中，如你這般說話，才要好好考慮清楚後果。」

九大高手之中，上官風雅所學廣博，臨戰布陣，眾人依九宮八卦之理，分立九方，《洛書》曾載：「九宮者，即二四為肩，六八為足，左三右七，戴九履一，五居中央。」晤杏步高退路已阻，八宗高手已搶攻而來。

霜嶽三妖難聚首，盡付緄中愁，金瞳異血，水月鏡中，臨淵妖光映雲煙，妖月濯塵露傾樓，雨落千秋，鬼唱妖幽。

臨光、雨紛飛站二四之位，兩人奇招妙式，緄帶雨絲擾目掩殺，起手便是三妖名招「臨淵映妖光」、「妖月濯塵錄」，臨光散出沂耀緄，妖異碧色如川湧不息，雨紛飛藉落雨絲凝聚水氣，劍氣細如雨絲融入臨光碧色氣勁之中，青碧兩色氣勁凝聚，雄力直衝晤杏步高。

如今晤杏步高魔功沛然，二妖名招在他眼中也非無懈可擊，詭煞劍柔腸百轉，以柔化勁，青碧氣勁被詭煞劍勢虛引，在晤杏步高四周形成了一個無線迴圈，每每迴繞一次，二妖合招便弱一分，直至氣勁虛弱無比，晤杏步高借勁反退十數步。

劍勢一轉，晤杏步高藉二人餘勁欲衝散官兵包圍，看見三方高樓之上一面朱紅大旗豎立，軍神楊蒼竟悄無聲息到來，另外兩座高牆之上，一方血氣沖天，一方殺意滿盈，本該於錢家莊對立的三雄，竟將戰局轉移至主城上。

朱紅大旗之下，一人傲骨嶙峋，面容剛毅方正，雄健體魄披上張狂的紅袍，楊蒼一挑龍

眉，揮兵若定，被氣勁沖散的官兵又回守結陣，看著八宗精英盡聚，眼中滿是算計的心思：「看來八宗高手不比這兩個老傢伙好對付啊……」楊蒼與敵無涯、血劍魔祖鏖戰多時，雖未分出勝負，但只要將這兩個變數拖在錢家莊，那暗皇軍要篡政奪權是遲早的事。

可富貴山莊一役，得知殺字旗涉及前朝復辟之事，楊蒼也坐不住了，立即揮軍北上，著手處理殺字旗之事，與前朝餘孽合作的口實，罪名可不小，這樣的把柄只有自己親自處理才能安心，豈知敵無涯老謀深算，疲於應付血劍魔祖，竟也跟著自己一起北上，而此舉也擾動血劍魔祖，沉寂百年，一遇敵無涯這樣的高手，怎能如此輕易放過，血劍魔祖沿路追擊敵無涯，造成如今主城之戰的混亂局面，楊蒼深諳兵法，一聲令下，將血劍魔祖、敵無涯隔絕主城戰局之外，主城之內甕中捉鱉，主城之外敵無涯、血劍魔祖刀劍再度交鋒。

「楊蒼你！」官兵戰陣重組，唔杏步高又被逼回上官風雅九宮陣內，心中一陣悶氣，城上卻傳來一聲卑劣恥笑：「你什麼你，趕緊給老夫瞑目，省得老夫還要出手清理，八宗小友，加把勁啊！」楊蒼兩手放在嘴邊作揚聲之狀，愜意的抓了把椅子看著城內戰況。

城上愜意談笑風生，城下十人生死搏殺，臨光、雨紛飛首開攻勢，攻勢目眩神迷卻是迷中藏殺，唔杏步高借勁化解，二四掩殺，九宮之中戴儿屢一，為九者瀟湘七賢之首，即邊關「大漠疆君」牧野長風！

得知曲無異好友三生遇害之事，自流雲飄蹤離世之後，素來不問中原之事的牧野長風，

竟難得跑了一回中原，眼見曲無異怒氣攻心，不利上官風雅陣法之變，牧野長風主動請纓參與圍殺之役，作為交換，曲無異則代守大漠邊關，以防外患趁虛而入。

臨光、雨紛飛奇招擾目，牧野長風早年已是刀界翹楚，多年修悟已至無招之境，風花雪月、草木竹石皆可為器，無上刀意修入皮骨血肉之中，如今拳腿指掌皆是刀，為此特意令人煉了一副精鋼拳甲，本身修為擺在這，當前比那修劍入拳的劍青魂還高明不少，雙方交接一瞬只見……

瀟湘誰曾問，漢野長疆豈王孫，猶識孤鴻流雲志，臨水報君恩，橫刀策馬凌絕塵，一式鎮乾坤！

緹帶雨絲遮掩視線的瞬間，牧野長風強招迭出，瀟湘七賢之首，一招一式難以計量，何況如今牧野長風全力出手，即運七賢絕式「臨水瀟湘絕」！僅次於玄通真經的武林五大神功，龍虎山道統淵源流長，玄通真經自無不強的道理，而臨水瀟湘絕乃當世七大高手功同參悟而得，雖未有玄通真經強悍無匹，臨水瀟湘絕的變化及兼容性較於玄通真經道之道傳，其變化更是高出一籌不止。

牧野長風一拳迎上，晤杳步高收劍化掌，兩掌反托於胸前，魔丹內力為基，邪門怪式為輔，兩掌聽勁化力，如法炮製方才化解二妖之招，大漠疆君一展臨水瀟湘絕，七大高手大成之絕式，一拳豈是易與，舊力未竟，又生新力，晤杳步高胸前雙掌反拖著牧野長風的鋼拳，

看出此招奧妙，立即想到不久前打雜工在自己身上打出的那掌玄通真經。

「天下武學果真殊途同歸，你這招，我已破了！」

為了當初打雜工通玄真經的那掌，油旋療傷期間不斷苦思破解之法，但不知打雜工早年正是隸屬邊關流雲府中，是以看見牧野長風以同樣手法行武，誤以為二招為殊途同歸之招；如今有魔丹功體為基，恰巧能映證心中所思之法。

面對牧野長風洶湧剛勁襲身，晤杳步高竟毫無抵抗，任由這新舊勁力攻襲自身，兩掌雙分，一掌受勁儲力，另一掌，蓄勢待發。

上官風雅位居九宮之五，五居中央控陣，掐指一算，天數周而復始，極九之數歸一元，若符眼前戰況，晤杳步高此番異常舉動必有變數，推衍天機，靜如止水，背上滄海紅塵青鋒倏出，起手便是紅塵逸情訣中的「劍詠波瀾現明月」，劍尖向下三路斜刺而去，劍鋒走勢卻如滄海掀浪，撲向天靈之處。

「變陣！」

一聲變陣，上官風雅拔劍刺去，臨光、雨紛飛、牧野長風三人應聲後退，晤杳步高暗叫一聲可恨，牧野長風所施展之臨水瀟湘絕之招儲力未及，只得硬承五分力，將剩餘五分力轉向迎上上官風雅的波瀾之劍。

劍出波瀾，式起明月，強撼臨水瀟湘絕五成澎湃內勁，縱使名列天下五絕，也難免踉蹌

後退數步，上官風雅身形未穩之際，晤杏步高覷準時機，承受內傷的同時，奪陣而出。而同時襲來的一劍一掌，又受制在九宮變陣之內。

木璟、九笙二人為九宮三七之位，居五之上官風雅迎招而退，兩人便替補而上，其餘人更是緊守九宮位，慎防賊人逃脫。

晤杏步高一陣惱怒，看向劍氣掌勁攻擊的來源，兩人不再隱藏身分，雖有泓泱的模樣，那令人深惡痛絕的氣息絕對是晤杏步高忘不了的。

「你們……是九笙與木璟？」

「我就說他不笨吧，妳當初殺了他不就完事了？」九笙戲謔笑著，看向一旁怒意滔天的少女。

「放心，他這次必死無疑！」

毀誓之辱，錯放之恨，木璟言畢即攻，穗落雙秀不讓鬚眉，木璟口誦鎮宗絕學，手中掌印變幻演化四季之象，冷怒道：「一穗一花落，穗穗皆花落。」穗落堂以民為本，設春醒、夏禾、秋實、冬瞑四坊，四坊絕學皆出於此招「穗花落」。

九笙笑吟吟說著：「別下死手，我還有事情問他呢。」雖說手下留情，亦是功催八成，仙家名劍「昀日映泉劍」激盪而出。

穗花落盡春色，芳華傾人間，寒暑春秋一眼，仙鋒織寰煙，丹袍銀鈴笙作弦，白日映

泉，劍鋒落玄。

這昀日映泉劍為昀泉仙宗高人所創，雖是仙宗入門劍式，此招重意不重招，一招昀日映泉劍，在千萬種人手上就有千萬種使法，其要旨在於「劍鋒落玄」四字，此招雖名為「劍」但更似一種運勁法門，九笙為九蛇氏之少主，一對銀鈴甩出一剛一柔，昀日映泉劍在九笙手中使出來，便如長蛇玉盤，首尾相連，暗符道家「綿綿若存，用之不勤」之理。

一為穗落堂鎮宗絕學，一為仙宗神妙劍訣，唔杏步高抹去嘴邊朱紅，詭煞劍自袍中顯出，催動一身不世魔功，掌劍並用，藉人祭魔丹中運含的人靈精血，迅速恢復傷勢，穗花落之招演化四季萬象，而萬象之生，乃始於一，故道經有言：「道生一，一生二，二生三，三生萬物。」

短短三輪交手，先有玄通真經道傳絕學，後有如今九宮變陣，現在又遇上二人暗合天道之招，唔杏步高於戰中彷彿抓到什麼不可察覺的契機，卻又說不清道不明，若非戰況險峻，只需找個地方潛心參悟，武學必有所得。

而現況確實也不容唔杏步高參悟什麼法門，木璟棄武不用，瘋拳怒掌直往唔杏步高而來，九笙反退居輔位，雙鈴舞動封去上下退路。

只見木璟兩手演幻四季萬物，目不暇及的勁光乍現，一掌打在唔杏步高腹中：「納命來！」

智亂天下（十三）

忘機塵色兩茫茫

「清萍一色掩山月，落塵栽茗泉，肆情寃詞堪入眼，青鋒碧落雲間。仲夏新生，玉筆離騷，劍魄息風琰。南冠煙雨追鳳顏，詩囚三月雪。華髮銀霜鬢紅妝，雁鳴晴空凌霄。丹裳玄聿，鬚眉自慚，仙黛拂九天。」

一闕《清楓辭》，道盡紅顏英姿，懷劍聿名動四方，油旋一身不世邪功，殺字旗最後底牌一對八宗九大高手，曠世驚天一役，讓旁觀者記下九人中一道鳳柳仙姿，《清楓辭》中所稱頌之人，便是出自富賈一方的林旺德所生之女，林氏茶莊二小姐，林茗。

其中「仲夏新生，玉筆離騷，劍魄息風琰。」一詞乃言林茗初入江湖寓文於武，以筆為劍，「南冠煙雨追鳳顏，詩囚三月雪。」而後蒙其師煙雨策士引薦鳳顏閣，算是過上一段愜意逍遙的日子，文無第一，才女之名不脛而走，多少文生墨客親上鳳顏閣一睹此女文采。一時間，除鳳顏四姬之外，更多了一名鳳韜才女。

「華髮銀霜鬢紅妝，雁鳴晴空凌霄。」名為雙面刃，因情而起、因情而囚，隨江湖五大功法之一「九玄鎮天歌」現世，林茗再次出現眾人面前之時，身著丹裳似染風波顯得數分

憔悴，兩鬢華髮添許滄桑，九乃承天之極，玄亦超凡神通，此功法以「九玄」為名，至剛至煞，非常人不可馭之，當年共創此功法之人幾近死絕，林茗身懷絕世武學，擠身一流高手之列，不負「丹裳玄聿，鬚眉自慚」之說。

凌雲雁、林茗雙雙入戰，碧落雙鋒、斜陽縱橫，兩人三劍凌厲無比，凌雲雁成名絕式一出，縱橫劍法全無守勢，往往攻敵必救之處，使其縱橫無匹立不敗之地。縱橫劍法有攻無守，碧落雙劍卻是緊守方圓，凌雲雁二人劍法相輔相成，堪稱完美無瑕之招，晤杏步高甫退瀟湘三賢夾殺之勢，後承穗落、仙宗二家鎮宗絕學已是內息不穩，此時再對三劍襲來，晤杏步高散去魔功偽裝，氣勁併散，震開三劍赫赫威勢。

「哦？此獠還有如此餘力，大前輩不出手嗎？」上官風雅靜坐中央笑問守一元之位的劍傲蒼穹，橫琴緊覷八人鏖戰，神君道遺留之仙丹甫以旁門左道，竟能與諸宗高手鏖戰而不落下風，上官風雅聞所未聞，背上「滄海紅塵」隱隱躁動，散出陣陣劍吟，九宮蘊含八卦變理，故上官風雅居中不動，餘下八人衍化奇陣，且方才出手，便能感應一道寒光緊盯自己，如此恨火仇視的目光，除了太歲，上官風雅不作他想。

「六八之位已然入局，我若走，處於陣眼之位的你將曝露危機之中，眼下七人三波戰勢，他走不了。」

劍傲蒼穹意有所指，上官風雅也不好反駁，雲樓暗部，判官太歲，所行之事無不是怪

習異行，當年無心門受五絕、霜嶽一案受朝廷猜忌，而太歲本就處理一些檯面下見不得光之事，行事狠辣決絕，不利他的謠言一傳十、十傳百竟傳出自立門戶欲行謀逆之事。

當時為解無心門燃眉之急，加之雲樓暗部本是身處黑暗之人，名望聲譽對他來說反而是種負累，尚未與雲樓確認之下，上官風雅將計就計，欲讓朝廷風頭轉向太歲，遂令有「孤辰刀」之稱的醉南懷雲行刺太歲，不料太歲因流雲兵府傷筋斷脈，舊疾復發，而上官風雅也未來得及告知雲樓，醉南懷雲弄巧成拙，竟真的重傷太歲，雲樓得知此事亦是大為震驚，而時勢所趨，雲樓、無心門兩大宗門沆瀣一氣，終以「王朝復辟」一事使朝廷不得以停下誅殺功臣之事。

事後太歲隱居不出，苦練《太歲金身》循線查知醉南懷雲之刺殺乃無心門之手筆，而無心門五絕去二，暗滅、鰻魚行蹤成謎，上官風雅獨木難支，遂行封山之舉，雲樓雖與無心門有和盟之誼，而太歲畢竟也是勞苦功高，只得兩不相幫。

太歲蟄伏之後，接管任情自在莊多年，勞苦功高，這回太歲再出，誓言復仇，山不厭高，流雲飄蹤攬天下英才共創北窗苑，有教無類，不分正邪，煙雨策士、天風歌姬、空虛禪師乃至龍魔天令羽皆入其宗，一時風頭無兩，約莫五、六年前，流雲兵府奪還之戰，無心門因與雲樓同盟之誼，流雲飄蹤與樓主凌雲雁，二人情同兄弟，故同樣派遣一支精銳協助流雲飄蹤奪回流雲兵府，念及此情，流雲飄蹤雖多方斡旋，亦難消太歲心頭之恨。

而這股通天恨意，正死纏著上官風雅。

「我很好奇，以你如今能耐，沒辦法對付這個麻煩嗎？」

……

「哈。」上官風雅緬懷過往乾笑一聲，憶起抹薄雲幕遮苦澀說道：「他對我來說不是個麻煩，是我年少輕狂的證明。」

「你無法保證他會不會為了對付你，而選擇幫他吧？」

「畢竟他的立場一直非正非邪，不是嗎？」劍傲蒼穹與上官風雅雖是說著閒話，對於百丈方圓內的風吹草動皆難脫掌握，當然也包括暗中緊盯上官風雅的那雙陰鷙的眼。眼見上官風雅欲言又止，嘆道：「你這一生總是因情而累，待此獠伏誅，太歲與你的事也該了結了。」

「江湖兒女，恩怨情仇正常不過，」劍傲蒼穹應了一聲後便沉息不言，而陣內九人惡鬥仍再持續，瀟湘三賢、穗落雙秀、碧雁劍侶，各個皆是當今武林排的上號的高手。

油旋散去一身偽裝，顯露魔能真身，眼中邪戾令人不寒而慄，相較其於六人，木璟因悔一時錯放，兩袖雲遮之間，現出凜冽寒芒，青碧雙木，折愁牽心，木璟獨門兵器，奇兵異式，四季幻化令人目不暇給，搶於六人之前而攻，雙鋒軸轉迴旋，成左右開弓之勢，足尖一點，猛如雄獅撲兔，青碧雙鋒虛實莫測，或是左虛右實、或是右實左虛、或是雙鋒並擊，穗

退油旋。

《櫻落璟花開》中「落花琳瑯弔古魂，璟花銷鬱擊煙沉。」木璟憑藉一身精深根基，直直逼落堂招式繁雜可為江湖之最，四季二十四節氣，若有穗落堂弟子定能瞧出此為木璟名招之一

「穗落堂招式之繁雜，猶過昔日匯流諸宗武學的流雲飄蹤。」目睹穗落堂精妙武學，身為七賢之首的牧野長風也感到驚奇。

一是如日方中，一承亢龍之利，面對木璟緊湊逼人的攻勢，油旋步步退讓，緊守方寸，任他青碧雙鋒如何繁瑣琳瑯，油旋身法精妙，甚至可以用後發先至形容，魔丹融合血祭之術，穗落堂琳瑯滿目的招式在眼前宛若被放慢了無數倍，終究被油旋抓住一處破綻，青碧雙木交叉一點，油旋一改避讓之姿，沉喝道：「打完了嗎？」股足元功一掌緊捉雙木交叉破綻之處，邪鋒現芒，詭煞劍迅即回攻十一道曲折劍氣，木璟雖有提防仍中詭煞劍二分劍鋒，曲折劍勁越過木璟分散聚合成一道劍氣，直往木璟背後襲來。此招正是運上了殺字旗血煞名招《尤玄訣》中「悲歡離合有時盡，頃刻黃泉歸三途。」之劍境《離合》。

離合劍氣散聚回攏，木璟渾然不知，兩人交手至今不過三十息，卻已過了不下百招，可見兩人出招之快，危急之刻，九笙一舞水袖銀鈴鋪張捲雲而來，離合劍氣擊中木璟只得三成功，木璟卻是內息凝滯，藉著九笙水袖銀鈴捲起自己的勁道翻身回攻，青碧雙鋒，橫插兩肋，面對突來攻勢，油旋始料未及，當下吃痛回擊一掌，木璟捨生忘死，竟以肉體凡軀，硬

接魔功加成的一擊。

「妳不要每次都給我添麻煩！」九笙看到木璟又開始玩命，左袖佯攻油旋面門，右袖加元倍功，硬生生將木璟給扯了回來。

計策奏效，現場狼虎環伺，眾人無不想寢己之皮、飲己之血，油旋誤以為佯攻之袖乃雷霆之招，遂棄追擊木璟之機，兩掌一合，震斷來襲左袖，木璟受創同時，瀟湘三賢隨即補上，其餘四人仍守方位，不讓油旋有脫逃之機。

「受我離合劍氣，竟還有反擊之力，穗落雙秀，名不虛傳。」油旋兩肋受創，但比起木璟所承之傷，這點傷勢還在承受範圍之內，直至此刻，油旋雖一直展現出魚死網破的架式，實則不斷觀察戰局是否有可趁之機，此時油旋心想：「木璟面上雖然無礙，但離合劍氣加上方才一擊，必是內創不淺，嗯……」

「暗箭傷人還能說得如此冠冕堂皇，這種蚊子叮的力道是想打死誰，我還能再接一百掌，你信不信？。」木璟口上逞能，實則五內如焚，此刻瀟湘三賢已經接手戰局，木璟退守外圍固防，暗中調元洩勁，心中暗道：「此人與上回擒捉之時，功力相差何止一點半點。」九笙同時運元疏導木璟經絡，那哀怨的眼神看得木璟心煩，索性閉目調息，不再與九笙有任何交流。

木璟負創，雖表面上未見其害，而油旋今非昔比，眾人各自心知肚明，方才一擊，木璟

必是受創不淺，為防九宮八卦再有缺失，瀟湘三賢連袂而攻，七人之所以分為三波戰勢，除因各家功法不盡相同，且彼此又是不世強者，縱有九宮八卦陣居中協調，彼此氣息、功法亦難達如臂指使之境。

其二，油旋功力今非昔比，若真要拼個魚死網破，己方必有損失，事實證明，此種戰術是正確的，木璟負傷，三波戰勢輪攻之下，有了調息內元的時間。其三，城外敵無涯、血劍魔祖、楊蒼竟同時巧合到來，此次圍剿殺字旗，八宗上下也未必全然得知，又藉軾泊關暗渡高手入城，三人同時到來，若說與殺字旗、與前朝無關，八宗是不會相信的。而此刻城上三雄鼎立，各自按兵不動，八宗也只能隨機應變，以擒下油旋為先。

「不料殺字旗藏頭縮尾之鼠輩，竟有這等強者苟存。」牧野長風長年居於大漠邊關，對殺字旗為禍中原之事了解不深，單就木璟方才表現看來，可稱一方之雄。大漠邊關向來以強者為尊，而油旋能令此等高手受創，倒是引起了牧野長風的興趣，當初得知好友曲無異道明三生受創之事，便起了一會此人的念頭，將曲無異「留」在了大漠邊關。

大漠邊關不可一日無主，牧野長風想要離開也得提防南方部族是否會趁此機會侵攻，本與曲無異說好一道回中原報仇，牧野長風卻提早了一個時辰出發，留下自己的戰袍，把曲無異當成了自己的「替身」。

使得隔日要返回中原的曲無異，被一幫軍士攔住，走也不是、留也不是，發了好一陣子

的脾氣。

「可不能辜負了無異的苦心啊。」牧野長風對空暗道，臨光五感敏銳，隱約聽聞「無異」二字，不禁奇道：「曲無異前往大漠邊關找你，何以獨你一人回來？」

「怪不得近日耳根子清靜許多，你不是把他殺了吧？」雨紛飛若有所思，經臨光一番提醒，也意識到牧野長風定是用了些手段，才把那隻大白虎給留在了邊關。

戰局變幻莫測，三人談笑風生，卻令城上觀戰的楊蒼心生不快，便向城下凌雲雁喊道：「凌綬督！你們這樣拖拖拉拉，等會另外兩個老傢伙發起瘋來，老夫可攔不住啊！」楊蒼雖是久經軍旅，未改年少痞性，而此時不稱凌雲雁「樓主」，以朝廷受與之官職相稱，加之凌雲雁出於帝都凌家，有意挑起其他宗門對於朝廷特意關照雲曦迴雁樓的情緒，其包裝在狂痞之下的心計，不可謂不深。

「楊蒼，你找死？」血劍魔祖為證武道顛峰，一連數月，幾乎是日日尋上敵無涯比武，而為了應付血劍魔祖，敵無涯自東瀛帶來的侵略大計近乎停擺，敵無涯曾想過轉移本營，可與其放任血劍魔祖這等高手成為計畫內的不安定因素，不如將其牢牢掌握在手中。

而掌握的方式很簡單，就是打，兩人自日出打到月升，一連數月未見勝負，血劍魔祖功法殊異，累了抓個人吸乾精血，隔日又是生龍活虎，敵無涯畢竟肉體凡胎，年已古稀，終有力疲之時，現在好不容易因楊蒼大軍調動，吸引了血劍魔祖的注意，有了一絲喘息之機，可

聽聽，楊蒼說的是人話？擺了明要禍水東引！

「非我族類，其心必異，要嘛滾回你的東瀛，要嘛就跟老劍打得天昏地暗，打得海枯石爛，我相信阿血非常願意與你這樣的高手『糾纏不清』哈、哈哈、咳咳……哈哈哈哈。」楊蒼思及敵無涯被血魔劍祖追的上天入地就覺得有趣，兀自狂放大笑，而聽聞楊蒼一口「老劍」、一口「阿血」，不知情的人還以為血劍魔祖是楊蒼延請回來對付敵無涯，聽聞楊蒼強調那「糾纏不清」四字，敵無涯一口老血差點沒噴出，心中將楊蒼問候了個底朝天，今日總算見識到楊蒼「厚顏無恥、老謀深算。」的功力，這遠比他的槍法要高明的多了。

心知楊蒼那張利嘴的威力，又避免引起血劍魔祖的注意，敵無涯索性轉身下城，眼不見為淨，他實在不想再聽到楊蒼那張臭嘴發出的任何聲音。

城上言辭交鋒犀利，城下卻也是半分放鬆不得，楊蒼出言提醒，自是有其道理，明面上的意思是要八宗趕緊動手剿匪，但朝廷何時對於殺字旗如此上心？若非朝廷有意放縱殺字旗為禍，他們豈能壯大至如今規模？

如今楊蒼加油添醋，無非是如同那五絕、霜月一案對那殺字旗鳥盡弓藏罷了，但於官職上，楊蒼仍高自己一品，凌雲雁出自帝都凌家，自然也懂這為官的彎彎繞繞，當下抱拳回道：「有勞楊將軍提醒，今日八宗得以順利剿匪，楊將軍之功不可謂不大，不意朝堂上竟能為八宗如此盡心，雲雁在此一謝將軍了！」

凌雲雁此話回的不亢不卑，又將楊蒼與八宗綁在一起，城中百姓對楊蒼這位名不見經傳的將軍又生了一分敬畏之心，而一直受命喬裝匪賊奪取櫻花鄔的卓心邪此時正喬裝蒙面在楊蒼身邊，聽聞凌雲雁此話非常受用，問道：「這凌雲雁如此上道，加之沈令巡方亡，不如……」楊蒼聽董卓心邪的意思，一向玩世不恭的痞態，顯露出一身懾人傲氣：「你在教我做事？」楊蒼笑容不復，取而代之是陰沉如水的冷笑，令卓心邪連忙後退，低道：「屬下不敢。」

「有趣，這小鬼很有趣。」好一會，楊蒼才恢復常態，凌雲雁一番話就將自己與八宗綁在了一起，享受百姓敬重的目光時，背後的風險卻是楊蒼要格外謹慎面對的。

凌雲雁別過楊蒼視線，露出一抹不易察覺的微笑，一身絳衣朱袍的林茗挑眉揶揄道：「你好像很開心？」凌雲雁回身正色：「官府肯幫百姓，這是好事啊，沒有不開心的道理。」

「楊蒼心裡恨透你了吧。」

「有多恨？」

「就跟敵無涯討厭他一樣。」林茗不假思索回道。

一番言辭拖延，八宗圍勢更加緊密，城中由殺字旗引起的混亂也逐漸得到控制，八宗奇兵突入，殺字旗始料未及，楊蒼黃雀在後，頓陷傾覆之危，可即便已盡人事，天命定數依舊

難違，縱使魚目混珠，眾人化為泓泱進入戰局之時，早在臨光、雨紛飛未出手之際，油旋一展《尤玄訣》十成功力，重創龜縮角落的泓泱。

再對瀟湘三賢，油旋目光斜看角落處重創負傷的大龜殼，三賢隨著油旋目光望去，各自不由得揪緊了手心。

牧野長風總算理解曲無異尋上他時，那道怨忿的眼神是如何來的，即便與泓泱非親非故，當一條無辜性命消亡眼前卻又毫無作為的憤怒，怒的是自己，怒的是賊星得逞，怒的是擁五大功法之一卻連個孩子都保不住的無能，在列之人無非是武林名宿、無非是絕頂高手，只能眼睜睜看著殺字旗又殺了一人。

前輩前輩，平日習以為常的叫喚，如今聽來卻是格外諷刺，武無可用，何以為俠？

油旋一掌擊出，眾人誤以為泓泱身亡，偽裝已無意義，隨著眾人戰意高昂，魔丹仍持續恢復油旋受創的肉身，方才與木環一戰所受之傷已完全恢復，氣勢再度達到巔峰之態。

「蒼天負我，邪之頂峰，殺心逆命，玄之猶玄。」四句十六字輕吐，油旋怨天恨意盡顯，是非正邪，何以天定？唯勝者可書，前朝餘孽，何以名孽？不過敗者劣稱，天地不仁，蒼天既負，油旋一生偏不信命，暗中尋上独孤客，二人連手破解水脈之下所隱藏的祕密，也是為了喚醒黑暗王朝最終底牌……

王朝再起，無終劍魔。

一陣呼嘯破風聲，重拳逼臨眼前，一守一輔一為攻，昔日霜月三妖戰無不勝之殺陣，如今三妖缺二，牧野長風、雨紛飛，瀟湘二賢默契也不比霜嶽三妖差上哪去，臨光輔戰亦為得心應手，緄帶翻雲為梯，牧野長風踏雲而上，不過眨眼瞬息，遙距十丈的牧野長風，精鋼拳甲已逼臨油旋眼前。

牧野長風掌力再催，勢如摧枯拉朽，五嶽倒懸，雄力直逼油旋，渾厚掌力難以盡卸，雙方對掌，油旋被牧野長風逼得連退數步，雙掌反托，緊守中宮一線，踏碎足下青岩磚瓦方才停下退後的步伐。

牧野長風濃眉一沉，怒望油旋說道：「你是頭一回，令我想以全力應敵。」數月前臨光遇伏受創，經許瑞所查乃殺字旗與血劍盟聯手設伏，牧野長風雖遠在大漠邊關，對於臨光傷勢還是非常上心，原以為是血劍魔祖所下殺手，但血劍魔祖能一劍重創夏宸，對上臨光同樣也是一合之敵。

即便是牧野長風見多識廣，也難以推測兇手，既非血劍魔祖之力，唯有殺字旗有此可能，如今一掌受油旋反托，令牧野長風思及此處，只要擒下，一切就能水落石出！

牧野長風雙掌翻飛，精鋼拳甲，剛柔並行，力量、速度皆是人中之龍，罕世武才，招發意隨，占先手之勢打得油旋一度僅有招架之功，無反擊之力，遑論逃出生天，油旋魔功精深，浩元頻催，一掌逼開五丈距離，暫得喘息之機。

牧野長風為七賢之首，一瞬距離拉開，單足借力再蹬，貼身奪橋，緊捉油旋中線不放，瀟湘七賢武學廣博，牧野長風指落靈樞諸脈，掌震五臟六腑，油旋腳步挪移卻始終脫不出牧野長風攻勢之內。兩人已過三十招，瀟湘七賢武學雖然廣博，然而牧野長風化繁為簡，一拳一式蘊含大道至理，魔功傍身的油旋，全力運轉《尤玄訣》逐漸掌握牧野長風驚天絕式。

牧野長風快拳連攻，目不暇給，看似毫無章法，實則匯諸家之長，一招一式包羅萬象，從牧野長風發難至今不過十數息的時間，牧野長風雄沉內力借精鋼拳甲傳導，油旋略感吃力，望向九宮八卦陣杜門之處，欲奪生門是萬萬不可能，只得退而求其次，尋杜門隱蔽，以避牧野長風滔天殺勢。

「有這麼簡單嗎？」查覺油旋意圖，雨紛飛、臨光兩人各自伸出一掌，兩掌一併，體內自成宇宙，道法天地，返璞自然，兩人合招竟是無名島密藏絕學《古譜殘章》。

「這是什麼怪招？」初見「無名島」上武學，有違中原武學常理，油旋內心驚奇，牧野長風殺勢卻緊追而來。

雄鎮邊關第一人，瀟湘稱首鎮乾坤，一功造化剛柔勁，掌動臨水摧三魂。

油旋魔功造化，孤身敵三，臨掌無懼，只見牧野長風內元一凝，無窮威勢應運而生此招也使牧野長風氣勢攀至頂峰，正是用上了《臨水瀟湘絕》「風雲歲月，長嘯不絕。」之法門，而對應此招的下一訣正是「山河相應，天地盡摧。」之招，瀟湘三賢各祭強招，欲斃油

旋於此招之下。

「雨姐和老祖用的是什麼招式？」木璟退守陣門，即便是穗落堂琳瑯滿目的花招，也不禁對雨紛飛和臨光運使的《古譜殘章》有了興趣，畢竟《臨水瀟湘絕》揚名天下以久，雖說參與此役方知瀟湘七賢身分竟就是他們，怪不得傳言瀟湘七賢既聽命朝廷又掌握朝廷，若是七賢聯手，確實連皇帝也得賣他們面子。

九笙看著場上三賢拼殺油旋，腦中飛速盤算，對木璟的提問置若罔聞，若有所思，瀟湘七賢，凶名遠揚，而真實身分卻是正道翹楚？

七賢早期處處針對十二氏門人，更要擅闖仙陵之事雖已被世人淡忘，九笙卻對此耿耿於懷，若七賢針對十二氏門人也是為了那虛無飄渺的仙泉，也是為了能獲得與整個朝廷乃至江湖對抗的力量呢？

細思極恐，九笙不得不提早做好防備，木璟戳了戳九笙沉思的腦袋，陰陽怪氣問道：「問你話呢，我問你雨姐和老祖用的是什麼怪招？」一向沉著智巧著稱的九笙也能失神？木璟還是頭一次見九笙如此模樣。

「無名島，江湖傳言曾有武神塔匯萬宗武學為一，為《武神寶典》，而天覆蒼生、地載萬物，武神破壞自然定數，乃天地之逆，天譴之，武神塔破，武神寶典盡數毀損，僅流傳同為武神遺留的《古譜殘章》於無名島上，可是無名島乃是虛無飄渺的傳說，至於他們如何而

得，我就不知了。」九笙不愧天下首智之名，學識果然淵博，各種奇聞軼事也是信手拈來。

說至此處，九笙又沉吟一聲，智者向來習慣模擬最壞的局面，若瀟湘七賢掌握武神遺留寶藏，那當諸宗失去殺字旗這個共同的目標，勢必又要進入宗門爭奪、江湖分裂的局面，屆時再以絕對武力，一統江湖……

「我要離開了。」

「油旋都還沒死，妳去哪？」木璟不解問道。

「他死定了，妳放心。」說話間，九笙已然離開九宮八卦陣，霎時眾人氣機驟然一挫，九宮缺一，陣不成陣，木璟真氣也因九笙突然離陣而變的紊亂。

「妳……」

「別妳了，跟我走。」

木璟原本負傷在前，經九笙如此干擾，可說是前傷未癒，又添內創，一口積淤胸前的黑血被九笙一掌打出，木璟兩眼一翻，昏死過去，九笙以氣御袖，捲起木璟瀟灑離開。

感應九笙、木璟雙雙離陣，九宮八卦陣頓時一潰，遠處瀟湘三賢功催極限，卻是各自感到氣息紊亂，未待上官風雅變陣，凌雲雁、林茗兩人除了本身陣位，還得兼守木璟、九笙之陣位，二人壓力大增，額上冷汗頻流。

「撐得住嗎？」九宮八卦瀕臨潰陣，凌雲雁根基深厚，一掌緩緩向林茗後心推去，得凌

雲雁內力相助，林茗壓力頓減，此時看向凌雲雁的專注的眼神，不禁覺得凌雲雁偉岸許多。

查覺陣勢潰散的不止是八宗之人，油旋魔功沛然，五感敏銳，九宮八卦陣將八宗之人彼此真氣緊緊相連，牽一髮而動全身，牧野長風三人催發極招之際，真氣宛若遭人釜底抽薪，一陣心神大亂，險些走火入魔，油旋豈肯輕放如此良機，詭煞劍橫鋒便攻。

「九蛇主的血脈……果然不能盡信。」驟然離陣，臨光內息滯礙，此時卻不容他想，一口嘴邊血，強催古譜殘章，望向九笙離開的方向，雨紛飛輕聲嘆道：「看來九蛇血脈的詛咒，非是後天所能改變。」雨紛飛意有所指，此話不怪九笙，乃因仙宗九蛇主傳說。

三人之中，牧野長風承擔大部分的壓力，眼見詭煞劍欺身而來，提元怒吼：「你妄想！」牧野長風不改往日霸氣，寧受內勁強卸的內傷，也不讓油旋有一絲可趁之機，精鋼拳甲牽制一瞬，臨光、雨紛飛兩人攻勢已至，無需交談，自成默契。

寰宇承武，脈傳千古，出自無名島的神祕武學，同樣的武典卻是截然不同的呈現，一者湍瀑潀射，滌蕩萬古，緄帶化繁為簡，只一擊，便要滌蕩萬邪，令魔者伏誅。一者映雪繚舞，寒芒冷骨，落雨絲以氣為劍，寒芒鋒利，兩人一鈍一銳，一快一慢，一精一簡，宛如最完美的夾殺。

近，要避牧野長風鋼拳殺掌，遠，須防映雪寒鋒，辟邪一擊，明，三人殺勢拾遺補缺，見虛取機，精妙共擊；暗，緊守空門不讓方寸襲殺脫逃之機。

落雨劍、辟邪緄，一左一右襲來，只見油旋雙掌一併，一股強橫內力爆竄而出，勢如不周倒懸，天傾地陷，橫似九陰晦明，日月失色，猛力一拖一扯，被精鋼拳甲牽制的雙手，一時竟得掙脫，雙掌真氣沛盈，抛劍橫空，魔功入劍流，一番激盪劍氣爆射而出，盡擋二人殺勢，雙掌再運邪功，一雙肉掌強憾牧野長風精鋼拳甲，即便強如牧野長風，竟也感到手心生疼。

油旋奮力一擊，也非全無代價，牧野長風藉強吞《臨水瀟湘絕》餘勁，同發一掌對敵，任憑油旋魔功爆竄，受牧野長風亢龍一擊，不由得連連快退，卸去七八成掌力餘勁，方能歇腳。

「大漠疆君之悍勇，某今日算是見識了，竟能無視內勁帶來的反衝，強借極招餘勁將我擊退，佩服、佩服、佩服……」油旋一身功力今非昔比，因此於武學一途上自然與諸位高手站在了同一高度，當然也知牧野長風這番借力實屬不易，一個大意，可是會影響根基，嚴重可能功體盡廢，不過佩服歸佩服，如此以肉體強制借力，油旋可以斷定牧野長風戰力必定不如原先，而方才一擊可是油旋捨棄三成功體才換取得戰果。從結果上來看，油旋簡直賺大了，雖不明九笙因何破壞陣法，但總是歸讓自己虧見一線生機。

聽聞油旋對自己連連稱讚，待油旋說道第二個「佩服」時，牧野長風雙手背後，制止了油旋繼續說下去：「恭維的話，本君聽多了，就你說的最令本君噁心。」

陣中激戰的三人各自負傷，尤以牧野長風受創最深，方才九笙、木璟兩人脫陣之時，陣法反衝運上極招的三人，眼見情況危急，牧野長風主動承擔陣法八成壓力，也因此才不得已才卸去臨水瀟湘絕之招，如油旋所猜測，牧野長風內傷深沉，雨紛飛、臨光皆是戰場老手，瞧出牧野長風內息異常，看向主持陣法的上官風雅。

「九宮缺二，陣不成陣，卦失震巽，周天不滿，不妙。」牽一髮而動全身，九笙驟然離陣，九宮八卦不攻自破，上官風雅當機立斷，再度變陣，橫琴為立，踏琴借力入陣，穩立陣中斗位，雙腳不丁不八，巍峨不動，看著劍傲蒼穹仍守陣法空門，嘆道：「相信他一次，就算他要殺我，七賢的命他能不顧嗎？」

「我不覺得他會認為七賢會死於此役，況且當年他揚言報仇之時，亦不見七賢相助，我若貿然參戰，風險太大。」劍傲蒼穹語畢，一身劍意籠罩方圓，與那充滿敵意的無名氣機相纏交鋒。

心知劍傲蒼穹謹慎個性，上官風雅不再強求，背上滄海紅塵應聲出鞘，剎時，滄海百年若朝暮，紅塵一劍指北斗，上官風雅化九宮八卦陣為北斗七星，身居七星玉衡之位，斗杓所指之處，凌雲雁、林茗各承開陽、瑤光之位。

而七星陣勢缺一，六星圍勢不滿，瀟湘三賢絕學繼百家之長，上官風雅化九宮八卦為北斗陣，各自心領神會，原本因九笙離開而大露的缺陷，霎時被填補而上，瀟湘三賢退守天

璇、天璣、天權斗魁之位，身處開陽、瑤光陣位的凌雲雁、林茗霎時抽劍入戰。

劍謂斜陽，招曰縱橫，油旋再對縱橫劍法，心中已知「久守必失」之理，故亦放棄守勢，採取以傷換傷戰術，欲逼凌雲雁回守自救，雲樓樓主之名早已傳遍天下，而脫胎換骨的林茗卻似異軍突起，碧落雙劍如棉裡藏針，十招有九招盡是守勢，往往在詭煞劍刺中之刻，格去來襲劍鋒。

兩人劍法互補短長，上官風雅一旁略陣與久浸劍道的劍傲蒼穹也不禁側目，兩人心驚道：「此套劍法攻守一體，相互兼容，將縱橫劍法凌厲殺勢完美包覆，兩人展之堪稱完美，若是自己對上，百招之內必落下風。」

「配合我。」林茗一聲嬌叱，凌雲雁心領神會，縱橫劍鋒，退守三分。

兩人三劍，眉目之間綿綿長情，轉鋒再對，雲雁縱橫碧落茗泉，凌雲雁風雷一劍，星火電掣之間，林茗身輕如雁，踏上斜陽劍鋒，雙劍開闔化為「乂」字，雙劍轉守為攻，使出了獨門絕學《碧落茗泉》中「平生盡是烹茶煙，滔天碧色定九泉。」的路子，碧落雙劍張如輕煙，「乂」字劍勢合鋒為「一」，正合滔天碧色定九泉中的「定」字，林茗自斜陽劍上縱身躍起，凌空向下一斬，同時凌雲雁亦是化輔為攻，細雨綿綿，斜陽送行，劍出縱橫，捨生無悔。

無悔之劍，創而不殺，原本一往無前，凌厲無比的縱橫劍法，竟也染上三分烹茶溫色，

是「情」之一字，柔化了這凌厲劍鋒，縱橫劍法突爾變勢，接續《碧落茗泉》後半部劍招「澹泊明心論一品，皺眉不曾向人間。」凌厲縱橫的劍勢原本讓兩人完滿無暇的默契出現一絲失衡，豈料凌雲雁劍鋒轉勢，突然的變招，讓兩人劍威更加圓滿。

「此兩人劍心一體，若不將其分離，此戰必危矣，我需全力接下此招！」油旋心中暗道，隨即大喝一聲：「就等你們兩人齊上！」劍稱驚世，招亦罕絕，面對凌雲雁兩人絕頂劍藝，油旋不敢托大，《尤玄訣》全力施為，一股血邪異力猛然爆發，詭煞劍不疾不徐，劍影三化，鎖盡上下生門，欲擾兩人圓滿默契。

詭煞劍迎上縱斬而來的碧落劍鋒，尤玄掌一阻橫鋒斜陽，兩人默契劍招看似凌雲雁配合林茗施展《碧落茗泉》，實則林茗已將縱橫之意融入劍法之中，若凌雲雁搭碧落之招，再施展一次縱橫劍法，必不得此威力，這一切乃歸功兩人相互信任，而這份信任，卻是油旋的攔路凶星。

即便油旋全力橫阻，而完美無瑕的劍法，攻守一體，陰陽調合，即使詭煞血邪之劍，尤玄逆天之功，亦難阻敗亡腳步，碧落縱橫劍勢將詭煞尤玄所形成的防禦逐步瓦解，碧落聿兩道劍鋒徑直刺入油旋胸骨之上，雙劍交錯一分，帶出一片血劍狂花，凌雲雁乘勢追擊，凌空旋起一劍，細雨斜陽透體而過。

……

靜止一瞬，圍陣眾人各個屏息以待，油旋胸前三道劍創，朱紅汩汩滴落，不見絲毫慌亂神情，猙獰面孔隱透狂態，低沉冷笑，浩元頻催，只見胸前三道劍創血肉翻卷，深可見骨，卻以眾人肉眼可見之速度復原，眾人各自一驚。

「呵呵呵……」

「這樣都不死？」凌雲雁手中長劍抖落一片血花，縱是平生閱歷無數，此人之頑強，堪稱平生僅見，易地而處，若自己連戰數名高手，內元頻催之下，定是早已力疲，斷不能有此奇蹟，驚嘆之下，不由得奇道魔丹之厲害。

「眾人同出極招，將他打成肉碎，看他如何復原！」牧野長風內傷未復，眼見油旋如此難纏，提出速戰速決之法，上官風雅橫鋒負在身後，搖頭道：「莫受此獠所欺，或許他顯露玉碎之態，正要騙我等同出極招，而尋陣法破綻而去。」

油旋魔元罩身，顯露亢龍之勢，欲行玉碎之舉，對方七星斗位不全，視線時刻游移在北斗七星陣法破綻處，如上官風雅所說，局勢至此，油旋仍未放棄一絲可逃之機。

楊蒼鳥盡弓藏，指望殺字旗其他同夥協助已是妄想，故擺出一付同歸於盡的姿態，不料上官風雅卻是緊守不讓，油旋暗道：「難纏。」

下一刻，林茗一聲嬌叱，雙劍已至眉間，油旋一身魔元傾蕩，雖是強弩之末，眼見丹彤鳳姿玉劍橫來，卻是奮起高喝道：「好招式，可惜對我無用！」再催浩功，掌運尤玄訣血

邪功法，任憑詭煞劍憑空打轉，油旋八脈匯引魔丹殘力，萬鈞邪力油然而生，欲掐斷林茗玉頸。

「茗茗！」危急之時，凌雲雁脫口而出往日只私下稱喚小名，林茗微怔一瞬，心想這木頭終於是肯開化了，一陣喜意不禁翻湧。

細雨斜陽招在意先，劍鋒已向油旋掌心刺去，欲逼油旋回守自救，豈料油旋橫舉凌空蓄力的詭煞劍，猛然一擊，震退斜陽逼來之劍，凌雲雁自付方才一擊最少催動七成功力，魔丹強化後的功體，逼退自己七成功力的一劍，脫口驚道：「怎有可能？」

自信一劍遭逢破解，凌雲雁身法精妙，轉而退向林茗身側，一道掌力將林茗推開油旋攻勢，轉身再贊油旋一掌，卻已遜三分力道，連退數步方才歇腳。

「今日就算死，也要讓你們後悔一生！」《尤玄訣》再運，油旋臉上已泛起赤血邪光，語未休，棄劍滯空，掌力已發，赫然逼上邪功最上之式。

「看來他不打算演了，眾人留神。」上官風雅瞧出油旋此招乃真正亢龍之態，玉碎之招，說不定會向在場任何一人攻來，出言提醒道。

眼下眾人傷勢大小不一，為杜絕油旋脫逃之機，見凌雲雁、林茗二人面對玉石俱焚之招，守陣眾人各自揪心。

「眾人皆負內傷，若有差池，我必須守住最後一道防線，醜神仙，你可別在這時候亂來

啊！」深知太歲不會放過任何機會，上官風雅暗自祈禱，只求此役除惡務盡，瞧出三人驚世之招將出，隨即二指一並，一抹長劍，驀然向地一插，只見上官風雅內元外擴，形成一道氣牆，用以防止餘波衝擊。

「茗茗，用那招？」

「對。」

兩人說著只有彼此才聽懂的語言，只見碧落聿、細雨斜陽三劍盤空迴旋如雁迴雲曦；三劍迴旋擾動雲流增助劍勢，俯衝而下神似碧落雲濤，只見二人兵器易手，林茗輕握細雨斜陽，單足一抬，撫劍齊眉，劍沾胭脂，望向手中長劍，眼中一抹柔水，輕喊：「雙飛攬月勝宮闕，林間雁鳴願三生。」赫然是兩人獨門絕式《雙飛攬月‧林間留雁》。

凌雲雁踏雲而上，接過碧落雙劍，雲濤三千尺，銀河落九天，凌雲雁絕頂輕功，劍迴雲流，拔地三丈，登時真宛若雲雁，鴻飛長天，只聞凌雲雁堅毅眼神中，流淌一絲溫情，回應道：「比翼凌雲終有情，雁影茗蹤共寒風！」再出兩人共創絕技《比翼凌雲‧雁影茗蹤》。

二人絕頂劍藝，令在場眾人嘆為觀止，要知道武道一途，越是精修，其成長越難，二人合擊劍招雖非精妙劍法，但心境上的突破卻不只一點半點，凌雲雁本就是成名高手，經此劍法昇華，劍心頓如明鏡透徹。

《尤玄訣》雖運上最上之式，沛然魔氣瀰散天地，卻始終侵擾不了二人所立三寸天地，

油旋心中怨恨，任自己機關算盡，仍是棋差一著，一番怨怒侵擾心神，最上邪式竟瀕臨崩潰之相。

「他看起來是不是要自爆？」臨光閱歷豐富，一眼就瞧出油旋想玩什麼花樣，故才出言問道，因與雨紛飛、牧野長風避於上官風雅內力之中，才能如此好整以暇，上官風雅卻是暗自蓄力，若賊人真欲同歸於盡，將不惜毀陣，也要將其擊斃。

凌雲雁兩人劍氣如漩，直貫長虹，油旋神色癲狂，滿臉不甘，真氣失衡，魔丹因人血祭丹之故而開始反噬，血邪煞氣已衝破皮相，油旋頓時化作血人，卻擁一股強悍邪元，捨棄一身防禦，硬生生承受二人百千劍氣，此時的油旋通體血紅宛若一個氣囊，直衝凌雲雁二人而來。

「妳先走。」凌雲雁挺身將林茗護在身後。

「剛才那掌你已受內傷，是你要先走。」

兩人死死盯著油旋最後一擊，卻是誰也不退，彼此說服不了對方，索性不再言語，彼此手心緊握，橫劍以待，共同面對最終之招。

「你們是不是忘了我？」

一聲琴音，北斗七星陣眼消失，油旋當機立斷，轉向直衝生門。卻見上官風雅早在生門守株待兔，笑道：「早知你不會如此輕易求死，接我《闢海驚濤掌》！」

「唉，他竟然練成了……」遠方觀戰的陰鷙黑影一聲輕嘆，太歲苦修太歲金身，如今金身大成，本欲捲土重來，如今見上官風雅竟使出《闢海驚濤掌》只得嘆道雪仇無期。

劍傲蒼穹劍意擴散，查覺太歲幽幽一嘆，平淡道：「闢海驚濤千層起，奔流壯闊納川息，波瀾不驚臨淵峙，形意浩渺氣合一。短短二十八字闢海驚濤掌總綱，卻說明了此招集全身經脈內力，逼迫一點爆發的特性，闢海驚濤掌雖是難練，如今上官風雅展現的威力，卻能證明上官風雅的苦修，苦有所值。」

上官風雅掌運驚濤，闢海之勢匯流大江，較之《天涯絕雨劍》、《四訣劍意帖》來說，此套掌法威力更甚劍法之變化，只見上官風雅平推一掌，單論威力而言，油旋挾驚天魔元的玉碎一擊竟也遜色三分。

「做到這種程度，安心上路吧。」

受上官風雅闢海一掌，油旋一身魔元再難掌握，真氣隨著全身經脈爆洩而出。

「蒼天有靈……王朝……呃……」

一生汲汲營營，機關算盡，一代奸梟終得敗亡，可憐竟為王朝作嫁，一陣血霧瀰散，油旋肉身竟爾消失。

「還有同黨!?」

智亂天下（十四）

歸皇一夢天地創

「天存風尚仍浩蕩，雲頂光曦雁回樓。昫水思泉仙蹤影，任情何人間自在。龍山虎穴久陽宮，北龍破窗水苑散。彤雪滿地何人傷？罪淵再造一人閣。恬居安逸松下住，解門空山破紅塵。」

「芷郁蘭香幽谷處，桃鄉歸所客棧居。天涯何處茗水流，離人歸園眾來兮。桓獸嶽谷奇人在，地府萬魔閻王殿。碧血利劍潛川藏，疾風快馬鏢局送。穀穗低頭似豐收，眾民採取曬高堂。」

劍奇白龍海出身白龍異族，一首穹蒼預言，說盡江湖近十年來走向，而殺字旗存亡之戰的最終，油旋即將伏誅之刻，潛伏人群中的同夥還是出手將他救下，殺字旗從此之後元氣大傷，最少，自此役之後，江湖過上了一段平和安穩的日子。

後經官府調查，單是油旋一人所殺傷之人，高達二百多餘人，這其中便有時家大小姐時樂愉，時樂蘋心中一塊大石終也沉沉放下。十年江湖，恍如一夜，穹蒼預言所說之江湖走向，除了八宗之外，大小門派等十九家，命運際遇皆不同，殺字旗之亂雖是告一段落，而江

湖三禍仍存，正道群俠是一刻也鬆懈不得。

隨著殺字旗敗亡、独孤客敗走，黑暗王朝暗中欲崛起的勢力也被暫時壓下，而隱藏於各地水脈的穹蒼之祕，許瑞事後也帶著人馬於各地動了點手腳，祕密將永遠塵封於地底之下，九泉祕徑是否真有推翻一朝之力的力量？目前看來，這個問題似乎不會有答案了。

主城一戰過後，九笙行蹤幾乎成謎，當日他臨陣脫戰，險險讓誅邪一役功敗垂成，甚至不少大小宗門尋釁昀泉仙宗。

剿滅殺字旗這種吃力不討好之事沒見這些小門小宗出力，事後登門算帳欲討些油水之時，這些人就如雨後春筍般出現，紛紛要求昀泉仙宗出面給個說法，更是有心人說出，九笙臨陣倒戈實乃仙宗宗主暗中示意，要做這黃雀，除了剪除殺字旗之外，還想將其餘七宗一鍋端走。

而此戰過後，九笙確實也是下落不明，連帶九蛇氏一同消失無蹤，對於九蛇氏的相關文獻及資料，都被人刻意銷毀，完全消失在歷史之上，昀泉三參事缺一，本就維持恐怖的平衡點，瞬間傾斜，仙宗幾經整頓方才穩住陣腳，但仙宗內耗，接下來數年之內，恐怕是翻不起浪花，而十二氏所掌管的金鑰，也因九蛇一脈的失落，失去了找尋仙泉源頭的機會。

「這才是你的目的？」

掩藏在漆黑的斗笠下的秋霜夢焉，自密室幽暗的一角徐徐走出，鞋根敲擊木板的聲音，

在密室中形成一個奇異的旋律，而在密室盡處，一陣清風拂掠，兩側火台逐個燃起，照亮整間密室，而在密室盡處，九笙獨坐石砌王座之上，神色愜意，一手托著額頭撐在扶手之上。

「別小看慾望，現在是殺字旗、是黑暗王朝，未來能保證就不是八宗聯盟？就算雲樓能保一時清平盛世，十年、二十年、百年後呢？記得葉緋月嗎？姑且算他是個明白人，即便當日你我不離開戰局，我相信，他也會繼續完成他的『道』。」

「你是指他宣戰雲樓之事？」秋霜夢焉眼神微瞇，狐疑的看著九笙。

「收起你那質疑的眼神，那是他的道，我不插手，他也會自己完成。」

九笙帶領整個九蛇氏隱匿行蹤，目的便是讓世人斷絕了這九泉妄想、斷了這穹蒼詭誕，十二氏難齊，九蛇氏隱匿必將影響仙宗勢力平衡，仙宗若經此番清洗，不出二十年，九泉祕徑便會淡忘在眾人的記憶中，加上八宗聯盟正極力修復水脈各處，這股屬於天地的產物，不屬人力所能掌握的力量，終將注定塵封於世。

「為了這個未知之數，將昀泉仙宗推上風尖浪口之上，太狠了。」秋霜夢焉雙手環胸，不見十指，是長年保持下來的習慣，以便隨時出劍應敵。

「找尋秋霜夢焉，便能找到仙泉源頭的傳說，我替你解決了，不該感謝我嗎？」九笙打趣地看了眼秋霜夢焉：「聽說你那小娘子投了不少產業，之後什麼打算？」

……

九笙此番話說的倒也沒錯，長久以來東躲西藏的日子也受夠了，若非回報涼空當年的恩情，早就找一地深山幽谷埋名過完餘生了。

說起涼空，當年他雲遊之時，曾訓下一批隱者，若非那群隱者拖延殺字旗破壞水脈的行動，只怕如今八宗要善後的地方更多了。

「還能有什麼打算，仙宗的麻煩解決了，你們的麻煩解決了，我只想回去過過我那小日子。」看了秋霜夢焉充滿寒意的眸子這麼多年，難得看見眸子中還帶著一絲感情，這讓九笙非常訝異。

「既如此，那祝福你們了。」

秋霜夢焉也聽得出來，九笙略帶婉惜的語氣是指自己這副詭異的身體不知自己能陪伴梅霓多久的時間，向九笙道了聲謝，人影便逐漸消失在密室長廊燭火之間了。

「這天下之局，始於我，也必須終於我啊……」

送走了秋霜夢焉，九笙揮袖拂開案上塵埃，只見涇渭分明的戰勢，赫然是一盤未竟的殘局。

＊　＊　＊

天下五絕，擊破黑暗王朝的功臣，亦是江湖人人尊敬的大前輩，即便五絕各有終局，對江湖曾做出的貢獻卻是不可忘卻，殺字旗的風波漸息，五絕之中的上官風雅也有了淡出這江

湖的念頭，悟能、香鰻魚蓋飯、無始劍仙、暗滅沁殤，幾位老友紛紛以自己的方式離開，上官風雅總想著，自己也會迎來這麼的一天。在恩怨兩清、在交付一切之後，上官風雅也將面對這最後的宿怨，曾經的雲樓暗部，太歲，以及黑暗王朝最後的餘孽，解決了他們，那也不負五絕守護江湖的使命了。

風獵獵，黃沙揚塵，人蕭索，雲影深深，上官風雅獨行巒山古徑之中，身後那不離方寸的冷眼始終盯視著上官風雅，無形間造成了許多壓力，上官風雅負劍獨行，如今自己孑然一身，爻靈緋已回爻家，諸名徒弟各有所長，即使連最小的徒弟皇甫殤凜都已找到自己的路，他這名師父確實也沒什麼能教的，而如今，便要斬斷這與自己糾纏至今的糾葛。

如今的江湖迎來新的時代，許多後輩已成長的有足夠的能力守護這片江湖，上官風雅前行的腳步突然停下：「出來吧，太歲。」幾經風波，太歲有太多能夠出手的機會卻沒有動手，當年醉南懷雲所造成的意外，上官風雅自知有愧，進而導致無心門引咎封山，這麼長一段時間過去了，太歲仍未釋懷，以往上官風雅仍有顧忌，如今的江湖暫得喘息，也是時候處理私事了。

陰冷的雙眼，如鬼似魅的步伐，顯露在上官風雅面前，一身氣息仍是強橫，卻透漏一股異樣之感，上官風雅武感敏銳，見了太歲這般模樣，心道：「太歲這身功力……不尋常。」眼前人對自己仍有敵意，心下不由得戒備三分。

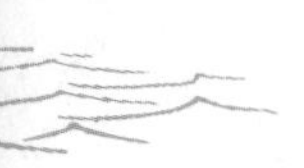

太歲形如鬼魅，踏步欺身、八脈運力、凝指發勁，三絕一體先發制人，上官風雅握上背後滄海紅塵，劍未出，闢海驚濤掌蓄勢待發，太歲短橋發力，雖逞突襲之利，卻有力怠之憂，上官風雅一掌向空，兩人交掌之際，內力搏鬥即見高下，太歲功力雖然精深，內力運轉流至關竅處卻是窒礙難行。

高手對決，差之毫釐，謬以千里，瞬息之差，驚濤澎湃掌力層層疊疊侵襲而來，太歲再度提元，逼開雙方距離。

一掌試探，上官風雅內心疑問更甚，出言疑聲道：「你的功體？你怎麼有辦法承載如此龐大的內力？」上官風雅總算瞧出了太歲這身不對勁的內力是哪裡不對勁，方才一掌，可以感受太歲體內經脈寸斷、薄弱異常，應是當年重傷之故，這種狀態即便修了內力，也無法儲於體內，推斷太歲是強撐一口內力維持住寸斷的經脈，藉以儲功諸脈之間，不說練功事倍功半，以內力橫阻血脈運通，本身就得承受極大的痛苦，上官風雅心情頓陷複雜，當年的誤會，竟能讓仇火延至今時今日。

「將軍城血戰，本應是我倆玉碎之地，豈料……是你命太好……」太歲一口心血嘔出，武林傳言當年將軍城血戰起因不明，此戰之中，流雲飄蹤、劍青魂等高手盡在此戰中受了不小的傷勢，而在太歲口中說出，上官風雅頓感晴天霹靂，抽劍怒聲道：「當年重傷流雲的蒙面人是你！」

將軍城一戰，雲樓、龍泉、碧血三大勢力牽涉其中，時逢蘇境離神功大成，雲樓、龍泉二派本有爭執，血戰之因，諸派皆是避而不談，至今仍是成謎，此戰雲樓傾巢而出，卻在流雲飄蹤、劍青魂二人重傷之後而謝幕。

也莫怪上官風雅如此震怒，因此戰之傷，流雲飄蹤難以壓抑多年沉痾，才導致他走上絕路，滄海紅塵劍鋒凜冽，上官風雅沉眉怒目，沉聲道：「你的目標是我，何故掀起這般傷亡，你可知那一戰，多少宗門高手重創？」上官風雅徐步走向太歲，直欲將此人斬於劍下。

「與我何干？」太歲卸去一口維持磅礴內力的真氣，一身氣勢頹然，臉色猶如槁木死灰，而布滿血絲的眼白，那無盡悲恨卻仍然不變，太歲顛聲冷笑：「我追查醉南懷雲之時，他們可曾出過一分力？當眾人皆知我蒙冤而傷之時，他們又何曾說過一句話？沒有，只因你上官風雅代表正道，天下五絕，功在武林，又有誰會理睬一名棄子？」

太歲一改冷狂邪傲之態，壓抑多年的陳事讓自己無法冷靜，自己所求，不過一個公道，難道錯了嗎？太歲摘下面具，那因火傷半毀的面容，足身為雲樓暗部時，令人驕傲的功蹟，此刻的太歲卻非人非鬼，挺直了身子向滄海紅塵的劍鋒撞去，厲聲道：「殺我啊，這種事你也不是做第一次，天下五絕，替天行道有何不妥？替流雲飄蹤報仇，有何不妥？殺我啊！」

看出太歲求死之心，上官風雅收斂劍鋒，移開了滄海紅塵，顯然太歲對於了解將軍城之戰，諸多疑點未解，他還不能死，劍鋒轉向，劍柄擊退了太歲，目光探去再度問到：

「你……真的傷了流雲？」雖然與太歲有嫌隙，但太歲一向對流雲飄蹤保持交集，要說太歲布局重傷流雲，上官風雅自己也不相信。

面對這番提問，想起了那名手執鐵扇，肆意疏狂的人影，太歲癲狂神態終得一絲鎮靜，喑啞說道：「所以我說你命好，此局本是為殺你而布下，當年流雲飄蹤立北窗之首，六部廣設，權可通天，我暗發無心門的戰帖被他給截了，事發前一晚他尋上了我，你能瞧出我功體異常，他豈會不知？我早就活膩了，我要的，就是一個公道。」

太歲說至此處，眉頭深皺欲言又止，深吸了一口氣，頹然說道：「我以求死之心換一個公道，他妥協了，但……我們之中必定出了內鬼。」

「內鬼？」上官風雅的劍尖下沉，滿心疑問，既是流雲飄蹤跟太歲演的一場戲，以他們的能耐，豈能讓內鬼出現。

「不錯，劍青魂與龍泉等人的干涉在預料之外，本來我應死在那場血戰之中，卻以流雲飄蹤重傷而結束，這更是加劇了我對你的恨意。」太歲那如刮在鏽鐵上喑啞的聲音，透出深深憤恨。看著轉移劍鋒而放下警惕的上官風雅，太歲掌力暗凝，復仇之機近在咫尺，就再下殺掌之際……

「抱歉。」

半生執著，恍如雲煙，許多不得不為之事，造成江湖人人難免的恩怨情仇，唯有放下

一切，方能迎接未來；上官風雅倒持劍鋒，向太歲深深一躬，為了這一句抱歉，太歲費盡心機，甚至不惜威脅整個無心門，為了這一句抱歉，甚至排布將軍城的殺局，只為了與仇人同歸於盡，上官風雅一躬到底，太歲憤恨一聲怒喊，殺掌逼向上官風雅之首。

而這能了卻半生癡迷的一掌，卻是死死停在了半空，顫抖的掌勢，遲遲無法落下，再多的愁與怨，紛紛化為太歲一聲嘆息。

上官風雅抬首觀之，哪還有太歲的影了，耳畔傳來一陣遙遠的聲音，只見那喑啞乾澀的聲音中，帶有一絲解脫的歡快道：「這樣殺了你，太便宜你了，我會一直在暗中盯著你。」上官風雅還劍於鞘，向著空中抱拳一禮：「就讓我們這些老傢伙，為這片江湖做最後一件事吧。」荒山古道之中，一抹白衣身影持劍自參天古樹後走出，颯爽俠影，劍氣沖天，人見了便知乃白衣狂劍，劍傲蒼穹。

「你剛才膽子很肥啊？那老傢伙要真對你下了毒手，明年的今日，我只能在你墳前跟你敘舊了。」劍傲蒼穹雙手抱劍於胸前，斜眼看向方才賭命的上官風雅。

「這不是知道大名鼎鼎的白衣狂劍在我身後，我才得以如此有恃無恐。」上官風雅識趣回答道。

「淨扯些鬼話，接下來你打算做什麼？」劍傲蒼穹無奈地擺了擺手，跟著前方如風飄逸的步伐，上官風雅尋思半晌，如今雖然三惡難除，最少殺字旗已不成威脅，那便該斷絕黑暗

王朝僅剩的妄念，上官風雅回答道：「自富貴山莊一戰，独孤客在許瑞手下負傷逃脫，按照此人性格，必會於暗處興風起浪，趁早解決了，以絕後患。」

劍傲蒼穹聽到独孤客三字，頓時來了興致，独孤客敗走後，私下動作頻頻，甚至組建影武者欲捲土重來，此番尋上上官風雅，便是要告知他家後院失火，独孤客正率領著影武者欲奪無心門，劍傲蒼穹加緊了腳步，拉著上官風雅掉頭轉向無心門：「那事不宜遲，最近他招兵買馬動作頻頻，你我聯手這次直接殺了他，省事。」

「你有他的消息？」

「你家後院失火了都不知道吧？」劍傲蒼穹調侃道。

劍傲蒼穹這樣回答，顯然是知道独孤客的行蹤的，上官風雅內力急催，奔回無心門的腳步陡然又加快了一分。

＊　＊　＊

江湖血路風肆險，不過縱橫十九道中一粟黑白子，皇權若夢，霸圖終歸黃粱，前朝餘孽氣數終有盡時，一局方盡，一局又啟，皇城內暗潮湧聚，二王爺放任武林勢力與殺字旗兩敗俱傷，順帶解決了以独孤客為首的前朝餘孽，暗中卻是串通楊蒼保存勢力，未料血劍魔祖、敵無涯橫空出世，才使得二王爺如今只得按兵不動。

「先生那方，可有消息？」

二王爺斜倚王座之上，心不在焉地看著各地探馬遞來的密報，當今聖上求仙慕道，國政俗務只得二王爺親自施為，幸得前代君使頻獻奇策，得以維持江湖與朝廷勢力的平衡，離去時所薦白衣少年更有經天緯地之才，甚至親身行策，化名白亦陵投身桓嶽府，成為桓嶽府首席謀士孤江夜雨座下首徒，以一名策士來說，不在大後方運籌帷幄，決勝千里之外，反其道而行，投身敵營之中，如此行為確實大膽非常。

幾名探馬跪在二王爺身前，頭也不抬的卑聲回道：「先生……已被穗落堂木璟所擊殺，目前下落不明，我等已聚集人手搜索白先生下落。」

「再探。」

幾名探馬聽出二王爺語氣中的不悅，應了聲是後紛紛退離。

白亦陵當初投身桓嶽府，欲以桓嶽鐵騎之力消耗當今聖上的九督統隊，以為二王爺保存最大實力，興許是自己大意，白亦陵自詡算無遺策，卻遭九笙一手反間計得逞，不但九督統隊重創，甚至連原本即將掌握的桓嶽鐵騎也毀於一旦，更陷入尹玄胤身亡疑雲之中。

當初可是費盡了唇舌說服冬暝子才得以脫身，而後須家起兵、殺字旗禍事，白亦陵暗中偃旗息鼓，四處招兵買馬，以待入世之機，卻不料仍難逃毒手，傳聞「天下諸智，唯九獨秀。」九笙現以隱於檯面之下且向來與木璟交好，此番白亦陵遇襲便是出自木璟之手，秦公公、沈令巡等朝廷命官皆被其所誅殺，從此處推斷，或許是白亦陵幫助二王爺之身分已被識

破才遭木璟所誅殺。

二王爺與軍神楊蒼暗中合作，一面削弱江湖諸宗之勢力，一面制衡與收攏九督統隊，還得分神牽制敵無涯與血劍魔祖，與此同時，江湖勢力卻是出現了一絲變數，原本在富貴山莊大敗而歸的須無盡，最終聚集所剩殘部。

陰風、闇風兩路將近四萬大軍，此役之後十不存一，須家後人按照須無盡身亡後遺留之策創建組織「聚魔塔」，須無盡所留《無盡兵法》玄奧非常，正奇互補，竟以不到五千人之力周旋敵無涯的天武會、血劍魔祖的血劍盟，讓楊蒼的暗皇甲子軍包圍血劍盟形成夾擊之勢。

誰能料到昔日須無盡率軍與殺字旗、黑暗王朝聯手於富貴山莊夾擊中原正道，今日須家後人卻率領須家殘軍周旋兩大梟雄勢力，雖說此番周旋乃是須家為了捍衛自身領地而有的反抗，但在對抗血劍魔祖與敵無涯這一點，須家與八宗站在了同一陣線。

血劍盟與天武會雙方亦是暗自爭鬥，血劍魔祖約戰敵無涯已有一段時日，百年沉寂的光陰，血劍魔祖憑藉血劍魔功噬人精血延長壽元，百年來，首次遇到令自己感興趣的高手竟是來自東瀛，血劍魔祖如何肯輕放，在彼此分身乏術的情況下，對中原最大的危害乃是兩人所率領的組織，正因此點，方歷殺字旗之劫的諸多宗門才能重整態勢抗衡兩方。

＊　＊　＊

時乃素商續槐序，昨夜風凋碧樹，椏枝更秋色，深紅淺黃斜滿院，冉星之志遍及四野，諸多世家共成的冉星殿因初秋染上一分紅印山痕，宮家、時家、穆家三大世家本為冉星殿核心，其中因殺字旗覆滅，大仇得報的時樂蘋急流勇退，率領時家人馬隱退，好友雪寒凜與友人凌玥在山谷中發現一山明水秀的大源，深受其風景吸引，便於此地開宗立派，名喚「散雪閑源」，冉星殿雖失時樂蘋之助，而元釲、穆落明等人仍將冉星殿打理的井井有條，赫然成為八大宗門之外崛起的新興勢力。

然而除血劍魔祖、敵無涯之外，黑暗王朝隱患未除，独孤客暗中招兵買馬，意圖東山再起，而羽家軍自魔龍真主復甦之後便再無動作，隨著独孤客的動作，羽家軍連同萬魔殿勢力一同消失在檯面上，昔日十二羽與独孤客共事罪淵閣，成為黑暗王朝復辟的最大據點，羽家軍與萬魔殿在此敏感時刻忽然消失，難免令人聯想私下與独孤客沆瀣一氣。

黑暗勢力仍然蠢蠢欲動，身為独孤客死敵的五絕之一，上官風雅與劍傲蒼穹也同時有了應對，最熟悉自己的果然還是宿敵，兩人連夜趕回無心門，独孤客早已備下了連環殺陣，影武者綿延十里，無心門近在咫尺，此刻卻如三途煉獄，周遭竹林鬼氣森森，独孤客自富貴山莊敗於許瑞之手，藉殺字旗禍亂天下之時苦修刀法，參透五絕功法精要，如今要為黑暗王朝做最後一搏。

眼見無心門清雅之地被独孤客侵占，導致如今鬼氣森森的模樣，上官風雅四絕劍意真氣

沛盈周身，背上滄海紅塵未出，一股森然冷意已遍布四周，眾多影武者為之一凜，冷冽看向人群中那鬼面之人：「独孤客，你找死？」

「只有你？劍傲蒼穹呢？」独孤客戴上鬼頭面飾，橫刀自眾多影武者之中緩緩步出，天下五絕之宿敵，實力、計略自然非常人可測，独孤客環顧四方，未見當年反制霜嶽案的劍傲蒼穹，心中總有一絲不踏實，不過這樣正好省了麻煩，便讓天下五絕與独孤客宿命做個了斷。

「就憑你這種小陣，是想攔住誰，劍傲蒼穹早奔你老巢去了，現在，是我跟你的事。」上官風雅劍眉倒豎，內提丹田一口氣，每踏一步皆勢如泰山，山雨欲來之勢，提掌步步逼向独孤客。

得知劍傲蒼穹已往自己本部蟄邯而去，独孤客聞言難得露出一絲慌亂之色，戰場之上，對彼此氣機猶為敏感，独孤客雖以鬼頭面飾覆蓋，稍縱即逝的慌亂氣息卻早已被上官風雅捉住，心中暗道：「独孤客果然另有圖謀，否則按他性子，也不會輕易出現。」心知劍傲蒼穹另有圖謀，独孤客一聲令下，影武者腳踏奇異戰陣衝殺而去，上官風雅武學屬性以水為主，進而演化五行，独孤客苦心參透，占了竹林地利，排布土殺之陣以逆五行之法剋制上官風雅。

独孤客欲以人海戰術消耗上官風雅體力，滄海紅塵未出，浩瀚掌勢對上眾多影武者，轟

然一掌擊出，影武者五人一團，刀劍交並集內力於一點，五人先承上官風雅澎湃掌力，引導浩瀚掌力入地消散，僵持之際，另一團影武者持兵刃殺來，上官風雅頓陷兩難之境。

卻見上官風雅一掌拍在五人兵刃交集之處，昂聲吟道：「波瀾不驚臨淵峙，形意浩渺氣合一。」正是闢海驚濤掌總綱，全身內力聚合一掌，勢如狂瀾驚濤，力透滄海怒潮，掌勁穿透影武者五人合力之處。

即便藉力引導卸去七分掌力，餘下三成也非五人所能承受，然而五人但凡任何一人撤力，其餘四人便難承洶湧掌力，影武者此時撤也不是、不撤也不是，只得勉力堅守另一方影武者來援；殊不料，另一方影武者刀劍走勢同被如潮浪般的掌力虛引，操戈相向，同時陷入窘境。

未料上官風雅出招如此決絕，毫無試探，一出掌便是閉門絕學，独孤客暗自惱怒，氣御八方，鬼頭刀登時上手，竹林森幽鬼影，驚濤浩然正氣，正與邪的極端，兩股截然不同的氣勢，氣機彼此交融，独孤客暗自心驚道：「上官風雅實力更勝以往，看來只得再出底牌。」心思甫把定，便見鬼刀左使，右掌化為刀勢，冷冽內力形成森森鬼氣，全身宛如一口湛然寒鋒。

上官風雅看似一派輕鬆，實則方出絕技，內功已有損耗，腳步一併，雙掌原本僵持的勁道歸一爆發，震退一眾影武者，氣勁收攏歸身，背上滄海紅塵出鞘三分，頓時昊光四射，拔

鋒直指眼前首惡：「人刀合一，以兵證道？看來這段時間你精進不少。」独孤客人刀合一，鬼刀向天，內力蓄而不發，右掌化為刀形劈向上官風雅，喊了一句：「昇冰結刃。」独孤客自創刀勢，針對上官風雅以水化五行之招而出，水氣化冰，五行失衡，正是独孤客參悟之法。

滄海橫劍掃開冰刃，独孤客之刀氣卻是無孔不入，水行內力頓時運轉窒礙，上官風雅耗力在前，功體受制在後，竟顯三分頹勢，下一刻，滄海紅塵、鬼頭刀再度交鋒，擦出火光並射，独孤客掌刀並行，內力凝結肉掌之上，猶有劈石碎玉之力。

上官風雅劍守中宮，驚濤掌力迎面撲上：「雙刀流，你要習刀就習刀，別盡出些花招，給我破！」独孤客手中鬼頭刀，乃出自兵門之逸品，對上名劍滄海紅塵亦不遑多讓，而縱有剋制上官風雅之法，內力搏鬥仍然不及對手，上官風雅一聲破，独孤客先機頓失，被逼退五丈，而這一掌，上官風雅突破禁錮，內功耗損再添一成。

独孤客輕撫刀身，鬼面下的冷眼掃向上官風雅，又是那身正氣凜然的模樣，天下五絕越是顯得道貌岸然，独孤客心中妒火更盛，憑什麼是你們成為天下五絕？誰不想成為英雄，不過是成王敗寇而已。

独孤客輕彈刀身，斜刀指地，冷邪之姿應道：「正邪不兩立，若非我，何來五絕？何以正道自居？你們修為精進，我自然也能。」察覺上官風雅耗力已甚，独孤客乘勝追擊，鬼頭

刀勁加催，完全棄去守勢，欲以傷勢換取上官風雅內力損耗。

「那也改變不了你今日必死之局。」

上官風雅紅塵再舞，劍似蛟龍盤雲汲雨，滄海雲鋒七探，自天靈攻至丹田，神意止念，劍雖猛，猛中有序，勁雖沉，沉中有止，乃及無心武學精要於一身，連番快劍搶攻，欲挽功體剋制頹勢，卻仍受制於独孤客背水一戰的殊死之心。

独孤客緊握手中邪鋒，一刀逼退上官風雅，刀鋒同時捲起衣袍，袍子內藏下的是當年暗中於西山用剩的火藥，暗自咬牙道：「最後一搏了，黑暗王朝之成敗，上蒼啊……你便成全我朝吧……」上官風雅被刀氣逼退，劍鋒劃地捲起塵土，連退十數步方才歇腳，身子撞在一株紫竹之上，震下落葉紛紛，視線受阻，並未察覺独孤客衣袍內所藏之物。

兩人兵刃再度交鋒，卻聞一道嗡嗡劍鳴，劃開蒼穹，破空而來，白衣俠影問惡而來，劍快、風快、人快，劍謂蒼穹，白衣狂劍再對鬼面邪刀。

劍傲蒼穹突然趕至戰場，橫劍擋下独孤客襲來之刀，竹風迎面撲來，掃動劍傲蒼穹青絲張揚，斂眉看向身後問道：「看來独孤客給你準備了大禮？」難得瞧見上官風雅使出渾身解數，劍傲蒼穹雖是不齒独孤客所作所為，但卻佩服這番算計；得知独孤客私下動作頻頻，劍傲蒼穹也動用自己訓練已久的劍手組織「一劍疏狂」，讓蒼穹劍衛浩蕩向蟄邯開拔，可算是斷了独孤客的退路，自己則趕來無心門，要與独孤客做個了斷。

「他自己也不好受，我的功體五行兼修，独孤客以逆五行之法剋制我，他活不長了。」劍傲蒼穹出現戰場，上官風雅散去充盈的真氣，轉而流淌周天，調息因衝破禁錮而導致的內傷。

「活不長也是活著，我現在最不想看到的就是他。」

本以為解決了殺字旗又能過上以往優哉游哉的日子，孰料独孤客這廝又在攪風攪雨，劍傲蒼穹手中蒼穹快劍再出，雖少了上官風雅內外兼修的技巧及威力，單論劍速卻更勝一籌，昔日江湖群俠會武，劍傲蒼穹以一百六十八式快劍技壓群雄，而後歸總為一招《蒼穹劍意》，独孤客先戰上官風雅，可說得了人和及地利，如今對上劍傲蒼穹卻是有點力不從心了。

白衣狂劍，劍意瀰漫；蒼穹劍意如雲深疊影，一劍萬相，無窮無盡，独孤客雙刀並流，亦難阻劍傲蒼穹連環快劍，擋一劍之功，便受蒼穹劍創三處，不過片刻，独孤客已是傷痕累累，上官風雅調息片刻，滄海紅塵挾雨凜鋒而來，赫然是成名絕式《天涯絕雨劍》。

一者劍法迅疾如風，一者劍式無盡似雨，風雨劍勢一快一慢，独孤客應招不暇，鬼頭刀登時脫手，劍傲蒼穹與上官風雅雙劍逞銳，當下便制住独孤客。

「老鬼，還有什麼話想說？」劍傲蒼穹面色一冷，劍尖抵著独孤客的頸子上，大戰未止的劍意在頸子上擦出了絲絲血流。

独孤客半跪兩人跟前，眼神頹然，卻藏著一絲瘋狂精光，落寞應道：「成王敗寇，悉聽尊便。」劍傲蒼穹行事乾脆俐落，正要一劍結果独孤客，上官風雅卻制住了劍傲蒼穹，說道：「且慢，我有些話要問問他。」

劍傲蒼穹收劍回道：「夜長夢多，問完我殺了他。」

「你大張旗鼓這番招兵買馬，只為了針對無心門？」五絕之中，各有所長，互補長短，唯有上官風雅詩文武略皆精，一語中的，直切要害，独孤客顯然早料到今日地步，正欲開口卻被劍傲蒼穹打斷：「你是要問這個？他將大部分人手全調往了將軍城，跟他的老巢遠的一個天南地北，不過這事我處理好了，算算時間，他的那些人手也死得乾乾淨淨。」

独孤客作為老對手，上官風雅相信此人必有後手，聽劍傲蒼穹所言，独孤客特地將大部分兵力調派將軍城吸引所有人的目光，又親身前來無心門，此時上官風雅心中只出現「疑兵之計」四字，但因情報不完整，一時毫無頭緒。

眼見上官風雅苦思之間，眉頭深鎖，劍傲蒼穹便道：「想什麼這麼複雜，真想不透，我們去一趟他的老巢搜搜不就得了，蟄邯原本是仙宗領地，這老鬼趁仙宗內亂給奪了去，也不知藏了什麼祕密。」

「眼下也只能如此了……」

蟄邯，仙宗六郡之一，仙宗古有傳言待七郡連脈，仙泉即現，而以汕陵為主，蟄邯為

首，目前的仙宗六郡，便是缺了斗柄的北斗七星，就在兩人將独孤客擒回蟄邯之時所見，短短時日，独孤客便將仙宗門人打理的鍾靈毓秀之寶地破壞的面目全非，四處烏煙瘴氣，鬼意森森。

「独孤客你身上有毒啊？是不是要改名成毒孤？要不是上官風雅說這是仙宗六郡，我差點沒認出來。」劍傲蒼穹捏著鼻子，劍鋒抵著独孤客頸子，卻不見走在前頭的独孤客，臉上那抹興奮而顫抖的神情。

「你對此地做了什麼？」上官風雅也瞧出了一絲不對勁，即便独孤客仇視八宗，也不應該耗費這麼大的心力將蟄邯改造如斯，尤其映入眼簾的是一口巨大的爐鼎，以山泉為沸，以層巒為爐，風中傳來的惡臭以及詭異的藥香，河流中盡是詭譎赤色。

「哼哼……哈哈哈哈，還記得西山決堤？可知道萍蓮鄉為何多了修行者？還記得神君道的百輪轉？」独孤客瘋狂之色，讓劍傲蒼穹兩人瞬間警惕，独孤客轉身面對兩人，眼中流露一股決絕之色：「西山東水，南北雙泉，龍虎山龍脈已潰，我便讓世人一見真正的仙泉，獨屬黑暗王朝的仙泉！」

独孤客拉開衣袍，懷中盡是火藥，此戰早有玉碎之心，如今一觀蟄邯那所謂的「仙泉」已然製造完成，參透劍舞紅塵之中，無終劍魔所留下的訊息，多年準備盡在此刻，此後仙泉流淌中原華夏，獲得力量的同時也成為黑暗王朝一分子，那是由誰掌權，又有什麼差別呢？

「動手。」

上官風雅不知独孤客意欲為何，但此刻心頭一陣緊縮，彷彿有什麼大難來臨一般，闢海驚濤掌毫無保留，開口瞬間，劍傲蒼穹劍尖已抵在了独孤客心窩之上，上官風雅不敢保留，十成功力打在独孤客身上，甚至自接打出了一個窟窿。

卻見独孤客身如風中殘燭，眼神迷離，意識渙散，卻勾起一個不明的笑容：「王朝，永恆。」

搖搖晃晃倒落層巒瀑布之中，卻在倒落之際聽見一個細微的機關聲。

「快退！」

說時已遲，独孤客點燃引信，周身火藥爆炸，連同早在蟄邶水脈埋藏的火藥一同燃起，連連驚爆，引來一陣山動地搖，上官風雅及時拉開劍傲蒼穹，眼前一幕，卻是令人膽戰心驚。

仙宗六郡以蟄邶為首，但眼前蟄邶水脈連環驚爆，水脈之中開了一個大口子，大量河水沖入，卻因那座赤紅山爐而被染紅，轉眼流淌千里，兩人猶記独孤客臨死前那句「王朝永恆」，不禁感到寒毛倒豎。

「你速度快，盡速通知八宗此地異變。」上官風雅眼見勢難挽回，只期望親友能安然無事。

「你呢？」劍傲蒼穹同上官風雅轉眼已退出百丈，回頭問道。

「這已非江湖之事，此河怪異，若朝廷不介入，那將是第二個黑暗時期到來，靠你了。」上官風雅腳步一停，一掌送出了劍傲蒼穹。

「你做什麼!?」劍傲蒼穹速度本就奇快，上官風雅順水推舟，只聞劍傲蒼穹一聲驚呼。

「盡人事，聽天命。」

上官風雅滄海紅塵再出，並指輕撫劍身，馭劍天靈，元功一催，便是畢生修為，最後一劍，是五絕對天下最後的庇護，一劍連施天涯絕雨劍、劍舞紅塵、蒼天無影、滅天戟法，歸納為一式《無心訣》樸拙無巧的一劍，要以人力抗衡自然之力，只聽聞：「無心無我，無因無果，地水火風……」

上官風雅身聚萬道劍氣，徐緩淡道：「四大皆空。」

下一刻，河水蓋天而來，激流之中，猶見色彩斑斕的劍氣抗衡。

五絕天命，隨黑暗王朝野心，宿歸，同沉。

——江湖　智亂天下　完

敬請期待《江湖：四部曲》

幕後花絮

冒泡

大家好，我是《江湖：首部曲》中的「天下第一智囊」國師巴波。在《三部曲》中，國師轉由空虛禪師擔任，天下首智的稱號則交給了九笙。

其實我在遊戲中戰死已經一段時間了，不過《二部曲》中我並未出現，直到《三部曲》才又有戲分。雖沒有英勇的謝幕，但也替角色圓滿退場。

我也要恭喜九笙、李櫻兩人，將我在遊戲中所創，懸掛多午無人通過的挑戰關卡給破關了，真的非常厲害。期待你們繼承智者的遺志，在《四部曲》繼續帶來精彩的故事！

巴波

＊　＊　＊

九笙

＊　＊　＊

耶~我上正史了！感謝筆者辛苦了。

北辰萱

＊　＊　＊

桃花夜遊，笑迎曦。坐水望都貪杯酒；
血染千里，正亦邪。隨心從欲屍骨堆；
天工巧藝，天軒主。放蕩不羈浪天涯；
桃鄉七子，師徒情。靜梵隱梅簡雲雅。

白然君

＊　＊　＊

三人的夜迎曦，感謝兩歲與無塵的相伴。

白語缺

＊　＊　＊

諸位讀者初次見面，這裡是三部曲加入江湖的小新人，三部曲的醬油工就是我，請多期

待四部曲時尹滅谷宇文家的發揮（鞠躬）

宇文藏雪

＊　＊　＊

嗨，我是被作者安插進殺字旗成為六大殺手之一的志幛。

作者還在網路連載時，不少玩家質疑我有什麼功蹟能上鏡？其實，背後有一段小故事：白然君有一次聊天時不小心提及我，間接陷害了白然君被押入天牢。三天後夜千玄便將我俘虜到水都苑地牢，隨後白語缺更當面格殺我三次。

這也是為何殺字旗和桃源一脈會有過節，以及「志幛不直接參與戰鬥行動」的由來。

最後……我要向北辰萱說聲抱歉，騙了你五十等，找機會我再還妳六百張紙ww

志幛

＊　＊　＊

沈令巡老大萬歲！（來自靈界的吶喊）

沈逆冥

＊　＊　＊

沒想到自己能再寫一次花絮～感謝站長的細心經營，玩家們也辛苦啦！

這一年來猶如在做困獸之鬥，從親友離去到幫會分崩離析，眼見政策變化眾人卻仍無能為力，歷史如此宏大，能記下的人卻如細砂般渺茫，我們終於成為了洪荒中的微塵。可人究竟要如何爭得過那些安睡於記憶中的歡笑？日復一日，過去的越來越明媚而淡薄，而留下來的我們卻顯得力不從心。

三部曲就在這樣的混沌中渡過，人生來路漸少了，最後只求一個歸途。

四部也繼續加油呀！

林茗

＊　＊　＊

「演出很精采！江湖後會有期！」

油旋

＊　＊　＊

這段時間算是經歷了江湖很大的變動與適應，送別了一些友人，也更深的感覺到江湖的各種潮起潮落的一個江湖。

每一年總會感覺到江湖氣氛有不一樣的轉變，可能是同一些人，也可能是不同人，有時也有放棄的想法，但最後還是會捨不得這一個可以寫下許多屬於自己故事，並且獨特的江湖。

依然謝謝每一個江湖故人的陪伴，也歡迎每一個新的江湖成員，慶幸江湖每一個友人的存在，未來仍然請多指教。

雨紛飛

＊　＊　＊

「不老仙泉是個詛咒。」

看著親朋好友隨著時間的長河離去，

而自己仍然存在，只能用回憶緬懷……

我一直是如此認為的。

但，人生總有意外，

活到現在，似乎，也沒這麼糟？

希望大家能夠喜歡秋霜夢焉這個角色。

稍微慶祝一下仙泉線的完結，

不過也或許之後還會再被挖出來也說不定。

秋霜夢焉

＊　＊　＊

「昂首風雲烈，回眸情意切。雁影寄茗蹤，丹曦照長夜。」——寥寥數字稍舒懷抱，但願江湖一如既往，地久天長。

凌雲雁

＊　＊　＊

哈囉各位好，我是悠希！很遺憾的我被鎖號，這是你們第一次也是最後一次見到我了。對於這個角色，是我最精心琢磨，最努力完整細節，也是我最嚮往成為的自己。儘管只有出現一小部分，對我來說也足矣，上正史本就是我江湖生以來從未想像過的事。最後，在這茫茫江湖上，不論討厭我的，喜歡我的，曾經伴我成長的將軍城暴走族們，又或是曾經的風雨師門，謝謝你們五百多天的陪伴和照顧，謝謝所有舞台上的大家，悠希我就先退場了。期待

未來能以其他角色再與你們相遇！

悠希

＊　＊　＊

這是我踏進江湖的第一部曲，想不到這麼快就能上正史。
十分感謝支撐著江湖運作的站務、筆者之餘，
也感謝在江湖上的親朋好友，還有仇人，
沒這些恩怨情仇擦不出這麼炫麗的火花。
也謝謝正在看著這些話的你，無論是江湖夥伴還是一般讀者，
如果是從一部曲追到三部曲的人就更棒了……！
沒有你的支持，江湖就沒辦法繼續寫下去。
相信接下來的一切會越來越有趣，也希望你能喜歡我這個角色和故事，
也歡迎來我的角色留言區找我玩！

梅霓

＊　＊　＊

正閱讀這本書的讀者，還有江湖RPG的玩家們，你們好！大家對許瑞的印象，應該大多都是「賭坊老闆」或「雲樓判官」。XD

在此我要特別感謝站長，積極維護和開發新功能，留言板、抽籤、酒樓等，使我能在遊戲的框架內，創作各式各樣的趣味活動。鴻運彩、迎財券、關鍵聯賽、週年慶等，更感謝共襄盛舉的全體玩家，讓活動圓滿成功。

闖蕩江湖也許有挫折、遺憾與不滿，但這一路都將是我人生的學習與成長歷程，邁向更好的未來。謝謝大家！

許瑞

＊　＊　＊

對我來說，江湖就是遇到一個又一個的人。人以群分，只看屬性合不合，不分好壞人……不對，偶爾還是會分的。從闖入江湖到現在，幸運的是，一直不缺少自己覺得有趣的大家，將軍城暴走族、散雪閑源，沙漏幫主們還有一些難以歸類的好友們……！

一百個人心目中，就存在著一百種江湖。這裡，讓大家迥異的江湖有所交集，兼容並蓄出絢爛的火花。到最後，糊成一團亂七八糟的。但就是這不可名狀的混亂，譜出了一段段讓

大俠們趨之若鶩的美夢。

雪寒凜

＊　＊　＊

大家快勒（快）馬（樂）嗎，我是雲飄渺，很謝謝有這個機遇上正史，也謝謝一路走來的夥伴的照顧，尤其是滄玥和師門，其中特別是師姐，有你們才有現在的我。這一年多以來也遇到很多事很多人，真的很開心有幸加入江湖這個大家庭。雖然現在因為偷懶很少出來，但有空大家一起聚聚吧！如果有引退的小夥伴能願意回來就更好了！然後再說一次，我是女孩子！女孩子！女孩子！別再把我當男生了！最後就再多話一句吧……既然同在江湖遊，那就一起行得天下吧

雲飄渺

＊　＊　＊

四年的江湖經歷中，二部曲與三部曲是江湖一個很重大的轉折點。除了作者換人外，規定的改變造就了大環境變動，風氣與常見面孔都有了極大的不同。這一年中似乎多是灰色調，送走了好友後，我也一度成了某些人口中的稀有級人物。

不過老朋友們還在，我就會在某一天突然冒出來吃瓜敍舊聊聊天。江湖路上很高興有你們這些老朋友們的陪伴，直到今天我依然認為可以遇見你們所有人是很幸運的事情。

三部曲結束了，帥帥的我依然站在雲曦迴雁樓等待著新朋友的加入及老朋友相聚。

臨光

＊　＊　＊

江湖小說進入三部曲的出刊了，時間也過得很快。在這一路上看到許多為了讓正史精彩豐富，而賣力扮演與演繹的玩家們。有了你們，正史反而更多的恩怨情仇與精彩。

謝謝你們帶給江湖的快樂，讓我們一起迎接四部曲的到來吧！

謙善

國家圖書館出版品預行編目資料

江湖：三部曲／凌冬生主筆；江湖全體玩家共同創作. --初版.--高雄市：江湖創作團隊，2022.8
面； 公分.——（江湖正史；04）
ISBN 978-986-97116-3-0（平裝）

863.57　　111008047

江湖正史（04）

江湖：三部曲

作　　者　凌冬生主筆／江湖全體玩家共同創作
校　　對　凌冬生
出版發行　江湖創作團隊
電郵：swiven@ms39.hinet.net
設計編印　白象文化事業有限公司
專案主編：黃麗穎　經紀人：徐錦淳
經銷代理　白象文化事業有限公司
412台中市大里區科技路1號8樓之2（台中軟體園區）
出版專線：（04）2496-5995　傳真：（04）2496-9901
401台中市東區和平街228巷44號（經銷部）
購書專線：（04）2220-8589　傳真：（04）2220-8505
印　　刷　基盛印刷工場
初版一刷　2022年8月
定　　價　420元

江湖網站網址：www.vw.idv.tw

【請拿起手機掃描QR Code，立即闖蕩江湖】

主筆：凌冬生
創作：江湖全體玩家
網站：www.vw.idv.tw